DREAM ISLAND AT THE END OF THE WORLD

马达加斯加

世界尽头的梦幻岛屿

杨民 著

重庆出版集团 重庆出版社

[目录]

[序言 - 世界尽头的梦幻岛屿]

[PART ONE - 马达加斯加民族、历史]

世界第四大岛 [016] / 美丽的混血岛屿 [020] / 马达加斯加前身 [026]

[PART TWO - 马达加斯加人的日常生活]

地球上唯一真正的亚非人 [032] / 稻米是主要标志 [034] / 谁偷的牛多谁的本领大 [038] / 不轻易说"不"的性格 [044] / 又长又奇怪的名字 [048] / 艰难朴素的生活 [052] / 竹子和树叶盖的居所 [058] / 娱乐:酒吧·孤独棋 [062] / 丰富多样的饮食 [066] / 精致的手工艺品 [074] / 独特的乐器 [082] / 竖旗杆节、斗牛赛 [084] / 隆重的葬礼 [088]

[PART THREE - 马达加斯加：展示生命神奇的博物馆]

岛上的动物主人们 098 / 色彩缤纷的植物王国 120 / 遍布全岛的国家公园 134 / 马达加斯加的乡村 136

[PART FOUR - 马达加斯加旅行指南]

地球上最美丽的首都之一：塔那那利佛 142 / 水源之城——安齐拉贝 176 / 被时间遗忘的海边城市——安齐拉纳纳 186 / 文人之乡——菲亚纳兰楚阿 198 / 西北滨城——马任加 208 / 猴面包树王国——穆龙达瓦 216 / 芳香的岛屿——诺西贝岛 226 / 鲸鱼爱好者天堂——圣玛丽岛 234 / 香草王国——萨瓦地区 240 / 全国第二大城市——塔马塔夫 250 / 龙虾之都——佛多梵 256 / 阳光海岸——图利亚 268

序言：世界尽头的梦幻岛屿

很早以前，地球南边的陆地还是完整一片，被称为冈瓦纳古陆，马达加斯加岛和非洲当时都是这片大陆的一部分。后来冈瓦纳古陆在大洋上缓缓移动，分裂成为几个板块，最后分别变成了今天的南美洲、非洲、澳大利亚以及印度半岛和阿拉伯半岛。

大约1.65亿年前，冈瓦纳古陆发生断裂，经过长期演变，马达加斯加岛从非洲大陆脱离出来。如今的马达加斯加屹立在碧波粼粼的天水之间，是非洲第一大岛屿，也是世界第四大岛，隔着莫桑比克海峡与非洲大陆相望。

马达加斯加岛被浩瀚的印度洋环绕，在很长的时间里与世隔绝，形成了自己独有的生态环境和独特的动植物种类。马达加斯加是一座展示生物多样性、独特性的自然博物馆，岛上70%的动植物是世界上独有的，爬行和两栖动物的独有性更是高达95%。

马达加斯加最具代表性的动物和植物分别是狐猴和猴面包树。狐猴早在4000万年前就已成为马达加斯加岛上的永久居民，今天的马达加斯加是狐猴在地球上的最后避难所。极富童话色彩的猴面包树形象令人震撼，高大浑圆的树干顶着大蘑菇般的树冠，仿佛被倒种在大地上。

温暖的气候和充足的雨量使马达加斯加四季常青。马达加斯加植物品种繁多，奇花异草竞相开放，犹如一座巨大的天然植物园。形似巨人的猴面包树、婀娜美姿的旅人蕉、高耸入云的椰子树、风姿独特的棕榈树、遍野生长的灌木丛、茂盛翠绿的草坪、到处盛开的鲜花，把马达加斯加打扮得绚丽多彩。

马达加斯加是一个风光旖旎的岛国。这里有原汁原味的非洲生态与热带岛国风光；有阳光明媚和布满椰枣树的金色沙滩；有蔚蓝的天空和辽阔的高原；有侏罗纪时期的地貌和峡谷；有在喀斯特地貌中独树一帜的石林；还有藏着珍稀动植物的热带雨林。从空中看马岛，那是一片葱绿和橘红，是印度洋上最鲜艳的标志。

马达加斯加的众多河流从中部高原发源地顺势滚滚而下，涌向四面八方。河流两岸山高林密，古木郁苍，藤萝绕枝，云遮雾障，形成一个又一个绚丽多姿的瀑布，给人一种神秘莫测之感。

马达加斯加受大自然恩赐，是一个物产丰饶的国家。这里土壤肥沃，放眼田野，皆是各种娇艳欲滴的花朵。芒果、葡萄、桃子、菠萝、鳄梨、荔枝等水果应有尽有。马达加斯加还是世界上最重要的香草产地，在风光旖旎的印度洋沿岸采摘享誉世界的香草，实在是一件浪漫又奇妙的事情。马达加斯加这样一个神秘梦幻的国度，在钟情于生态旅游的游客眼里是大自然留给人类的真正"旅游天堂"。

当我得知要出使马达加斯加，在寻找资料时，没有找到任何关于马达加斯加旅行指南的书籍。就任中国驻马达加斯加大使后，我阅读了许多资料，走了许多地方，领略了其美丽独特的生态环境和自然风光，激发我用8个月的时间，写成了这本旅行指南。希望本书能让中国读者更好地了解马达加斯加，并成为中国游客游览马达加斯加的实用向导。

杨民

2014年5月9日于马达加斯加首都塔那那利佛

[Dream island at the end of the world]

01

[PART ONE - 马达加斯加民族、历史]

世界第四大岛

马达加斯加国土由本岛及周围岛屿组成,总面积590,750平方公里,为世界面积第45大的国家。马达加斯加岛是仅次于格陵兰、新几内亚和加里曼丹的世界第四大岛。

马语中的"马达加斯加"没有什么特别的意思,马可·波罗曾经在他1298年著的游记《Le Livre des Merveilles》中提到这个名字。1153年,阿拉伯人地理学家耶德力西(Edrisi)曾经为马达加斯加起名为"扎勒杰(Zaledj)"。1506年,葡萄牙海员一度称马达加斯加为"圣劳伦(Saint Laurent)"。马达加斯加还有"大岛""甜岛""福岛""红色岛国""牛的王国""香草故乡"等美称。得天独厚的自然环境和遗存的原始民风,使这片神奇土地留下了"诺亚方舟"的美名。

在马尔加什共和国(La République Malgache)时期(1960—1975年),中文根据其法语读音,将马达加斯加的法语名词译为"马达加斯加",法语形容词译为"马尔加什",故马尔加什共和国的简称为"马达加斯加",不能称"马尔加什";习惯上称马尔加什人民、马尔加什政府等,而不用马达加斯加人民、马达加斯加政府等。自1975年进入马达加斯加民主共和国时期以及后来的马达加斯加共和国时期,法语的名词"马达加斯加"和形容词"马尔加什"一律译成中文"马达加斯加",如:"马达加斯加政府""马达加斯加人民""马达加斯加人"或"马达加斯加语",不再使用"马尔加什"。

马达加斯加位于非洲大陆以东390公里的西南印度洋上,在南纬12°~25°、东经43°~51°之间,隔莫桑比克海峡与非洲大陆相望。北面与塞舌尔群岛一衣带水,西北面与科摩罗群岛天水相连,东部与毛里求斯和留尼旺隔水相望。处于环绕非洲海岸航线和从印度洋通往大西洋航线的要冲,地理位置重要。马达加斯加岛在地质结构上是非洲古大陆的一部分,在白垩纪末就是一个岛了,岛的基底由11亿~6亿年前的寒武纪结晶岩和变质岩构成,基底露出的面积占全岛2/3。该岛东部形成的陡急斜坡直插印度洋海底,西部在沉积岩层的掩覆下,缓慢地向莫桑比克海峡倾斜。全岛由火山岩构成,地势复杂,地形多样,平原、高原、低地、丘陵、山脉分别占陆地总面积0.3%、3.8%、20.2%、31.0%和44.7%。

从空中俯瞰马达加斯加岛,可清晰地看到全岛地势由东北向西南倾斜。东部为带状低地,多沙丘和泻湖。西部为缓慢倾斜平原,从500米的低高原逐渐下降到沿海平原。中部是纵贯南北1160公里的地垒式高原地带,海拔1000~2000米,最宽处约580公里,部分地带有火山灰覆盖。高原上河流众多,亿万年的河水切割和地质变化,形成了今日崎岖的地貌。高原东侧是以一级或两级阶梯陡落至沿海的带状低地,多断崖峭壁。两个阶梯之间分布着一些较宽阔的平地,如阿劳特拉湖盆地和曼古鲁河谷地。岛的东部沿海低地宽度仅16~80公里。第四纪沉积物在东部低地形成的深厚冲积平原,利于垦殖。高原西侧是向莫桑比克海峡缓慢倾

斜的西部平原，由宽 100～200 公里的沿海平原和海拔 200～500 米的高平原组成。北部的察拉塔纳纳山主峰马鲁穆库特鲁峰（Maromokotro），海拔 2876 米，为全国最高峰。

马达加斯加河流众多，多发源于中部高原地区，部分发源于各大湖泊，呈放射状，顺势而下，滚滚而落，向四方奔流，注入印度洋和莫桑比克海峡。东部河流一般较短，流入印度洋，受地势影响落差大，水流湍急，水力资源丰富，主要河流是马纳纳拉河和曼古鲁河。西部地区的河流相对较长且平缓，便于航运，流入莫桑比克海峡，主要有贝齐布卡河、齐里比希纳河、曼古基河、马尼亚河和马哈瓦维河等。长度约 525 千米的贝齐布卡河是马达加斯加的主要河流，它从位于西北部海岸的河口进入大海。

马达加斯加岛上湖泊众多，阿劳特拉湖（Alaotra）是最大湖泊，位于中部高原北部的塔马塔夫省，面积 900 平方公里。阿劳特拉湖及其周边的湿地面积共有 7225 平方公里，是野生动物的重要栖息地。阿劳特拉湖流域是马达加斯加重要的水稻种植区。

美丽的混血岛屿

[血统]

马达加斯加主体民族是马达加斯加人，占总人口 98%，分属麦利纳人（26.1%）、贝齐米萨拉卡人（14.1%）、贝希略人（12%）、希米赫特人（7.2%）、萨卡拉瓦人（5.8%）、安坦德罗人（5.3%）和安泰萨卡人（5%）等 18 个部族，语言、文化、风俗习惯大体相同。马达加斯加人多为马来—波利尼西亚人，混有印度、阿拉伯、非洲和欧洲血统。

居住在中部高原地区的各部族祖先来自亚洲；西部沿海朝向非洲大陆的一边，是非洲的移民；而居住在沿海地区的各部族则带有部分阿拉伯人的外貌特征。马岛习惯以高原族和海岸族两大部族划分族群，居住在塔那那利佛和菲亚纳兰楚阿之间的麦利纳人俗称高原族，其他生活在沿海地区的贝齐米萨拉卡等部族俗称海岸族。在马定居的华侨有 5 万人左右，法国侨民 1.8 万人左右。还有少数科摩罗人、印巴人。

马达加斯加与非洲大陆隔着一道莫桑比克海峡，使得它与非洲大陆有着不同的元素。纯正的非洲人皮肤很黑，但在马达加斯加，除了少部分土著人仍然保留着非洲的"黑色血统"，大部分人已经接受来自东南亚、印巴移民的基因，肤色偏向东南亚人的棕色。马达加斯加人既有类似印度尼西亚人的亚洲型，即皮肤呈浅褐色，体态纤小，头发长而直；又有类似非洲大陆黑色人种的黑人型，即皮肤为黑色，嘴唇肥厚，鼻子扁塌。更多的是混合类型。

关于马达加斯加人的民族起源，国际学术界至今尚无定论。

根据人类学、语言学及文化传统的研究，可以肯定的是，马达加斯加民族是由若干迁徙到马达加斯加岛的外来民族长期融合而成的。

[语言]

随着先后迁徙到马达加斯加岛上的各族间的交往不断增加，在文化、习俗，尤其是语言上，逐渐趋同，形成了在全岛通用的马达加斯加语，虽然也有部落方言，但差别不大。马达加斯加独立后，官方语言为法语，2007年英语也被列为官方语言。

更多学者认为，马达加斯加最早的居民是印度尼西亚移民。语言学研究表明，马达加斯加语属于马来—波利尼西亚语系。马达加斯加语中94%的基本词汇具有明显印度尼西亚语的特征，马达加斯加语中表示神的词（Zana-hary）与马来语系中相应的词类似。

从语言学角度看，虽然印度尼西亚语在马达加斯加语的词汇中占有主导地位，但班图语对马达加斯加语也有影响，主要表现在语汇和词的结构两个方面。马达加斯加岛上所有方言都含有班图词汇，最明显的是家禽牲畜方面的词，如 omby（牛）、onotry（绵羊）、akanga（几内亚鸡）、

akoko（母鸡）。

　　一些学者指出，马达加斯加语中有许多梵文词汇。印度尼西亚人向马达加斯加移民大约发生在公元 4 世纪前后，正是印度尼西亚地区开始梵语化的时候，当时在东印度洋已出现能够远航的船只，具体有两条航行路线，第一条是由爪哇至马达加斯加，第二条是以印度南部和锡兰作为中继站再南下的航线。印度尼西亚人远航到非洲海岸的活动一直持续到 12 世纪。

[社会]

　　马达加斯加的母系继承传统，以及中央高原地区最初的社会组织形式与印度尼西亚非常相似。麦利纳人称之为"福科"（foko）的家族单位，与人们在帝汶岛（东南亚努沙登加拉群岛中最大、最东的岛屿）发现的"芬肯"（fukum）社会组织形式属同一类型。

　　民俗学的调查证实，马达加斯加文化中的很多方面，比如壕沟保护的山坡住宅、四边形棚屋、种植水稻的水流梯田、巨石纪念碑、一些手工艺技术等都带有东方色彩。马达加斯加人的农耕方法、服装服饰、房屋建筑等兼容了马来文化和非洲大陆文化。马达加斯加崇拜祖先的宗教仪式，如竖立的石碑，同印度尼西亚极为相似。

　　学者们研究了马达加斯加作物史，认为印度尼西亚移民在公元 10 世纪从东南亚引进了"马来西亚植物群"，包括水稻、波利尼西亚竹芋、芋头、薯蓣、香蕉、面包树、椰子树、甘蔗等等。

[宗 教]

马达加斯加执行宽松的宗教政策，各种宗教都能在当地和平共存。马达加斯加偏远农村的居民主要信奉带迷信色彩、没有组织的传统宗教，占人口的52%；城镇居民多信奉基督教（天主教和新教、基督复临教、东正教、福音教），占人口41%；北部和东南沿海部分地区有少量居民信奉伊斯兰教，占人口7%。

马达加斯加前身

马达加斯加岛在早期历史里是一座杳无人烟的安静岛屿。

第一次大规模到达岛上的人类大约是 1500 年前来自非洲大陆以及印度尼西亚和阿拉伯地区的人。

16 世纪初，葡萄牙航海者在寻找通往印度群岛新路径时，曾登陆马达加斯加岛，不久后离开。法国和英国随即派出本国的船队和士兵，争夺在马岛的领地。当地部落一致抵抗外国侵略者，麦利纳王国的拉达马一世（Radama I）国王勾结欧洲主要势力，并邀请英国传道士进入他的王国，英国由此在马岛取得立足之地。

1817 年，麦利纳统治者与毛里求斯的英国统治者达成协议，废除了奴隶交易。作为回报，马岛接纳了英国军队和经济援助。英国人的影响在几个地区非常大，麦利纳王室也因此改变信仰，开始信奉长老教会、会众制和英国国教会。

1883 年，法国攻打马岛。1885 年，英国人被迫接受法国人对马达加斯加的殖民统治。1892 年马达加斯加成为法国的保护国，1896 年彻底成为法国殖民地，法国人用武力建立了对马达加斯加的完全控制并废除了麦利纳君主制，麦利纳王国最后一位国王拉娜瓦洛娜三世女王（Ranavalona

III）被迫流亡阿尔及利亚。

第二次世界大战期间，马达加斯加人组成的军队在法国、摩洛哥和叙利亚参加了战斗。法国被德军占领后，维希政府接管马达加斯加。1942年，英国军队占领了这座具有战略意义的岛屿。1943年，法国再一次从英国手中接管了马达加斯加。

1947年以后，法国在马岛的统治力与日俱减，马达加斯加国内民族主义迅速兴起，在经过数月艰苦卓绝的斗争后被镇压下。1956年，法国实行制度革新，马达加斯加开始逐步走向和平独立。1958年10月14日，马尔加什共和国成立，但仍是法兰西共同体内的自治共和国。1959年，马尔加什共和国临时政府完成使命，宪法诞生。1960年6月26日，马达加斯加完全独立，第一共和国诞生，齐拉纳纳（Tsiranana）成为第一任共和国总统。

1972年，随着马达加斯加社会动乱的不断加剧，齐拉纳纳总统被迫辞职。1975年，实行社会主义制度的第二共和国成立，拉齐拉卡（Didier Ratsiraka）成为国家元首，改国名为马达加斯加民主共和国。1982年，拉齐拉卡再次当选共和国总统。1988年，拉齐拉卡放弃了社会主义的建国方针，转而实行经济自由政策。

1992年8月19日，公民投票通过新的宪法，国家定名为"马达加斯加共和国"，标志着第三共和国的成立。1993年2月，在马达加斯加历史上的首次多党大选中，反对派领袖阿尔贝·扎菲（Albert Zafy）当选第三共和国总统。1996年，扎菲被马国民议会罢黜总统职务，政局出现动荡，总理拉齐拉奥那那（Ratsirahonana）行使国家元首、政府首脑的职权。

1997年，拉齐拉卡重新当选总统。1998年4月全国举行公民投票修改了宪法。2002年2月,原首都塔那那利佛市市长马克·拉瓦卢马纳纳（Marc Ravalomanana）宣布在总统竞选中胜出,就任第四任总统,并在2006年12月再次当选总统。

2009年1月,马首都等地发生严重骚乱和流血冲突。3月17日,拉瓦卢马纳纳总统被迫交权并流亡国外,反对派领导人、原首都市长拉乔利纳（Andry Rajoelina）宣誓就任马达加斯加最高过渡委员会主席,行使总统职权。非盟、南共体中止马的成员国资格,美国、法国、欧盟等谴责拉乔利纳违宪夺权。4月30日,非盟成立国际接触小组,主导解决马政治危机进程。在非盟、南共体等组织的斡旋下,马各政治派别经过多轮谈判签署马普托协议及其补充文件,就过渡期主要安排达成一致。此后拉乔利纳单方面宣布提前举行立法选举,马政治和解进程陷入僵局。2010年3月,非盟宣布对拉乔利纳及其108名主要支持者实施制裁。11月,拉乔利纳政权单方面举行修宪公投并宣布成立第四共和国。

2011年9月,马主要政治派别就过渡期权力分配、选举进程、全国和解等事宜达成共识。拉乔利纳正式担任过渡期总统,并任命过渡政府总理、部长和过渡期议会两院议员。2013年底,马国举行总统选举,埃里·拉乔纳里马曼皮阿尼纳（Hery Rajiaonarimampianina）在第二轮选举中以53.49%的得票率当选总统,并于2014年1月25日宣誓就职,成为第四共和国首任总统。

[Dream island at the end of the world]

02

[PART TWO - 马达加斯加人的日常生活]

UNIQUE AFRO-ASIAN PEOPLE

Chapter 1   地球上唯一真正的亚非人

马国虽然地理上与非洲大陆相当接近，民族性格却更加接近亚洲。欧洲殖民主义强占该岛长达一个半世纪，也在马达加斯加沧桑历史中留下了深深的烙印。

马达加斯加人的物质文明和精神文明有其独有的特征，它是马来文化和非洲各族人民文化交融的结果，马达加斯加岛复杂的地理条件又让其在内容和形式上具有多样性，使得不同地区、不同民族保留着各种不同形式的文化生活。

马岛东海岸一侧的各族群，浅棕色的皮肤、矮小的身材，吃大米，崇拜牛，亚洲民俗习惯的风情更浓；居住在中部的麦利纳人在马岛各族群中人数较多势力较强，其上层某些人特别是妇女，很像印度尼西亚爪哇人；西海岸一侧靠近非洲大陆的各族群，特别是西南部的部族，非洲特征更多，肤色深黑、卷发、唇厚、凸额、鼻子扁、鼻孔大、身材高壮，给人以强烈的震撼。

马达加斯加人实际上是亚洲人与非洲人的结合，或者说，在马达加斯加，亚洲的米与非洲的牛成了亚非结合的新文明象征。马达加斯加第一任总统齐拉纳纳曾经说过，马达加斯加人是唯一真正的亚非人。

马达加斯加人的口头文化传统主要是神话传说，使先人的智慧和社会联系得以代代相传，传统价值观体现在当地一种说书（Kabary）的艺术形式中，这是一种表达精准优雅的劝世说辞，穿插着谚语和隐喻。

在马达加斯加，尊重祖先的观念从远古延续至今。马达加斯加人素以敬老而闻名，他们认为老人经历多，见识广，经验丰富，年龄大小与智慧多少成正比。老人的社会地位很高，往往在本地、本村有一定的势力和影响，农村中负责管理村子的委员会大多由老年人组成。

RICE IS THE MAIN SYMBOL

Chapter2   稻米是主要标志

马达加斯加日常生活中最富有文化蕴涵的物品就是稻米了。以稻田文化为代表的农业文化，是其古代文明的集中体现。马语中把稻米叫作瓦里（Vary）。除了亚洲，马达加斯加是世界上种植水稻历史最长的地方。在山地低洼处开辟出来的稻田、民宅地基下面存放稻谷的地窖，都证明了马达加斯加是一个有着上千年水稻种植历史的国家。

　　考古学家说，水稻早在公元9世纪就传入马达加斯加，应该是先从印度南部、非洲大陆和科摩罗群岛引入马岛的。首先是阿拉伯—波斯人，接着是马来人，把火耕技术带进马岛。之后，阿拉伯—印度人在马岛推广了直接播种水稻的技术。印度和南亚的灌溉方法大概在13世纪进入马岛。水稻移植技术从15世纪开始在麦利纳人的地区普及。

　　马达加斯加神话多次提到，米是上帝赐予人类的食物。一种神话说，稻米是上帝的女儿下凡时带给人间丈夫的嫁妆。还有一种神话说，大地上所有的人病倒后无法康复，上帝告诉人类，如果想拯救自己，就需要牺牲一人。牺牲者的尸体被埋在水田里，从被埋的地方长出植物，所结的谷粒由银色变为金色，又漂亮又好吃，从此人类有了稻米。

　　马达加斯加水稻多数种植在中部高原一带。岛上的麦利纳人和贝希略人以种植水稻而闻名全国。他们利用马岛充分的水利资源、适宜的气候和勤劳的双手，使阿劳特拉湖和贝齐布卡平原成为马达加斯加"两大粮仓"。在高原地区的谷地里到处可以看见层层梯田，水稻的生产和销售是马达加斯加最重要的经济活动。稻米生产的收入差不多养活了全国三分之二的人口。

　　稻米对马达加斯加社会影响如此广泛，以致产生了许多与稻米相关的马语成语，内容涉及劳动、毅力、团结、集体等等，体现出马达加斯加人

的智慧。比如有一句这样说,"秧苗越稀,收获越少",类似汉语中的"一分耕耘,一分收获"。

米是马达加斯加人最主要的食物,也是马达加斯加的主要标志。马达加斯加人无意识地认为,稻田是人生中的重要财富。如果举行一次节日盛宴,却没有上品的米饭(通常是红米饭)拌牛肉,那就不是一次完整的盛宴。

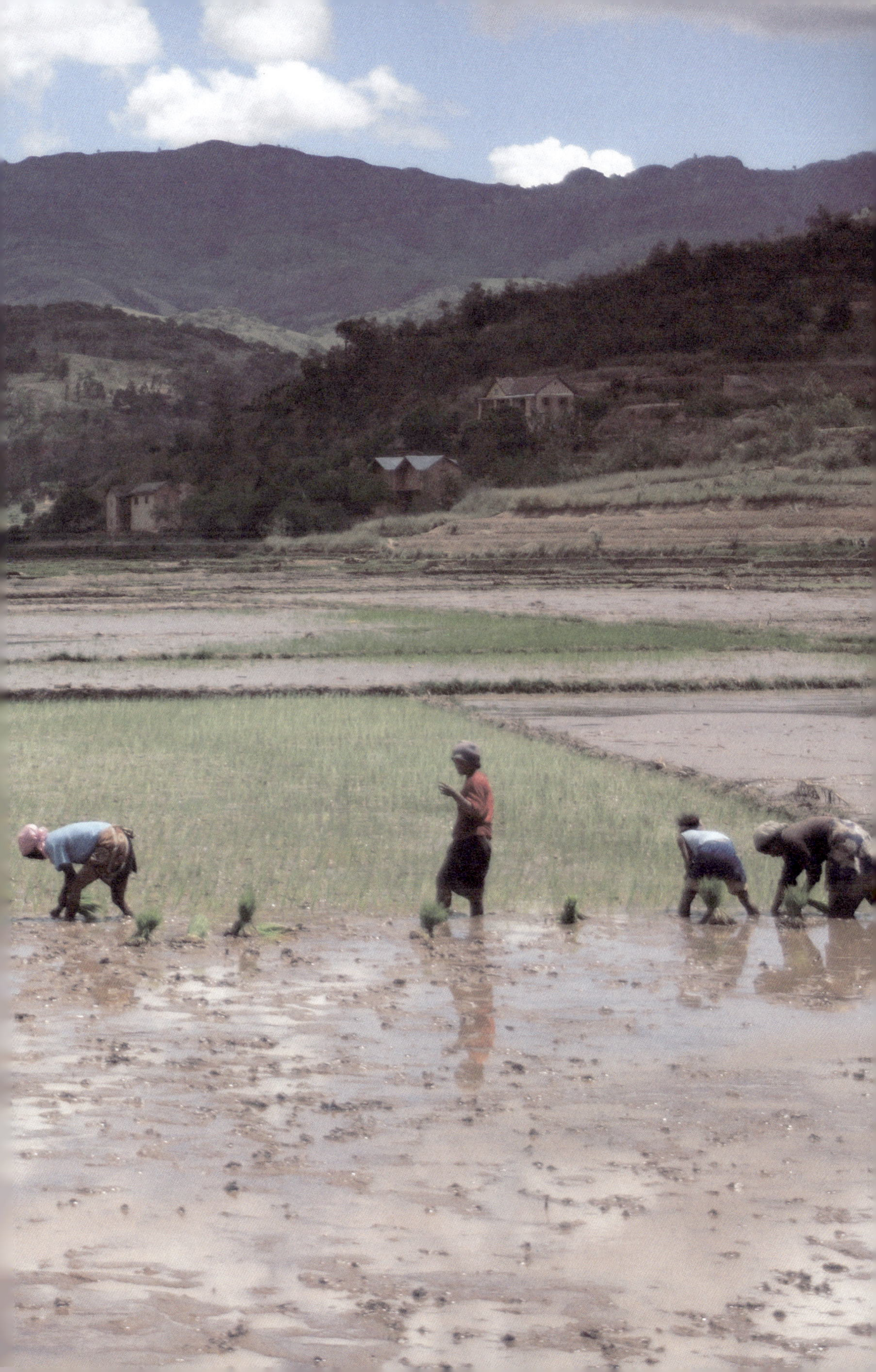

How Many Cows You
STOLEN,
How
AWESOME YOU ARE

Chapter3 谁偷的牛多谁的本领大

在马达加斯加，牛不但是家庭财富的象征，也是国家的标志之一，享有特殊地位。马达加斯加人对牛有一种近乎狂热的崇拜，牛的兴旺是家业兴盛的象征。牛要像孩子一样接受洗礼，一个星期中有一天不能强迫牛干活。重要建筑物上摆放完整的牛头以示尊贵，在公路两旁画有牛头标志的路牌随处可见。如果汽车与牛群在公路上相遇，让道的不是牛群，而是汽车。人们日常生活中遇到婚丧嫁娶等重大事件，都要宰牛设宴，全村男女老幼应邀参加，宰杀牛的数量则显示主人的身份和地位。在葬礼上，人们将牛宰杀后，用石灰涂抹牛头，将其挂在墓地四周作为装饰，或者在死者的坟前立一个牛头模型，以示其生前的财富和地位。

20世纪80年代初，马达加斯加全国人口总数近900万，牛的存栏数为1000万头，高于全国人口总数，是世界上按人口平均养牛比例最高的国家之一，是当之无愧的"牛之国"。2005年，马达加斯加牛的存栏数是969万头，平均每两个人拥有一头牛。

马达加斯加本地产的牛叫驼峰牛，当地人叫瘤牛，差不多十头牛中有九头是这种牛。驼峰牛因为其颈背之间有驼峰一样隆起的肉包而得名。这个肉包和骆驼的驼峰作用差不多，在草料充足的雨季被用来储存脂肪，草料匮乏的旱季可以补充养分。这种牛善走、耐渴，加上有"驼峰"，常被当地人用来拉车。中部地区经常能看到身穿短裤，赤着脚板，全身黝黑的孩子或大人，赶着牛车，行走在乡间大道上。

在岛上，谁的牛多，谁就是"大款"。养牛成风，惜牛如命，已成为马岛传统习俗。最心爱的牛死了，主人会痛心疾首，牛已成为当地人的精神支柱。

在村里，谁的牛最多，谁的地位最高，被看成村中的"大人物"。但如果他狂妄自大，目空一切，甚至不把老人放在眼里，那么他倒霉的时刻就要到了。人们最讨厌这种人，全村人会齐心协力，将他的牛全部杀光，一扫他的锐气，给他以应有的惩罚，以示警告。

　　对牛的重视还带来了一项独特风俗。偷牛在别的国家都会被当成一种丑恶的行为，而在马达加斯加，却被视为勇敢、智慧和能力的体现。谁最能偷牛，谁偷的牛最多，谁的本领就最大，并会倍受姑娘的青睐。因为惜牛如命的主人会拼命保护自己的牛群，偷牛不仅需要胆大、心细，更需要机智和勇敢，所以胜者往往赢得尊重。也由此，偷牛成为青年男子向姑娘求婚的必备条件。

　　偷牛并非易事，一个人要偷几十头牛，而且只能在夜间进行，还要赶着牛群走几十里夜路，这对偷牛者是极大的考验。更有勇敢者将偷牛的日期告诉牛的主人，以此增添偷牛的风险和难度。偷牛的次数越多，坐牢的次数越多（而且多次越狱），越会被看成勇敢和刚强的象征，姑娘会更爱这样的"英雄"。

　　不过，随着时代发展，偷牛逐渐成为马达加斯加的严重社会问题，近些年来更发展到持枪抢牛，危害社会安定。政府采取措施引导人们改变偷牛的习俗，并收到显著效果，偷牛求婚的风俗已渐渐远离年轻人。但这种现象仍时有发生。

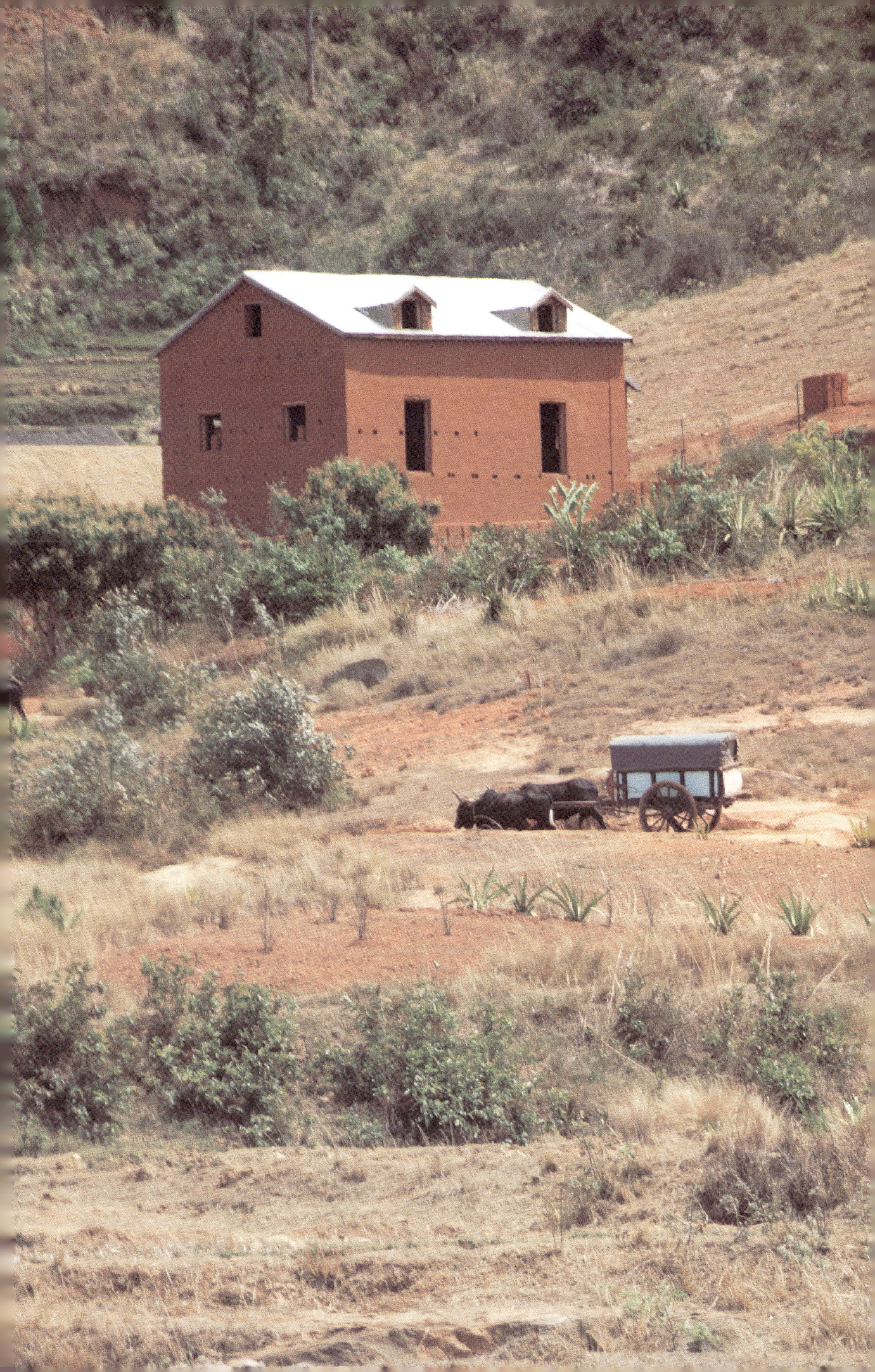

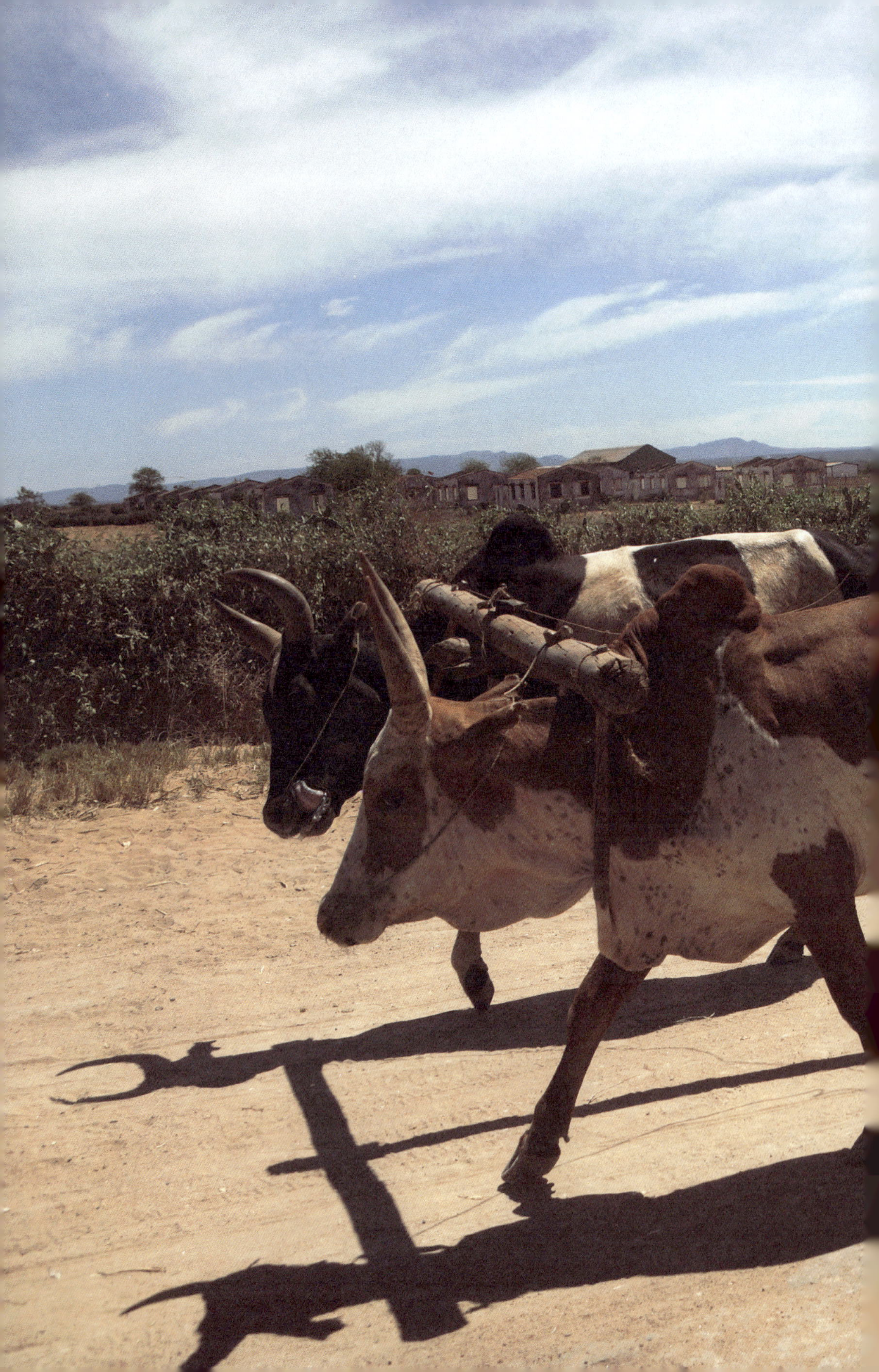

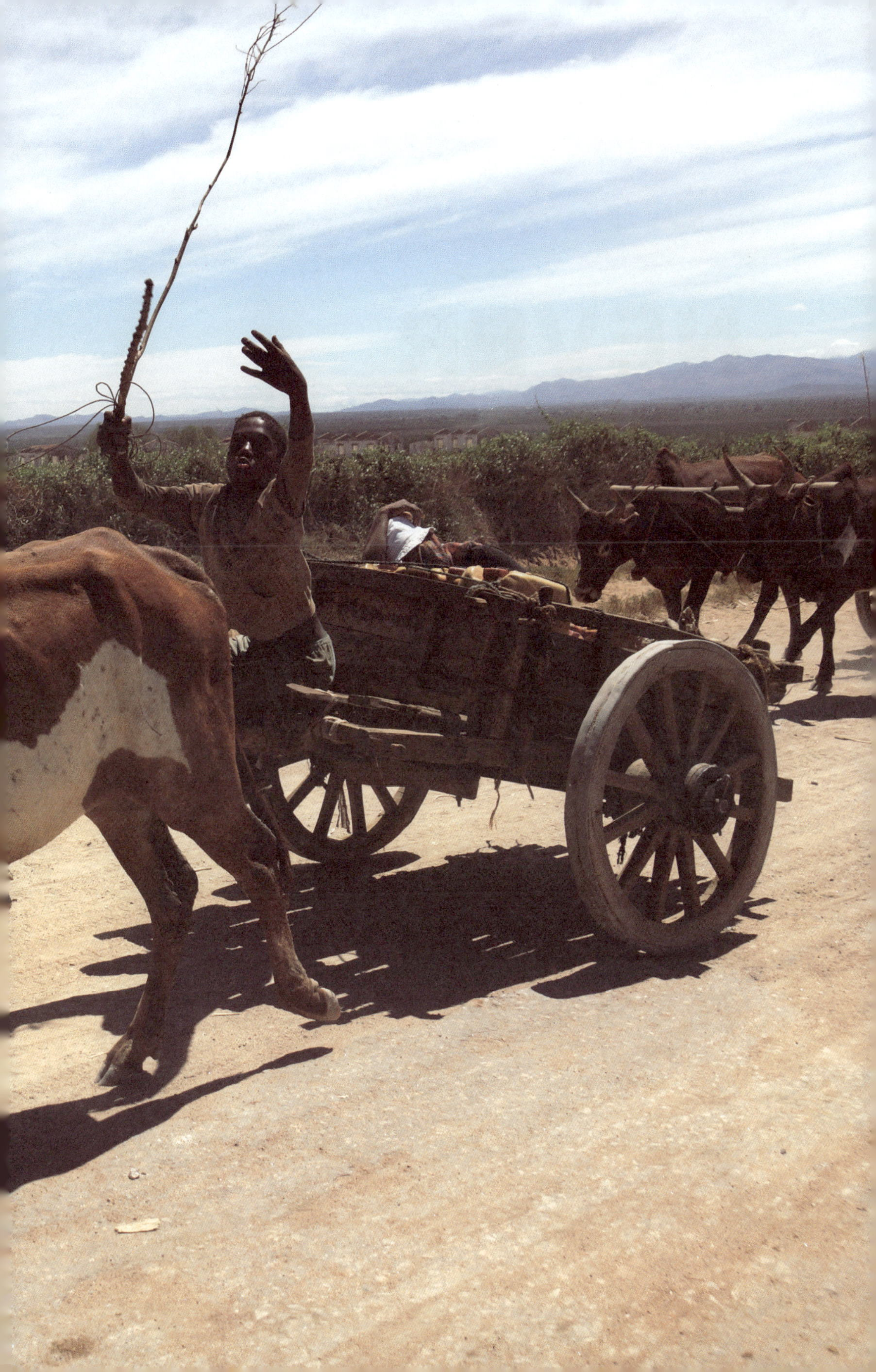

NEVER SAY "NO" EASILY

Chapter 4　不轻易说"不"的性格

马达加斯加人乐观积极，在各方面都特别善于忍耐，能够忍耐各种各样的磨难。他们很容易满足，只要收获一点稻米，家里的牛平安无事，生有一大堆子孙，就满足了。

虔诚的宗教信仰使他们保持积极向上的情绪。无论在大城市，还是在偏远乡镇，每到星期日祈祷的时候，总能见到身着盛装的男女老少，像过节一样，成群结队前往教堂做礼拜，或做完礼拜从教堂鱼贯而出。

马达加斯加人的性格特点一方面与非洲大陆人接近，自然、乐观、健谈、不记仇；另一方面又与东亚人相似，镇静、拘束、不发怒、自尊心强、繁文缛节、学习能力强。马达加斯加人性情温和善良，为人淳朴厚道，有着意想不到的风趣，羞怯腼腆中不时流露出浓浓的真情。

马达加斯加人生来胆小，也不争强好胜，为了避免造成对方不快，尽可能不与对方发生冲突。马语词典里虽然存在"不"这个字，但是马达加斯加人几乎不使用它，往往使用其他词汇，以含蓄、婉转的方式表达不同意见，表现出一种轻微的保留态度，让对方明白即可，尽量不得罪人，不伤害相互之间的关系。

马达加斯加人很温顺，说话小小声，走路不紧不慢，对人非常友善，对朋友和邻居也很友好。几个不认识的人坐在一起，很快就能成为朋友。他们在一起交谈，聊的是各自家乡或是自己碰见的好事、乐事、趣事。

城里人失业率极高，街上随处可见三五成群的人聚集在路边墙根下闲聊。如果哪辆车在他们跟前熄火了，有人会上去帮忙推车；如果有哪辆车要在他们跟前停车入位，有人会站在旁边帮忙指挥。如果碰见车主心善，他们能得到一点小报酬，然后用这点钱去买东西吃，就这样过完一天。

若有游客来到偏远村落，当地人会用多种方式表达友善。他们会用自

制乐器为游客吹拉弹唱一曲小调,让你体验马岛的情调;或者在田野里采撷一朵花送给你,让你呼吸岛国的芬芳;或者到田地里砍一根甘蔗送给你品尝。

　　游客拿出相机为村民拍照,很容易引起他们的好奇感和新鲜感,他们会做好姿势配合游客照相。他们可能脸没洗干净,没穿鞋子,身穿破旧衣物,却露出淳朴的笑脸。当他们从游客相机显示屏上看见自己的形象时,便会乐不可支。

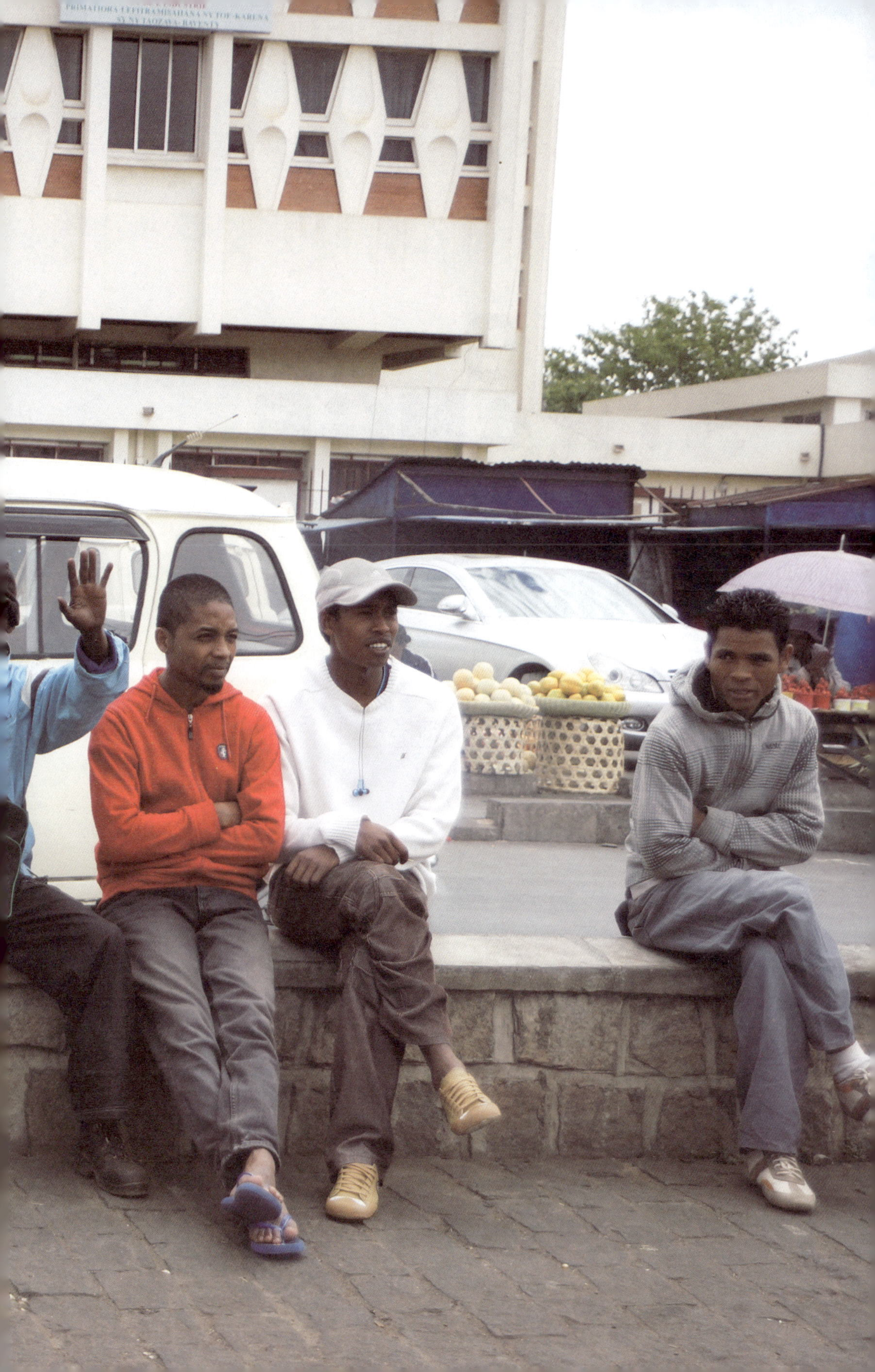

LONG STRANGE NAME

Chapter 5 又长奇怪的名字

与马达加斯加人打交道，文化差异和语言障碍并非交流的鸿沟，最令外国人不适应的是他们的姓氏。马达加斯加人姓氏很复杂，外国人常常摸不着头脑，并感到发怵，既害怕念不全，又担心念错音，当地人却为他们又长又奇的姓氏自得其乐。

马达加斯加一些人的姓氏又长又拗口。拥有超长姓氏的部族主要是麦利纳人和贝希略人，这两个部族的君主及其后裔喜欢用特殊姓氏彰显其独特身份。最典型的是18世纪一位麦利纳王朝的王子，因为通过战争和联盟扩展了疆土，他为自己选择了长达20个字母的姓氏"Andrianampoinimerina（安德里亚纳姆波伊尼麦利纳）"，意为"麦利纳国王期待的王子"。另一位王子名叫"Andriantsimitoviaminandriandehibe（安德里亚南特西米托维阿米南德里亚南德黑贝）"，长达33个字母，意为"一个不像其他王子的好王子"。

马达加斯加人选择姓氏时，没有统一标准，也没有约定俗成的规矩。因此，同一家庭成员之间姓氏往往差别很大。他们的姓氏更多的是表现心中最强烈、最原始的信念和愿望，甚至可以是一句话、一个故事或者一种命运的寄托。有一位当地女孩，她本人姓"Rasoamianoka（享受美好生活的贵族）"，她的妹妹姓"Tsiriniaina（佩戴着初放的花蕾）"，她的母亲姓"Rasoamiadana（小可爱的平静生活）"，而她的父亲姓"Ralambomanana（拥有野猪的官老爷）"。

马达加斯加人的姓氏没有一般民族的家族、辈分等观念，随意性很强。为了表现对子女的期望，就姓"Ralaimazoto（不怕累的孩子）"；为了显示声望，就姓"Andriamisaina（不会出错的智慧）"；为了记录回忆，就姓"Onjaniaina（痛苦的分娩）"；为了表达心愿，就姓"Rakotomahiratra

（预见变成现实）"；为了诉说痛苦，就姓"前几个婴儿夭折后继续生育"，等等，不一而足。

马达加斯加人姓氏不仅长，而且还能随心意改变，在人生不同阶段使用不同的姓。一个男人在出生、割礼、成人、结婚、第一个孩子出生等各种时候，甚至去世那天都可以更换姓氏。有个名叫特雷的人，他出生时姓"Faly（庆祝诞生之喜）"，割礼后姓"Mahery（愿望得以实现）"，在儿子出生后姓"Fanomezantsoa（得到礼物的快乐父亲）"，待他百年之日，族人又给他改成了"Ratompokolahy（逝去的无名氏贵人）"。

不过，这些更改的姓氏只用作亲朋好友之间的称呼。在正式文件和证件里，人们使用的姓氏通常是男孩割礼及女孩成人礼之后的那个姓，一般被视为一个人的官方姓氏。相对于奇妙、丰富的姓氏，他们的名字则相对简单，通常只有两三个音节，比如"亲爱的""甜蜜""勇气"等，十分简洁。

20 世纪 60 年代前，马达加斯加人长年受法国殖民统治，受西方文化观念和生活方式影响很大，他们的姓名也曾明显打上了"欧洲印记"，很多人使用基督教圣徒的名字，家族姓氏的继承也逐渐成为主流。1960 年，马达加斯加独立后，姓氏西化使得他们与世界接轨，姓氏逐渐变得简洁、好记。但是整个家族使用同一姓氏也令马达加斯加人的姓氏单一。为避免雷同，不少马达加斯加人喜欢给自己起一些具有创造性的绰号和姓氏，这在一些名人和艺术家中非常流行。

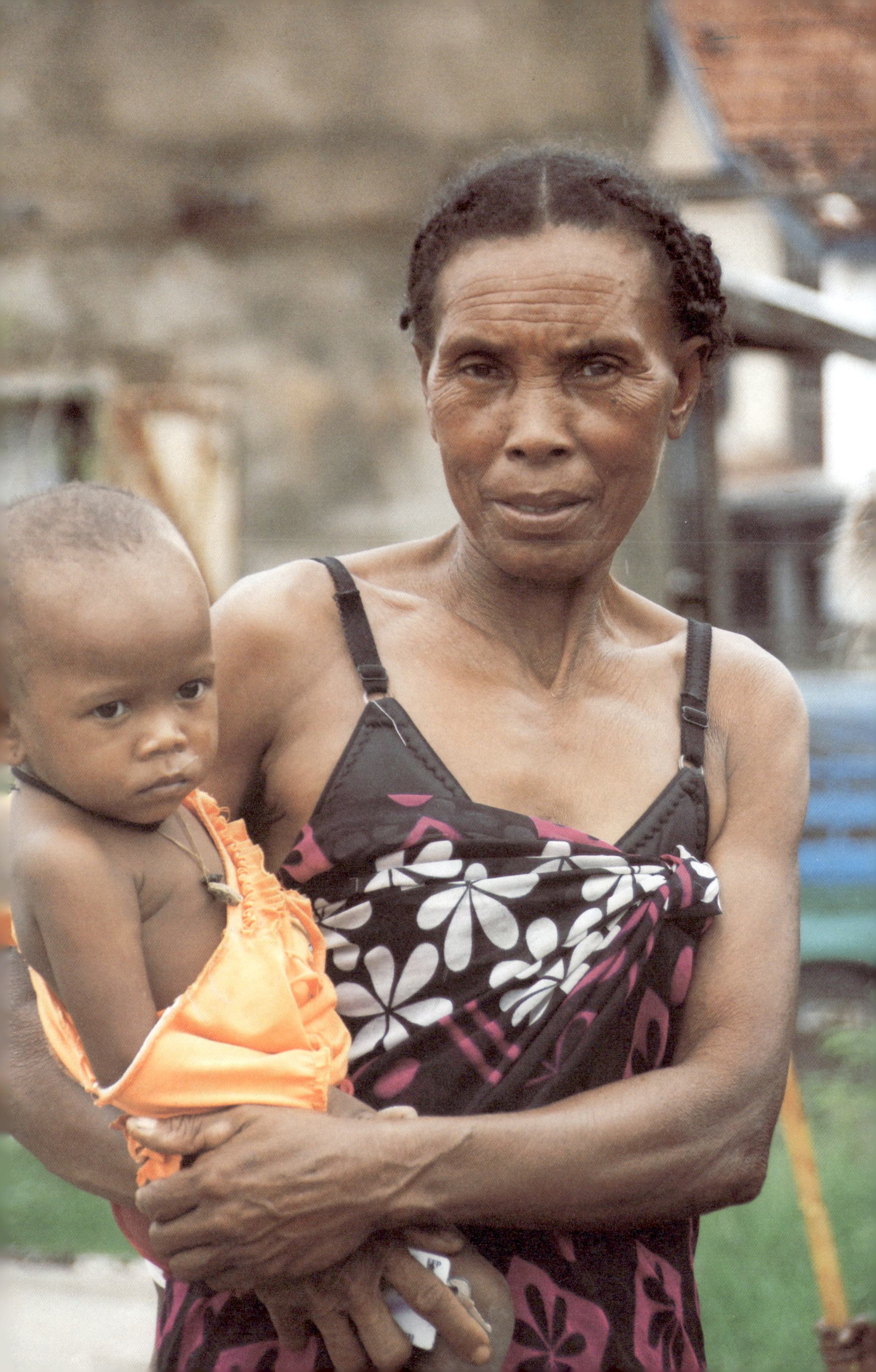

[Madagascar — PART TWO]

SIMPLE LIFE

Chapter6   艰难朴素的生活

在 2011 年联合国人类发展指数中，马达加斯加排名第 151 位（共 187 个国家），约有 92% 的人口生活在每天 1.25 美元的国际贫困线以下。2012 年约 82% 的农村人口人均每天的花费仅为 0.5 美元。

作为最不发达国家之一，马达加斯加的大多数人口仍居住在农村，依靠农业过着清贫的生活。不过好在，乡村农民多数有自己的土地，不用租房，大部分食品不需要自己买，能够自给自足，一般生活能够过得去。居住在城市中的人仅占总人口的 27%。城里人工资比较低，常常要做两份工作才能挣够养家糊口的钱。虽然工资不高，但挣多少，花多少。当地基本生活物品便宜，一般解决温饱还可以，但是剩不了几块钱。电话费、上网费就是奢侈消费了，一般人很少用。公司职员工资比较高，但工作时间长，每天都很忙，很辛苦。他们花费大，伙食费、生活费、交通费，都要自己承担，节省开支很不容易。国家公职人员和公司职员情况差不多，好处是有个铁饭碗。公务员即使犯了错，也就换一个工作岗位，一般不会被辞退。

马达加斯加人从事最多的职业是经商。集市是马达加斯加最常见的生意场，即使是在首都塔那那利佛，大街小巷也布满了各种集市。在集市上买卖基本不用度量器具，仍然用最为原始的"个"或"堆"来计价售货。例如: 1 个橙子 100 阿里亚里，一堆橙子（4 个）400 阿里亚里。螃蟹按个卖，鱼按条卖，枇杷果按枝卖。花生和大米，则用当地公约的一种罐头铁盒作为计量手段。马达加斯加使用安全饮用水的比例较低，70% 的城镇居民依靠天然泉水解决饮水问题。即使在首都塔那那利佛，也仅有 54% 的家庭安装了水龙头，其余家庭因财力不够，无法在家中使用自来水，不得不到数百米外的公用取水点排队取水。郊区居民可以打井取水，但每打一口井要花 30 万阿里亚里（约合 150 美元）左右，并非每个家庭都能承受。

[Madagascar – PART TWO]   054

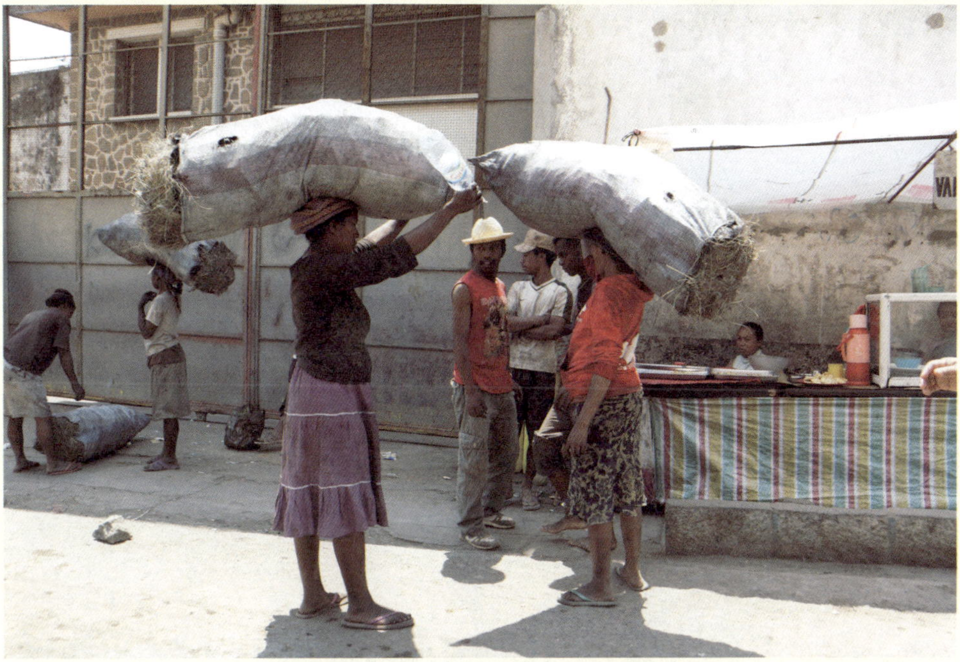

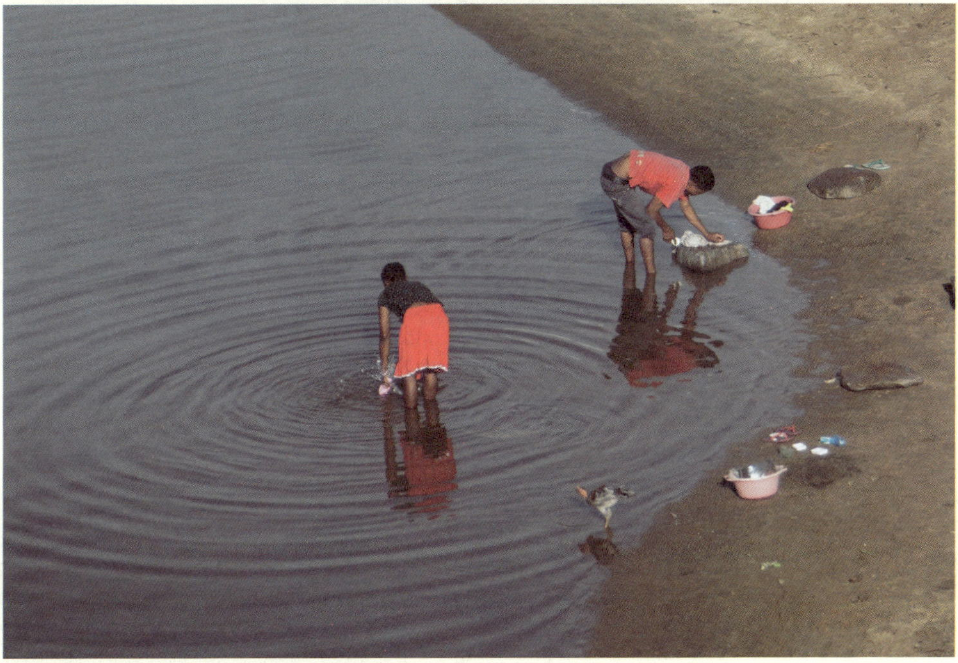

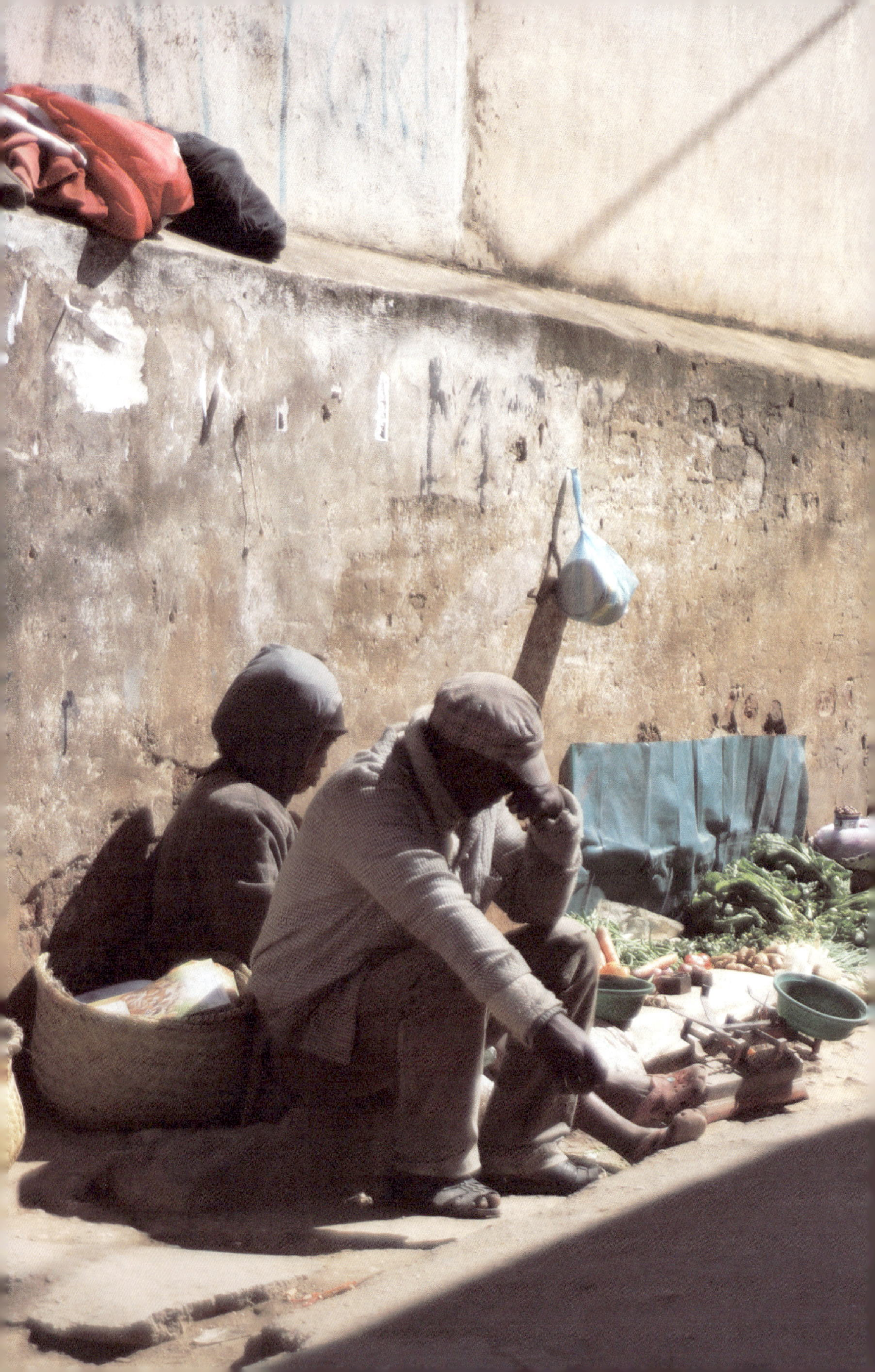

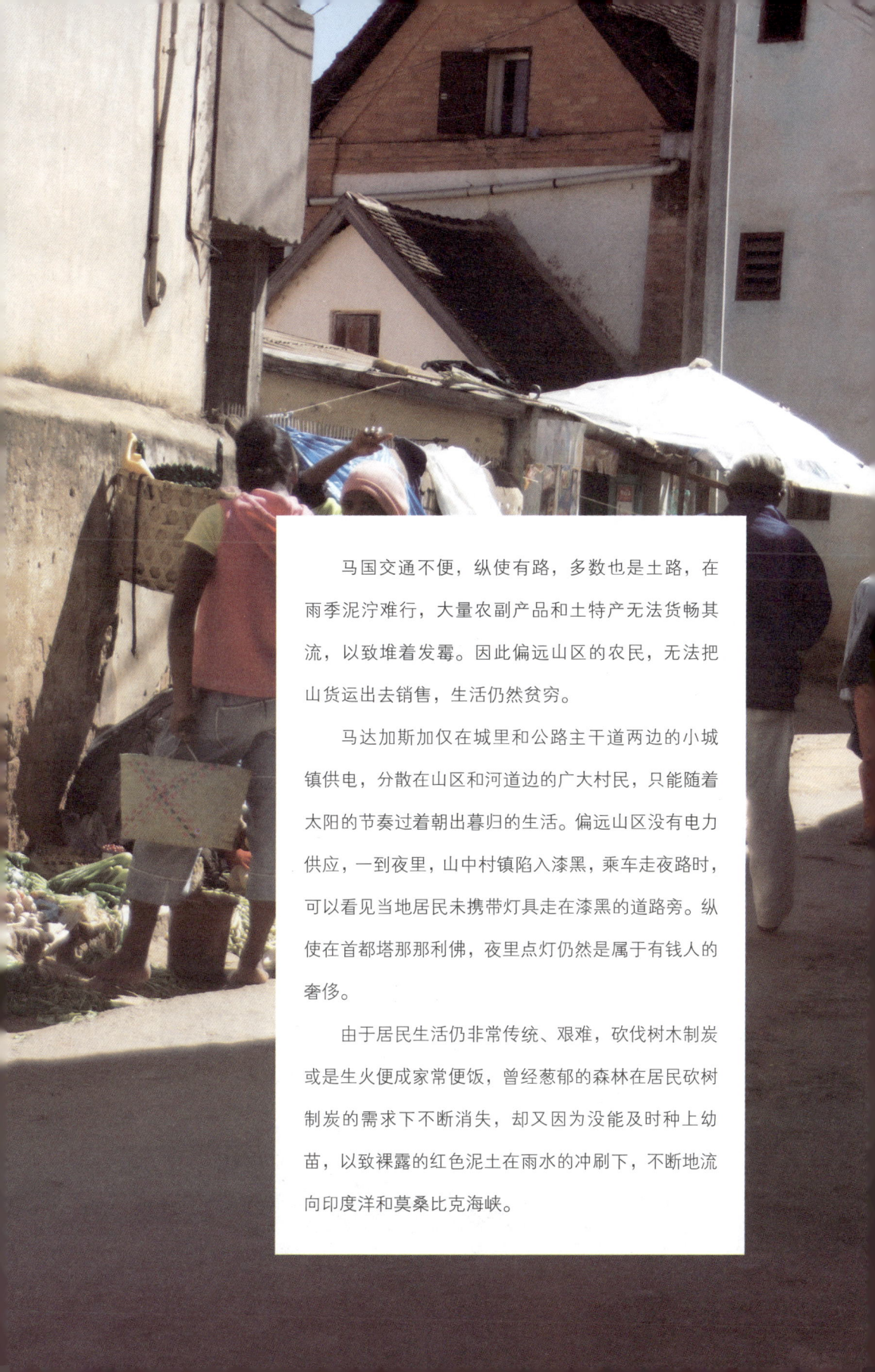

马国交通不便，纵使有路，多数也是土路，在雨季泥泞难行，大量农副产品和土特产无法货畅其流，以致堆着发霉。因此偏远山区的农民，无法把山货运出去销售，生活仍然贫穷。

马达加斯加仅在城里和公路主干道两边的小城镇供电，分散在山区和河道边的广大村民，只能随着太阳的节奏过着朝出暮归的生活。偏远山区没有电力供应，一到夜里，山中村镇陷入漆黑，乘车走夜路时，可以看见当地居民未携带灯具走在漆黑的道路旁。纵使在首都塔那那利佛，夜里点灯仍然是属于有钱人的奢侈。

由于居民生活仍非常传统、艰难，砍伐树木制炭或是生火便成家常便饭，曾经葱郁的森林在居民砍树制炭的需求下不断消失，却又因为没能及时种上幼苗，以致裸露的红色泥土在雨水的冲刷下，不断地流向印度洋和莫桑比克海峡。

SHELTER
Covered by
BAMBOO
and
LEAVES

Chapter 7   竹子和树叶盖的居所

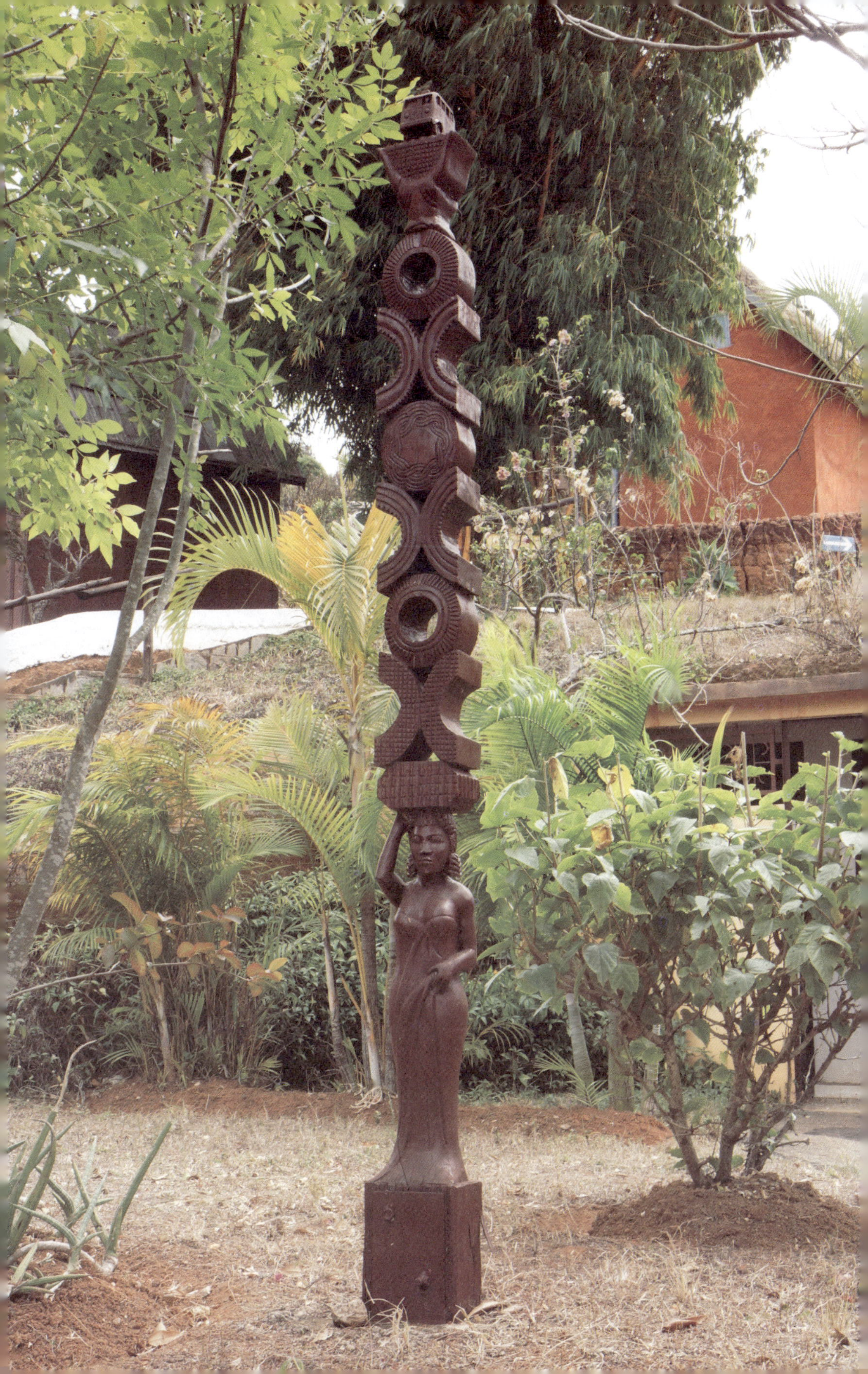

马达加斯加人的房舍建筑与非洲大陆迥然不同，而与东南亚地区极其相似。不同地区之间的房舍建筑也大不相同。

东部沿岸居民（贝齐米萨拉卡人、安泰摩罗人和安泰萨卡人等）的建筑大量使用旅人蕉和竹子。为防止潮湿和雨季被水淹没，房屋都建在木桩上，脱离地面。除房屋的构架使用木料，其余建房材料都使用旅人蕉：天花板用树皮，墙壁用叶柄，房顶用树叶。房顶的坡度很大，在屋檐下，还有一个漂亮的阳台。山脚地带的房屋则大都使用竹子来建造。

西部的萨卡拉瓦人和南部的安坦德罗人、马哈法利人的房屋直接建在地面上。房屋结构呈四角形，房子的主要架子仍以木料为主，但四壁用芦苇编成，屋顶铺棕榈叶。萨卡拉瓦人的房屋也有圆形的，墙壁用竹子编制，屋顶用一根竖在房中央的木柱支撑，上面铺以稻草。

南部的马哈法利人居住区盛行一种被称作"阿洛阿拉"的建筑，用来祭祀祖先。阿洛阿拉实际上就是经过雕饰的木柱，高2～5米，上面刻有许多几何图案和植物图案，以及各种人物、禽兽的形象。

中部高原地区的麦利纳人和贝希略人不像其他地区使用竹子和芦草，他们用白色和红色黏土筑成房屋，一般只有一间房，呈长方形，有着高而尖耸的双斜面屋顶，用1～3根柱子支撑。房间东墙和南墙不开窗，以免来自东南方向的大风侵袭，门窗开在西墙和北墙。富裕人家的住宅房间很多，屋顶用瓦铺盖，房屋正面修有露台，给人一种富丽堂皇、十分气派、传统特征很强的印象。村庄多由高大城墙和护城河围绕，夜晚，城门用巨大的滚石顶住，以保安全。麦利纳人的家居用品多用石材器具，石碗、石勺等是这里常见的餐具，他们的墓地使用未加工的石头竖成高的石柱。贝希略人的墓地则用雕有图案的石板砌成。

[Dream island at the end of the world]   -   0 6 1

Entertainment:

BAR · LONELY CHESS

Chapter 8 娱乐：酒吧·孤独棋

马达加斯加虽是最不发达国家之一，但其娱乐生活并不单调。首都塔那那利佛是国家政治经济文化中心，经济比重占全国一半以上，常住人口和流动人口加起来占全国十分之一，商贸活动十分活跃。尽管马达加斯加的人均收入很低，大部分人属于贫困人口，但是塔那那利佛的娱乐生活仍然多姿多彩。

在马岛旅游，除了欣赏美景，品尝独特美食外，逛当地的酒吧也是必不可少的活动。马达加斯加是一个既有法式情怀，又有东南亚风情，还不乏非洲本土情趣的多风俗国度，这里的酒吧文化尤其反映了这一点。塔那那利佛酒吧、咖啡屋集中在老的金融区附近，路是当年的石板路，虽经多年的踏压已经坑洼不平，但仍有其独特魅力。

严格来讲，马岛没有富丽堂皇、欢歌艳舞的夜总会，这里的夜总会（法语 Boite de nuit）更多指的是从酒吧衍生出来的欢娱场所，和中国的迪吧差不多。营业时间从晚上10点到第二天凌晨，是年轻人和希望放松心情的人们的娱乐场所。马岛人喜欢歌舞，在夜总会里随着舞曲尽情扭动摇摆的马岛人本身就是一道独特风景。

喜欢户外运动和锻炼健身的朋友可以有很多选择，健身房、游泳、骑马、网球、高尔夫等都有相应的场所。塔那那利佛市郊还有一个户外卡丁车俱乐部，设施完善，分业余和专业赛道，无论是坡度还是弯道设计，都非常专业。这里的封闭式跑道还定期举行包括摩托车、改装车在内的比赛，是车迷的乐园。

孤独棋是具有马岛特色的一种游戏，棋盘讲究，如圆形托盘，用黄檀木或红木制成，棋子往往选用各色矿石或水晶打磨而成。名"孤独"，是因为这是一个人玩的棋。其下法如跳棋，开局时，随意取盘中一子留出空当，

[Madagascar – PART TWO]   064

然后以跳棋走法将被跳过的棋子取出，直到最后"无路可走时"看盘面还剩几子，最好的结局是最后只剩"孤独"一子。因为盘面是圆形，要想真正达到孤独的境界，还真是很难。

希拉加西曲（Hira Gasy）为马达加斯加独有。这个重要传统娱乐形式起源于1789年安德里亚纳姆波伊尼麦利纳国王统治时期，国王为他的子民提供农具并教授生产技术，让他们无论在灾荒或丰裕之年都能自给自足。希拉加西曲作为感恩国王的节日，由此在民间广泛流行开来，祭司在歌者和舞者的伴随下表演。如今的希拉加西曲吸收了很多不同因素，包含不同主题，每个主题由五个步骤组成。主题可以关于土地种植、社会问题、婚礼，甚至贸易，与主题相关的歌曲演唱可持续一小时之久。希拉加西曲经常在翻尸节、童王节等重要节日上演，有时也会专门为旅游团表演，或者在小村镇里与游人"意外"相遇，它是当地民众的重要娱乐形式。

VARIOUS FOODS

Chapter 9   丰富多样的饮食

马达加斯加人的饮食习惯同东南亚人大同小异，日常吃的食物一般为炒面或是蒸米饭配青菜汤。当地人吃东西比较简陋，饭菜中很少能见到肉，米饭配青菜汤算是他们的传统食物了，即便是在高级餐厅招待客人，也只不过是青菜汤里多了几片肉而已。

除此之外，还有很多做法和名称源自最早来马岛定居的华人祖辈，比如馄饨、水饺、炒面、汤血、叉烧、春卷等，已经成为当地民众耳熟能详的食物，在遍布马岛大大小小的普通餐馆的菜单中都必不可少。

欧洲的西餐对当地饮食也很有影响，尤其是法国菜。而交通的便捷和交流的日益活跃更丰富了马岛的饮食风貌。首都塔那那利佛遍布形形色色的餐馆，马国菜、法国菜、意大利菜、中国菜、日本菜、韩国菜、泰国菜、印尼风味菜、清真风味菜都有。各式餐馆里中高档菜都有，足够解决旅途用餐问题。马岛人也喜欢吃海产品，到了沿海省市，可以尝到又新鲜又便宜的海鲜。一些马岛餐厅很有特色，装潢很用心，有时还会有传统的民间歌舞助兴。

值得推荐的是一些颇具异国情调的西餐厅，店主和厨师都是欧洲人，这里能吃到正宗的法国餐和意大利菜。他们因为喜欢马达加斯加，专门来此开餐馆，欧洲游客和常驻塔那那利佛的外籍人士经常光顾。

总体上，马达加斯加菜肴的做法以煮、烩、煎、炸为主，味偏重，喜香浓。从烹饪的角度说，马岛的饭菜重"味"而轻"色"。大多数马岛人喜欢食用一种叫萨凯（sakay）的红辣椒，进餐的人根据自身需求酌量使用。

马岛菜肴里堪称经典的菜首推一道蒸鳗鱼，做法颇为讲究：沿鳗鱼腹部小心切开，掏空内脏洗净，再将猪肉末、蒜末、洋葱末拌好，慢慢填充进去，用文火蒸熟，再浇上西红柿、生姜做底的酱汁。野生的鳗鱼已足够鲜美，再拌有开胃的酱汁，颇使人嘴馋。

罗马扎瓦（romazava）是一道既典型又有特色的马岛菜肴，这道汤菜常用西红柿、土豆，和必不可少的捣成叶泥的番薯叶，加上牛肉、鸡块一起烩。这样的烩菜品相自然不会好看，但味道浓厚，既有肉香，又有番薯叶特有的青涩味儿，值得品尝。

马达加斯加肉禽果蔬样样俱全，国内常见的食物原料在这里几乎都能买到，在当地生活的中国人深感方便。尤为叫人称道的是香草。马达加斯加盛产香草，被誉为香草之岛。当地生产的香草是绝佳的食品香料，可用于制作糕点、饮料等食品。马国人不仅在制作甜点时加入香草，吃的时候还要再加更多香草。

马岛人没有饭前喝开胃酒、吃开胃菜的习惯。他们常常以蔬菜汤开胃，主菜伴有两三样蔬菜。主菜一般为咖喱鸡肉或咖喱鱼。传统上，马达加斯加人吃饭时只用勺子，不用刀叉，现在受到法国文化影响也开始使用刀叉，原有那种古老传统渐渐消失。

在举行生日宴会、家庭晚宴或遇到一些特别日子，如圣诞节、除夕、独立日或复活节时，全家人要在一起吃饭，这时经常会有鸡肉合着大米吃。在马达加斯加，这个"全家"不仅仅指住在一个屋檐下的亲人，也不是指一个人的近亲，而是指所有亲人。

在举办这种较正式的大餐时，马达加斯加人的餐桌常常使用亮黄色的桌布，配以颜色相衬的餐巾，用圆桌营造友好温馨氛围。餐巾叠置于白色餐盘上，并放上一朵亮色的大花。餐桌中心摆放一大碗新鲜水果，点缀着新鲜的花朵。鸢尾花、兰花、雏菊经常被用来装饰餐桌。

第一道菜可能是拉索皮（Lasopy），是用小牛肉和蔬菜烩成的浓汤，

[Dream island at the end of the world]

[Madagascar — PART TWO]

盛在瓷碗里。第二道菜可能是用三脚火炉烤的瓦兰加（Varanga）牛肉，做法很特别，先把牛肉切成小块，焖熟，撕开，再烤成深棕色，味道很美。接下来的菜可能是热气腾腾的蔬菜烩（Vary amin'anana）和西红柿青葱沙拉（Lasary Voatabia），同时上桌。

马岛盛产多种多样的热带和温带水果，水果和蔬菜都吃新鲜的。人们经常把新鲜香草和提味的各类水果当作饭后的甜点食用。甜品中的水果（一般用的是菠萝和香蕉），常常加些糖并浇上少许香草精。

马达加斯加人以大米为主食，多数人一日三餐都吃大米，是世界上人均消费大米最多的国家，马国的诸多谚语常以大米为题。马达加斯加人做米饭，一直等锅底的大米烧焦，然后把烧焦的锅巴铲起，在锅中加入水，继续煮，直到煮成棕黑色散发出浓香为止。这种锅巴米汤叫"拉诺纳潘格"（Ranonapango），只在晚饭食用。米饭煮好后，一般是就着用蔬菜、鱼、羊、家禽或野禽肉块做的卤味吃，而且还要撒许多辣椒和五味香料。

捞卡（Laoka）是马国受欢迎度仅次于大米的食物。捞卡的配料品种很多，通常配有姜、葱、蒜、番茄、香草、盐、咖喱粉，或含有其他香料或草药的调味酱。在干旱的南部和西部地区，人们通常用玉米、木薯，或驼峰牛奶发酵制成的凝乳来代替大米，南部半荒漠地区的人喜欢吃白薯和木薯。

油炸圈饼（mofo gasy）也是马岛人日常食品，是把甜米粉注入圆形模子，放在木炭火上烤熟制成的。这种食品在马达加斯加城镇各食品小摊上都可以买到，可以单个地买也可以整套地买，通常用报纸包装，以便携带。

马式粽子（Koban-dravina）是马达加斯加的特色小吃，把研磨后的花生、红糖和甜米粉糊混合制成一块1英尺长的三角形面团，然后把面团

用香蕉叶包好，放在锅里煮几小时，直到红糖融化变为焦糖，米粉煮到凝固而且花生的油渗透到米粉里面的时候，才可以吃。一般切成薄片销售，也用报纸包装，以便携带。

当地生产的饮料有果汁、咖啡、茶，以及含酒精的饮料，如朗姆酒、葡萄酒和啤酒。平日里，人们喝冷柠檬汁或冰水。比较独特的一点是，马达加斯加人喝咖啡的方式有些粗犷。当地街头有许多咖啡小贩，把咖啡装在大水壶中，包裹上厚厚的塑料袋用来保温，就这么散漫地卖。小贩除了卖咖啡，也顺便卖一些面包，可以蘸着咖啡吃。这些咖啡杯的清洗方式也很粗犷，小贩只是把上一个顾客杯中剩下的咖啡随手倒掉，然后在水桶里涮一下就给下个顾客用。

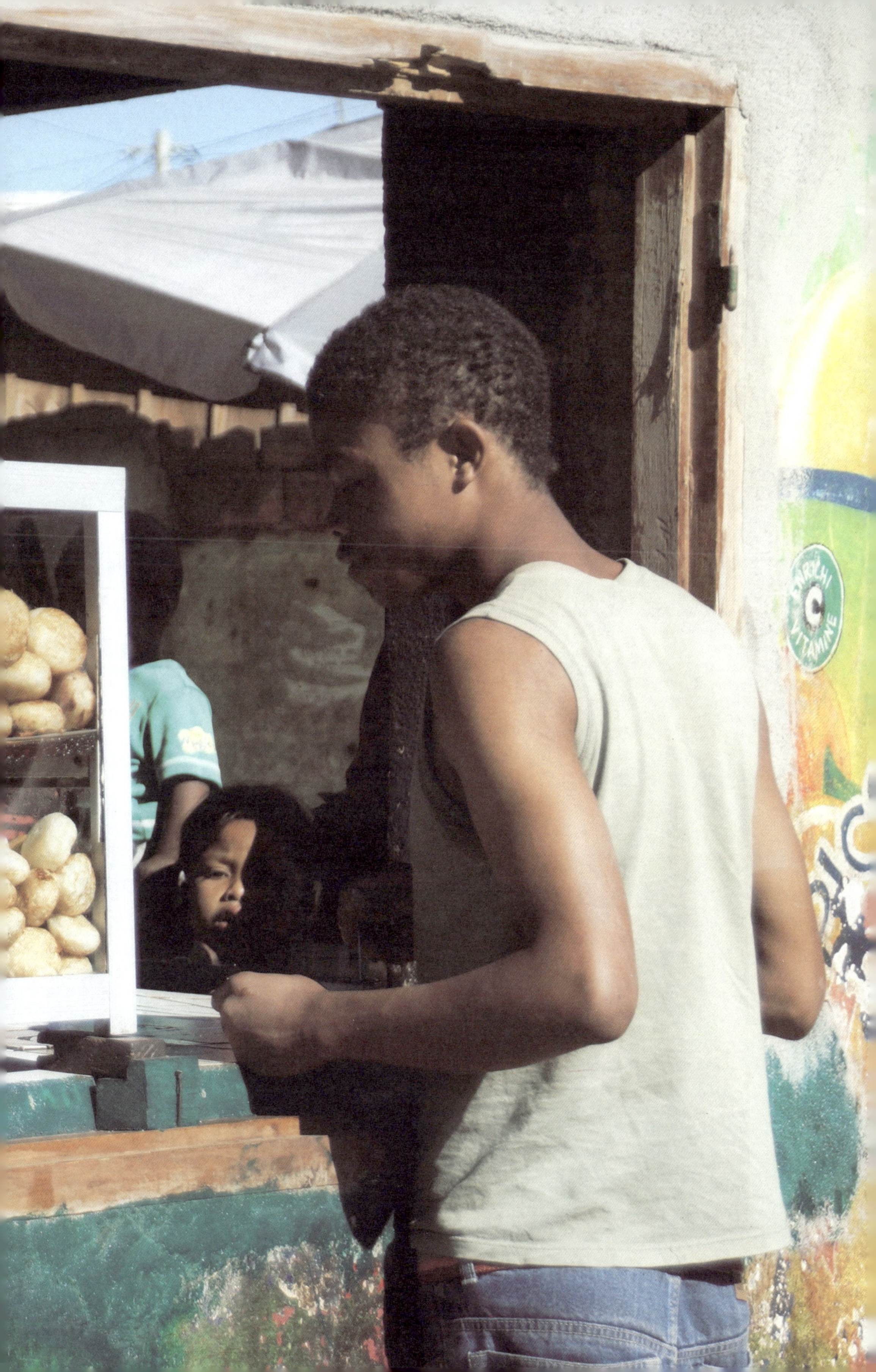

VITAMINE
C

[Madagascar – PART TWO]   074

TRADI-
TIONAL

HANDCRAFT

Chapter10 <u>精致的手工艺品</u>

马达加斯加人心灵手巧，传统手工业相对比较发达，泥土、木头、纤维、金属、石头、牛皮、织布等各种材料，都可以被他们做成手工艺品，甚至连铁皮罐头盒也能做成逼真的汽车模型。在手工艺品市场里，可感受到马岛传统工艺品的魅力。

马达加斯加人很早就掌握了纺纱和织布技术，传统手工纺织业如今仍在生产，并在岁月的流逝中充分显示出其青春常在的魅力。马达加斯加人喜欢用一种天然野蚕丝来做围领和披巾，经过处理的生丝柔软而不刺，有纯色也有鲜艳的染色。在欧洲文化的影响下，男人用的方形裹巾和女人的裙子都被欧式服装所替代，唯有一种叫作"拉姆巴"（lamba）的民族服饰保存了下来，并深受当地居民喜欢，在马达加斯加市场上一直十分走俏，成了马岛居民不可缺少的一种服装。

拉姆巴其实是一块未经裁剪的长方形棉麻织布，有纯白色的，也有织上各种彩色图案的。虽然是一块普通、粗糙的布料，但它方便、实用而且功能多。拉姆巴的穿着方式有许多种：农民下地耕作时，它可以当服饰缠在腰间；天冷时，此布则上移，由服饰变成头饰，成为一块包头巾；如果进城办事，人们把它披在肩上，一边绕过肩膀，成了优雅的披肩，使人显得风度翩翩。

拉姆巴一般用棉纱或丝线织成，价格虽比同类产品高，但很受人们青睐。它的用途也在不断增多，如在非常隆重的葬礼中，深红色的丝质拉姆巴被用作人生归途中的最终服饰——寿衣。

马达加斯加传统的竹器编织业历史悠久，十八九世纪时已具相当水平。东部沿海居民喜欢使用竹编的器具，竹筐、竹勺、竹椅等随处可见，既美观又大方，做工十分精巧，具有强烈的地方和民族特色。马国还出产可爱

[Madagascar — PART TWO]

而富有民族特色的草编制品，有手袋、钱包、挎包、大小篮子等等。当地居民还用芦苇和稻草编制成筐篮、袋子、草帽、小装饰品以及装饰地面和墙面的席子，花色繁多，结构精巧。

马达加斯加虽然不属非洲大陆，但木雕制品也一样独具特色，是该国民族、文化、历史的表现和象征。马岛盛产珍贵木材，木雕及其他木制品也多取自紫檀（黑木）、玫瑰木（红木）、黄檀木（花梨）等。还有一种当地人称为"圣木"的木材，质地坚硬，纹理自然，通常是外白内黑，以此木做雕刻材料，独具特色。

木雕形象以人物和面具居多，或具体，或抽象，或写实，或夸张，或柔美，或狰狞。游客往往会在这些精致木雕前驻足良久。不管怎样，到了马达加斯加，挑一两件精工细做又具有马岛风情的黑木雕作为纪念品，非常值得。

西部萨卡拉瓦人喜欢木质器具和各种木质雕刻品，如木盘、木勺、木盆等。这些木制器具经久耐用，物美价廉。而雕刻工艺则线条粗犷，耐人寻味，富有强烈的表现力。雕有精美图案的木质雕刻品，也多用来装饰房间。

此外，还有很多让人看了心动的玩意儿，如珍贵的鳄鱼皮制品、精致的船模、神奇的沙瓶画，还有那些可能已经有点过时，但是趣味盎然的铁皮玩具。

扎菲马尼里艺术品（Art Zafimaniry）：已被联合国教科文组织列为世界非物质文化遗产。上世纪50年代，深藏在森林里的扎菲马尼里人因为贫穷把家中的家具和木雕拿到市场上销售，结果向世人暴露了这种手工艺术，成为国内外一大发现。真正的扎菲马尼里艺术品都体现在家庭用品上，如蜂蜜罐、织机、凳子、餐具等等，同时也有门、窗等建筑材料。在市场上，这种工艺品则是高档家具、木雕人像、雕塑壁板的代名词。这些木雕的图案经常有圆花窗、斜十字等造型，当问到扎菲马尼里人为什么会这样做时，他们只回答说祖祖辈辈都是这么做的。

扎菲马尼里地区处于7号国道旁，距离首都塔那那利佛大约260公里，许多村庄坐落在马达加斯加东部巨大的陡坡上，聚居带南北长约52公里，东西宽约26公里。该地区居民多数是因为麦利纳的征讨来此避难的贝希略人。他们在日常生活、住宅建筑、稻田耕作等方面，保留了麦利纳人18世纪和贝希略人19世纪的文化传统。

安泰摩罗纸（Antemoro）：安泰摩罗人的意思是"岸边人"，他们具有阿拉伯人的血统，生活在马岛东南部圣沃希佩诺城附近的沿岸平原。安泰摩罗纸是将树皮（Avoha）经过水煮、搓揉、磨光制作而成的，镶嵌着植物茎叶和花卉，是一种纯天然产品。安泰摩罗人按照秘传方法，用竹尖在安泰摩罗纸上书写阿拉伯—马语混合书法。20世纪30年代，这种造纸工艺流传到菲亚纳兰楚阿南边的安巴拉沃镇（Ambalavao），第二次世界大战期间，市场上纸张缺乏，安泰摩罗纸的产量达到了顶峰。现在，镇上建有许多作坊，专门生产这种常常用花做图案的安泰摩罗纸。最大的作坊设在布甘维利耶旅馆（L'Hotel Bougainvillier）里面，生产的精美安泰摩罗纸叫人赞不绝口，游客每天都能参观，还能当场购买产品。这种纸用来做图书、地图、画册和室内用品的装饰，主要向欧洲和日本出口。

莫海尔地毯（Tapis Mohair）：安帕尼希（Ampanihy）镇位于马岛南端偏远的图利亚和佛多梵之间。这里的妇女世世代代编织羊毛地毯，家中的主要财产就是织机。安帕尼希生产的地毯有两种：一种是用当地羊毛生产的家用地毯，另一种是用进口兔毛生产的地毯。新工艺能够生产出每平方米7万个结的手编地毯，踩在这种厚实的地毯上面非常舒适。地毯图案

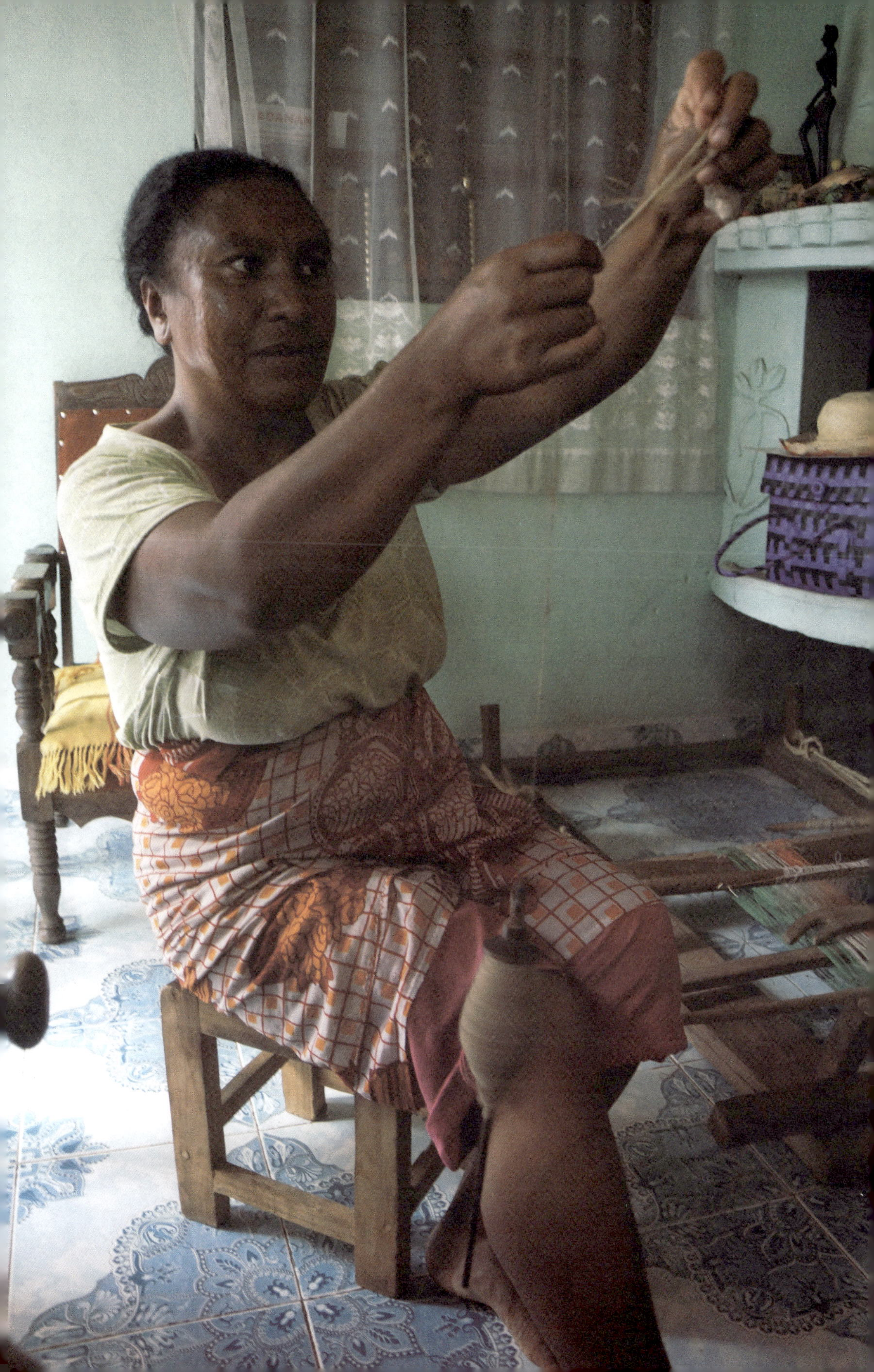

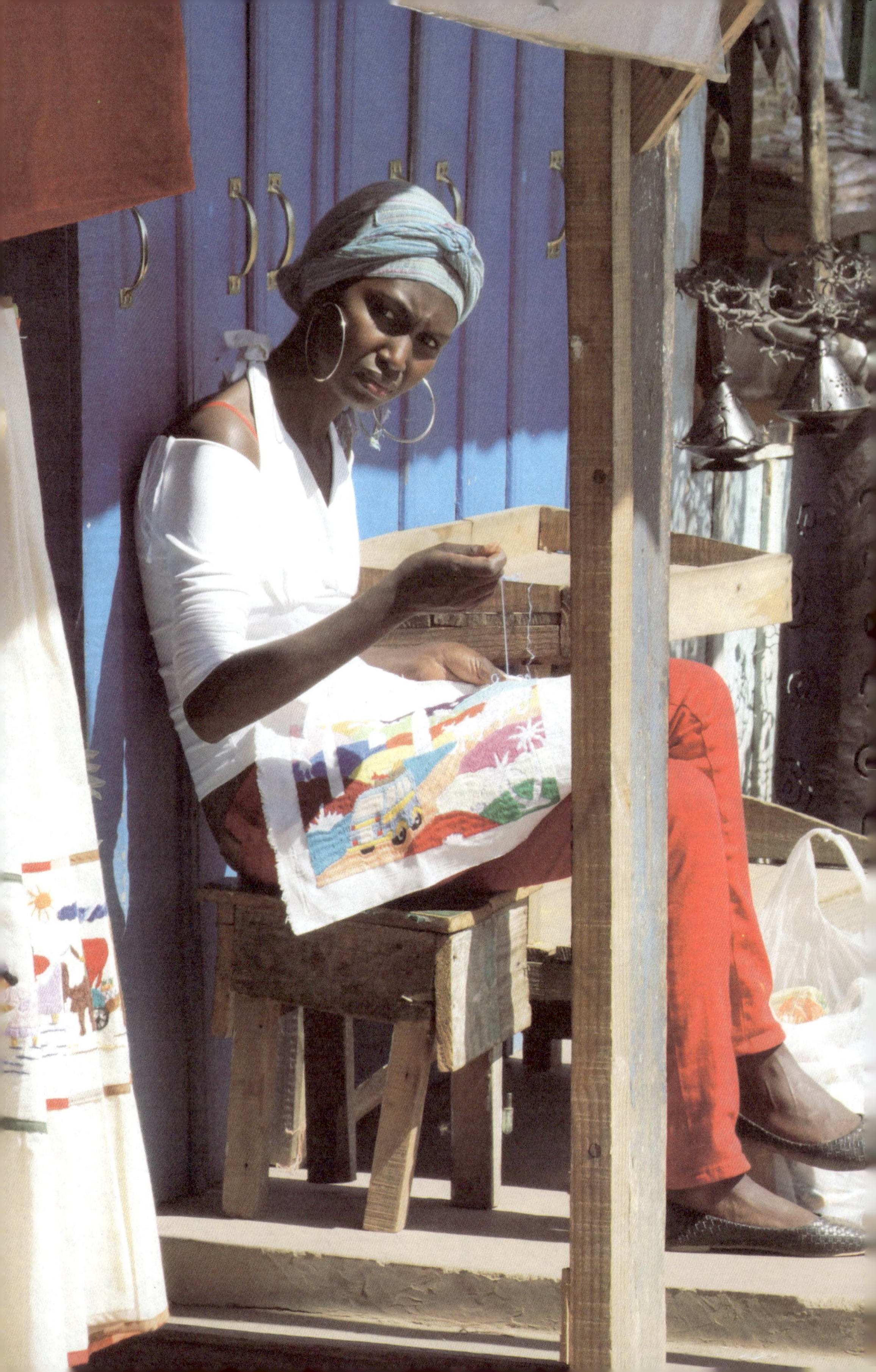

取自马哈法利（Mahafaly）和安坦德瓦（Antandroy）的植物，拥有当代风格的色调，偶尔也会掺入一些来自别的地方的风格。

兰蒂贝野丝绸（Landibe）：只有在马达加斯加才能找到这种叫兰蒂贝的野丝绸。它的绳绒线取自当地一种叫塔皮亚（Tapia）的植物。野丝绸的主要原料是从大自然中收集到的蚕丝，它的结构粗糙，用天然植物做染料。最初，兰蒂贝野丝绸只用作裹尸布，之后外来的顾客把它非神圣化后，推销到世界各地。现在野丝绸普遍用于室内装饰，也用来制作披肩、背心、外衣、裙子等。有的国际博览会把纯色的兰蒂贝野丝绸与欧洲产的精美丝绸放在一起展出，形成了一种强烈的文化对比。

MUSICAL INSTRU-MENTS

Chapter 11 独特的乐器

马达加斯加人能歌善舞，这一点尤其反映在种类繁多的乐器上，有击打、弹拨、吹拉等各种。最有意思的是一些弹拨的弦乐器，小的用竹木为身，有长有短，竹身上往往雕刻有各式图案，大一点儿的则有仿吉他形的，其中有用掏空的大葫芦制成的吉他，可能因为"腹大"，拨动琴弦时，声音听起来更清脆悦耳。马达加斯加还有一种民族乐器是脚踏木琴，由两名妇女面对面同时演奏。此外，还有各种横笛、竖笛和小鼓等。

马达加斯加有一种独特的民族乐器，叫"瓦里哈"。这种乐器是一根长约1米的竹筒，把它表面一层纤维沿着筒身一根根地绷起来变成了弦。这些纤维做成的弦长短不一，所以能够奏出不同音节。

而牛皮鼓则是马达加斯加人使用最多的乐器之一，也是一件不错的旅游纪念品，小型的是手鼓，中型的是腰鼓，大型的鼓摆放在地上。牛皮的鼓面、黄檀木的鼓身，状似一个沙漏，上宽下窄，鼓身刻有精美的图案，无论是真的用来击打还是作为摆设，都别有风情。

FLAGPOLE FESTIVAL, COLORFUL HOLIDAY

Chapter 12　竖旗杆节、斗牛赛

童王节（Le Sambatra）：在马达加斯加，割礼是每个男孩都要经历的一关。东海岸马南扎里（Mananjary）地区的安坦巴浩卡（Antambahoaka）部落，根据星相日历每七年举办一次为期四周的童王节，成千个家庭为家里最近七年出生的男童举行集体割礼。割礼的前三周，周边村民齐聚中心村落。除周四外，每天日出日落时，村里的智者都聚集在一起，妇女跳起舞来祈求先人赐福。最后一周也叫圣周，在这七天里，妇女们到树林里采灯心草编织成垫子，为男孩们做衣帽。男人雕刻木头鸽子，放置于"国王"小屋的屋顶上。"国王"走出小屋，表演王家舞蹈。周五是割礼日，选在月亏期的日子，祭献驼峰牛后，整个部落一起前往圣河河口，开始净身沐浴。回到"国王"小屋，男孩们就要经历痛苦的成人仪式了。

菲塔波哈节（Le Fitampoha）：该节日是马达加斯加西部梅纳贝（Menabe）地区萨卡拉瓦人的风俗，传统上每十年举办一次，7月举行，仪式举办地在齐里比希纳圣河（Tsiribihina）边。在仪式上，萨卡拉瓦人祭奠祖先遗物，因为他们认为祖先虽然已逝，其至高无上的权威并未消逝。人们把祖先的头发、牙齿和指甲等遗物从位于贝洛齐里比希纳（Belo Tsiribihina）的圣祠里取出，用掸子、蜂蜜、橄榄油和植物皂清洗，由戴着红头巾、缠着腰布的专人送往安帕西（Ampasy）。人们在仪式上唱歌、跳舞、摔跤，纵情欢乐。在这一周中，祖先被供奉在一个画有月亮和落日图案的盒子里，祖先的遗物被挂在白色帐篷里排成一行的木柱上。清洗遗物时，禁止人们穿鞋和渡过齐里比希纳圣河。

竖旗杆节（Le Tsagantsaina）：每隔五年，北方的安塔卡拉那

（Antakarana）就要举行庆祝竖旗杆的典礼，让共和国的旗帜与半月红星旗一起紧挨着迎风飘扬。新旗杆需要经过非常精心的选择，在未来5年里让旗帜展现色彩和发扬安塔卡拉那价值。把旗杆埋到安塔卡拉那的地下葬穴的仪式非常精彩，不可错过。旗杆埋入地下之后，紧接着在米齐奥岛（Mitsio）和安塔卡拉那公墓举行朝圣仪式。

祭圣节（Le Fanompoambe）：祭圣节是马任加地区的民间仪式，在米阿里纳里沃—扎拉拉诺—安布尼（Miarinarivo–Tsararano Ambony）圣庙举行。仪式主要内容是浸洗博瓦纳（Boina）部族萨卡拉瓦王国安德里阿米萨拉（Andriamisara）国王遗留的牙齿、椎骨等圣骨。遗留圣骨的祖先被尊崇为人类在上帝跟前的代言人。仪式上要用猎枪齐鸣一阵，表示对圣骨的敬意，再用特选公牛的鲜血浸洗圣骨，圣骨要围着圣庙转七圈才被放回原处。人们如何捧着圣骨在圣庙里转圈有严格的规定，比如第一步必须跨出右脚，妇女必须穿特定的服装，做特定的发型，等等。

萨维卡斗牛赛（Savika）：马达加斯加菲亚纳兰楚阿地区有一种精彩的斗牛活动，当地叫萨维卡（Savika），一般在复活节和五旬节举行。萨维卡斗牛活动在安玻斯塔城能容纳4000多人的竞技场进行。活动的内容是年轻的贝希略人赤手空拳与驼峰牛搏斗，看斗牛士能够跟勇猛的牛斗多久才能把它制服。这个过程中，斗牛士随时有可能被牛刺伤或者被牛踩到脚下。手臂、大腿、肚皮、甚至头盖骨上的伤疤都是斗牛士日后可以炫耀的资本。

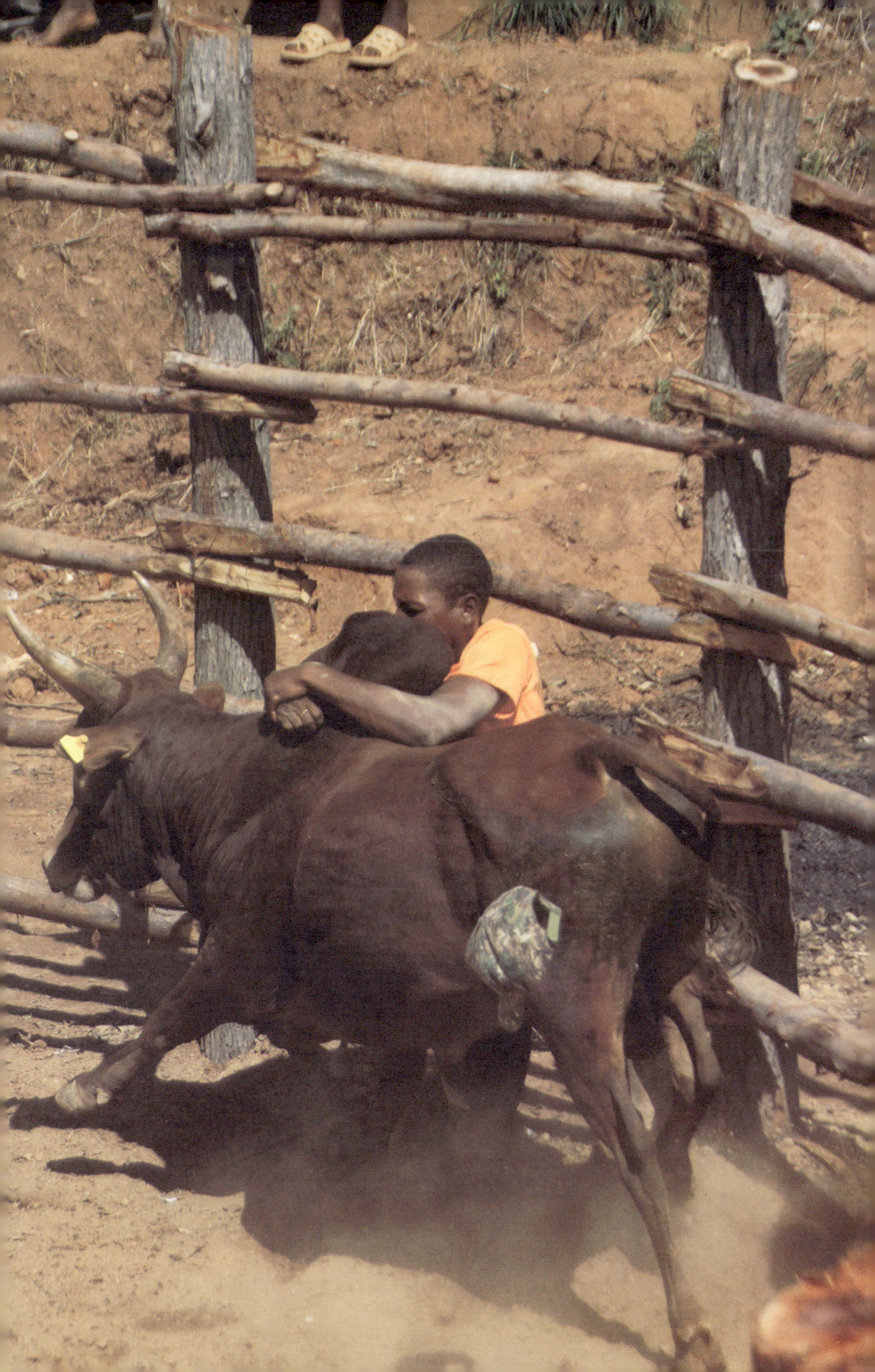

FUNERAL CEREMONY

Chapter13 隆重的葬礼

葬礼： 马达加斯加人在临终前，最大的愿望是有后代为自己守灵。逝者无论穷富，地位高低贵贱，葬礼都十分隆重，若与世长辞者是受人尊敬的长者，则会更加隆重。葬礼上，唱歌、跳舞、大摆筵宴是必不可少的内容。他们当中无论什么人死去，死者的左邻右舍都会纷纷过来，与死者亲属一起守在死者身旁。院子里，男男女女跳着一种全身抖动的舞，并伴随着古老传统的歌曲，目的是超度死者的亡灵，使他早日升天。

葬礼一般持续三天，整个仪式的气氛十分庄严肃穆，每个人的表情都很严肃，但看不出任何悲伤、凄凉。仪式都在晚间进行，每夜通宵达旦。他们认为，死者的亡灵白天是安宁的，只有到了晚上才会感到孤独，因此仪式要在晚上进行。三天之后，死者才被安葬在村旁的墓地里，整个仪式自始至终没有人哭泣。

迁葬： 如果有人不幸死于异乡，一般情况下，人们会将其遗体运回老家安葬。如果不能将遗体运回家乡，也要按照他们的传统在当地安葬死者。不过，这仅是临时的归宿，一年之后，死者的亲属会想方设法将遗骸运回故里，绝不让亡灵无家可归，流落他乡。

迁葬仪式同样隆重。迁坟必须请巫师引路，巫师手舞足蹈地行进在迁葬行列的最前面，口中念念有词，几个抬着棺木的人行进在队伍中间，队伍后面则是死者亲朋好友，他们边走边唱着赞歌，整个迁葬队伍浩浩荡荡。

迁葬队伍行至路中，行人赶上了会很有礼貌地分站两旁，给迁葬队伍让路。来往车辆也要暂停路旁，似乎担心惊动了亡灵的安宁，人们都在默默地为亡灵祈祷，这已成为一种不成文的规定。司机和过路人已习惯遵守这一葬礼中的特殊礼仪，就算有急事，也没人破坏这个习俗。

合葬： 为了能永远得到祖先的保护和恩赐，永远与祖先在一起，马达加斯加人往往几代人合葬。普通人家将先辈的遗骨分层安放在一个岩洞内，按辈分一层一层地整齐排列。富裕人家则修筑宽敞豪华的墓室，以显示其富有，让先人们住得更舒适、更讲究一些，他们才有面子，对先人也尽到了赤诚之心。先人们满意、高兴了，幸福和恩赐也就会随之而来。

墓室一般用一种大条石砌成，这是整个家庭百年后的归宿。墓穴中央为四方形，三面用大石板垒成壁柜的样子，分上、中、下三层，每层为一对夫妇的位置，可停放两具遗体。家人故去，人们先将其遗体清洗干净，然后用白布包裹起来，按辈分大小放置，长辈放在上层，依次往下，一般是三辈人共用一个墓室。

马达加斯加允许一夫多妻，但只有原配夫人才可葬入家族墓穴，妾室则葬回娘家。孩子只有年满周岁方可葬入家族墓室，未满周岁的孩子死后不能葬入家墓之中，一般只能埋在家族墓室旁了事。

重葬： 马达加斯加人认为祖先的灵魂永存，永远与生者在一起，他们的灵魂可为生者赐福或降灾，因而他们对死者或祖先十分崇拜甚至敬畏，有一种特殊的感情和尊重的心态，会定期为逝者举行祭祀仪式。对祖先的崇拜使马达加斯加人非常看重逝者的葬礼，葬礼仪式非常隆重，不仅要杀牛祭奠，还要把牛头放在坟前，立一块雕刻精美的木牌。如果逝者的家人以后遇到天灾人祸或其他不测，或者梦到逝者，都被看作逝者对生者不满，需要对逝者进行重葬，以表达生者对逝者的崇敬之情。

重葬仪式一般分两天进行。第一天挖墓，挖墓之前先要宰牛祭祀。出土的遗骨放在床单上，将醇酒和蜂蜜洒在上面，然后用席子包紧，捆好。

[Dream island at the end of the world]

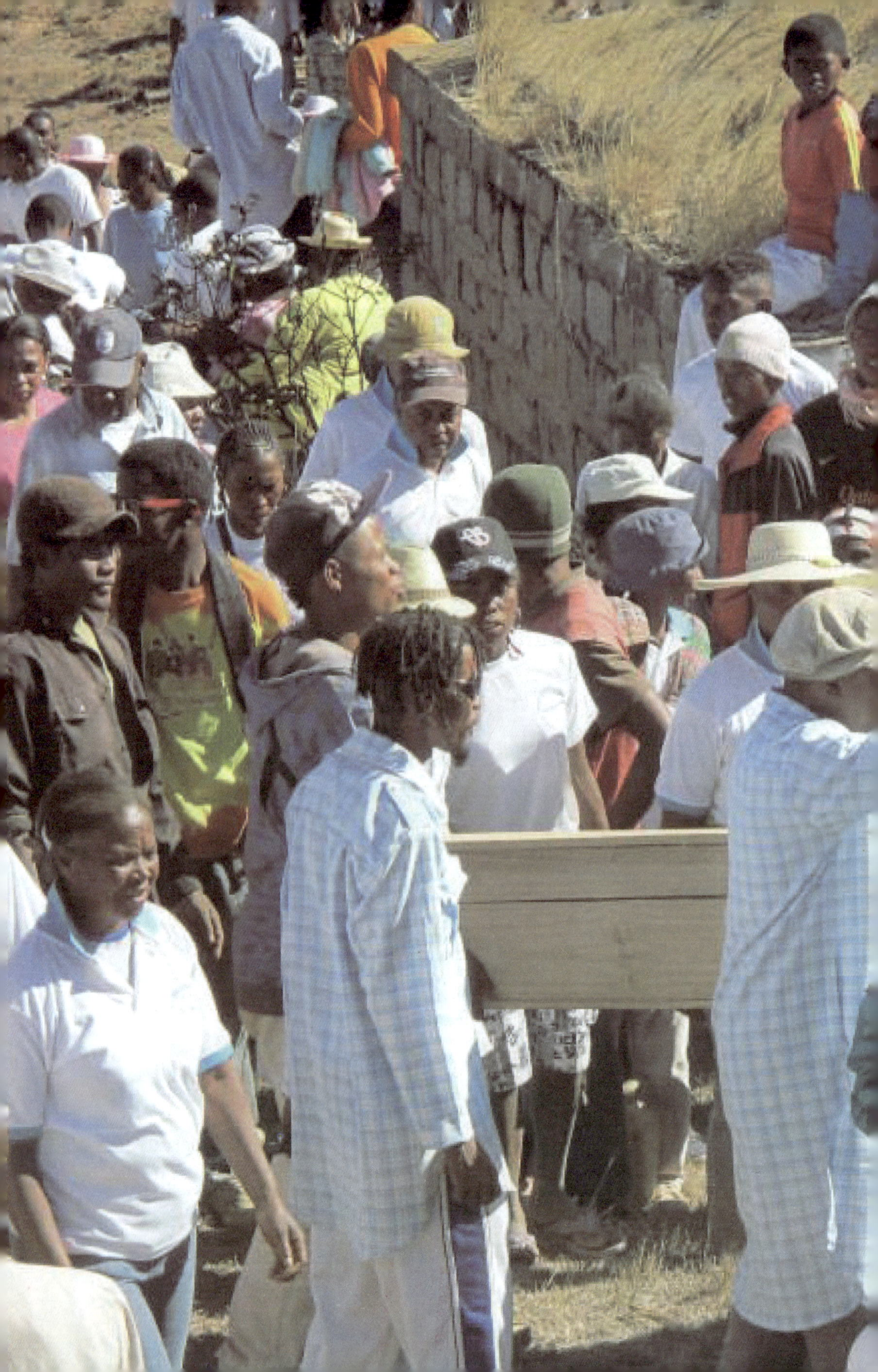

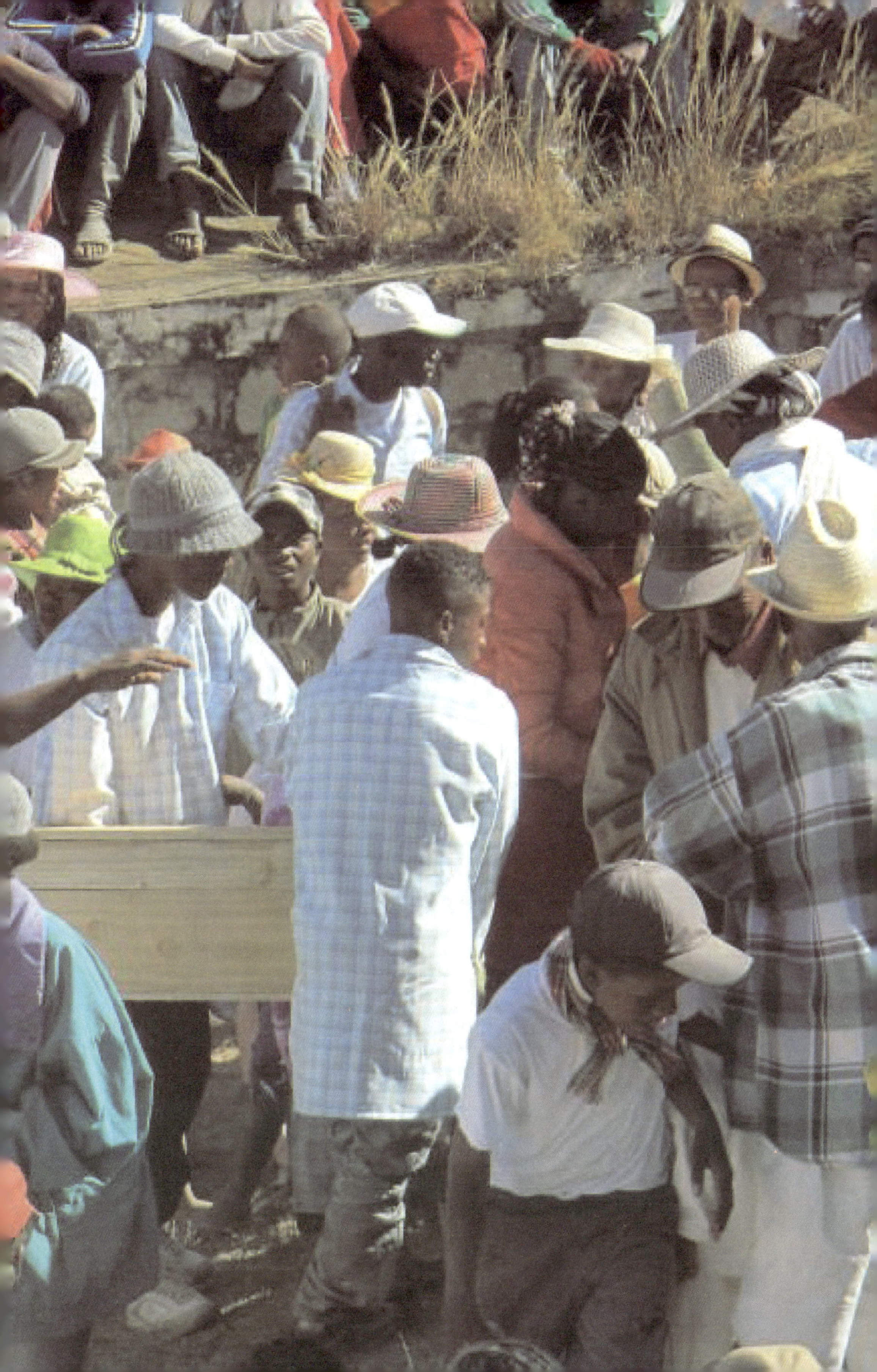

这时鼓乐开始演奏，人们高声欢呼，遗骨在这种气氛中被迎进村来，不能回家，而是停放在事先搭好的帐篷中。太阳下山后，如同第一次葬礼那样，人们聚集在一起，载歌载舞，并不时与死者讲几句玩笑话，如同他活着一样。

第二天重葬时，人们要给死者的遗骨穿新寿衣。遗骨入土后，包遗骨的席子最受人们尊敬，人们争先恐后地去割这块有特殊价值的包尸席，将之留在自己的身边，相信这块用过的席子会给他们带来幸福和安康，因为这意味着先人的灵魂会保佑他们。妇女则以另一种形式表达她们的心情，她们抢先躺在席子上，打上几个滚儿，相信这样做先人会赐给她们更多的后代，让她们多子多孙。

翻尸节（Famadihana）：马达加斯加中部地区的麦利纳人，有一种死后数年重葬的习俗，重葬时，亲属们把尸体从墓中抬出，为尸体更换裹尸布，并放在阳光下翻晒，再把尸体扛在肩上跳舞，然后重新安放到原来的墓穴中。这种重葬仪式被当地人称为"翻尸节"。对于逝去的亲人，世界各地的人各有怀念方式，相比之下，马达加斯加人的翻尸节最为另类。

翻尸仪式庄严隆重，亲属们将很多供奉的祭品摆在墓前，再打开墓穴，抬出先人的遗骨。死者的亲属们先要祈祷，之后由妇女为死者穿新的彩色寿衣，同时将遗骨和亲属们供奉的祭品包上很多层，亲属们轮流将遗骨抬在肩上跳舞。麦利纳人将这种扛遗骨跳舞的形式称为"生者与死者断绝生前关系"的仪式。

翻尸节非常隆重，来参加仪式的亲友特别多，为表示对该仪式的重视，家人通过卖掉驼峰牛或其他物件来攒够举办仪式的钱。大摆宴席请客是必不可少的，也是翻尸节上不可忽视的主要内容之一，仪式当天，要宰杀一头或数头牛。亲人们都不愿错过这个再次为死者表达心意的难得机会。

在这个传统节日里，祖先的坟冢及其周边被装饰一新，亲朋好友纷纷赶来向先祖致敬。当地人拿着蜡烛，走进漆黑的坟墓，将祖辈的遗体小心翼翼地搬出来，而后打开裹尸布，用水清洗骸骨并换上新的裹尸布（Lambamena），裹尸布上有标签，注明死者的身份。然后祷语开始，介绍逝者生平，并向神灵和来客致谢，整个仪式始于祷告，终于祷告。接下来，亲人们抬着遗体参加庆祝活动，伴有传统歌舞表演。最后把逝者的遗体放回祖先的坟墓里。

在习惯于用追悼会这种庄严肃穆的方式悼念逝去亲人的外人眼里，马达加斯加的翻尸节显得非常怪异。但在参加翻尸节的当地人看来，这是一个快乐的节日。亲友们聚到一起，有吃有喝，在乐队伴奏下载歌载舞。当地人只有快乐的笑容，没有痛苦的眼泪，整个仪式一直在欢快的气氛中进行。他们认为活着的人应该用快乐悼念逝去的祖先，只有大家都快乐才能使祖先快乐，并且给后人降福。

翻尸节背后的寓意在于马达加斯加人认为这是人的本质所在。神灵的旨意，使人出生时有别于野兽，死去时回归其身边。先祖必须被敬仰。不论生或死，家族团结尤其重要。这种理念用一句话概括——"生则同衾，死则同穴"。

[Dream island at the end of the world]

03

[PART THREE - 马达加斯加:展示生命神奇的博物馆]

Chapter1：

岛上的动物主人们

马达加斯加岛上珍稀野生动物主要有 70 多种狐猴、近百种变色龙、十多种龟和一些不分泌毒液的蛇，生活在岛上的 250 多种鸟类中有 106 种是岛内原生。在马达加斯加岛，最富特色和观赏性的动物非狐猴莫属。除此之外，还有种类繁多的变色龙、青蛙、鸟类等，也叫人叹为观止。

[岛上的精灵：狐猴]

在恐龙时代后期，狐猴这种灵长类动物就生活在地球上了，是真正从史前幸存下来的动物。马达加斯加是狐猴最后的避难所，整个岛上分布着这种古老生物的各个分支，从摇着尾巴的卷尾狐猴，到能坐在手掌上的鼠狐猴，而除了这座岛屿，这种长有一双美丽大眼睛的动物已经在地球上的其他地方消失了。长期以来，这种神秘生物的进化时间一直是个未解之谜，作为灵长类动物中最古老的成员之一，狐猴保持了其最原始的特性，它们比自己的近亲猴子出现得还要早。

由于没有其他灵长类的竞争，狐猴迅速占领整个马达加斯加，种群的分化更是丰富多彩、五花八门。小种类的狐猴和老鼠一般大小（倭狐猴属），重约 30 克，是世界上最小的灵长类动物，而另一种大种类的狐猴则重约 7 千克。狐猴既有日行性的，也有夜行性的；既有树栖的，也有陆栖的；既有长尾的，也有无尾的。可惜，随着岛上人类活动增多，环境遭到破坏，多个种类的狐猴已经灭绝，比如巨狐猴，其余的也正处于濒临灭绝的状态。

目前，狐猴是排在世界濒危动物名录第一位的野生动物，已经被认为是最大的濒危种群之一。当年竞选世界旅游组织图标的三种地球上最可爱、

[Madagascar — PART THREE] — 100

最濒危的哺乳动物是中国的大熊猫、澳大利亚的考拉和马达加斯加的狐猴。国际自然及自然资源保护联盟将所有种类的狐猴都列为濒危动物（红皮书）。乱砍滥伐是导致狐猴生存危机的最主要原因，已使狐猴赖以生存的空间减少了90%。我们今天有幸亲密接触这种可爱动物的同时，心中也在暗暗祈祷我们进化史上的古老分支能够一直健康活泼地生活下去。

因为环境和气候不同，不同狐猴种类各自的习性和特征差异很大。总体上狐猴的习性与猴相似，有时候也像猿一样直立行走，但以侧身跳跃为主。狐猴多结伴而行，雄猴在前，雌猴和幼猴在中间，队伍的尾部由雄猴结尾。它们喜欢生活在树林或竹林之中，以香蕉、芒果、橘子、咖啡豆等为食。马达加斯加人称狐猴为"精灵"，这些可爱的"精灵"跟踪的本领很高，在树间可跃9～10米。它们动作非常灵敏，穿梭速度之快令人惊讶。平时，狐猴的头部基本上隐藏在长而柔软的毛中，像个大绒球。

狐猴有日行狐猴和夜行狐猴之分，通常体积较大的狐猴喜欢日间活动。猴当中家族最大、分布最广的褐狐猴和最为调皮的跳舞狐猴，以及爱争好斗的环尾狐猴等都属于日行狐猴。而另外约三分之一的狐猴属于夜行狐猴，鼠狐猴和指猴都属于此类。因狐猴皮毛多白色，加之夜间眼睛能发出光亮，所以夜间人们只能看到一道白光从眼前闪过，而看不见它的踪影。

狐猴嘴脸像狐狸，这是名叫狐猴的原因。狐猴体型跨度很大，有小到10厘米的指猴，也有大到70厘米的大猴，不过都有相近的特征：头短臂长，似猿猴；耳朵大，尾巴长。狐猴的尾巴比一般猴子长得多，约50厘米，占其身长的1/2。狐猴皮毛多为棕灰色，性情温和，行动谨慎。无论它们是蹲在树杈间懒洋洋地晒太阳，还是在山岩上规规矩矩地排队汲水；无论是偷偷摸摸地上树掏野蜜，还是冒失地跑过开阔之地；无论是在树杈之间自由地荡来荡去，还是在家庭生活中的甜甜蜜蜜——它们的动作是那样憨态可掬，又是那样活泼可爱。

狐猴像所有猴子一样，改不了馋嘴的毛病。游客只要剥开一根香蕉，口里连呼"Maki"（当地人称狐猴的名字），它们就会扭扭捏捏、磨磨蹭蹭地从树上移下来，试探着跳到你的肩膀上，再用小手抓住食物往嘴里猛塞，吃相可爱极了。

狐猴与人比较"亲和"，听到守林人的召唤后，它们会敏捷地从树林四面八方飞聚过来，先慢慢靠近食物，再准确地从游客手中将其取走，动作干净利索，绝不拖泥带水。狐猴已经成为马达加斯加的旅游名片，狐猴公园是游客的必去之地。

小鼠狐猴（Microcebe murinus）：又名"灰鼠狐猴"，这是世界上体型最小的原始灵长类动物，体长约6厘米，重30余克。它们几乎和刚出生的小猫一样大，睡着的样子很可爱。毛色一般呈棕灰色，并带点儿深浅不一的橘红色，腹毛浅淡。眼圆耳大，鼻梁上有一白道，四肢很短。小鼠狐猴是夜行性动物，拥有异乎寻常的感知能力。别看个头小，它们凭借空中飞过的蛾子微弱的动静，便能判断出蛾子的方位，从而抓住猎物。它们的尾巴除了有保持平衡的功能，还用来储存营养。小鼠狐猴们赶在雨季结束前大吃大嚼，将脂肪贮存在尾巴根部，当旱季来临时，它们利用代谢水来弥补身体对水分的需要，便可安然度过缺水的旱季了。

环尾狐猴（Lemur catta）：又名节尾狐猴，两眼侧向似狐，因长尾有黑白相间的环节而得名。分布在马达加斯加岛南部和西部的森林中，一

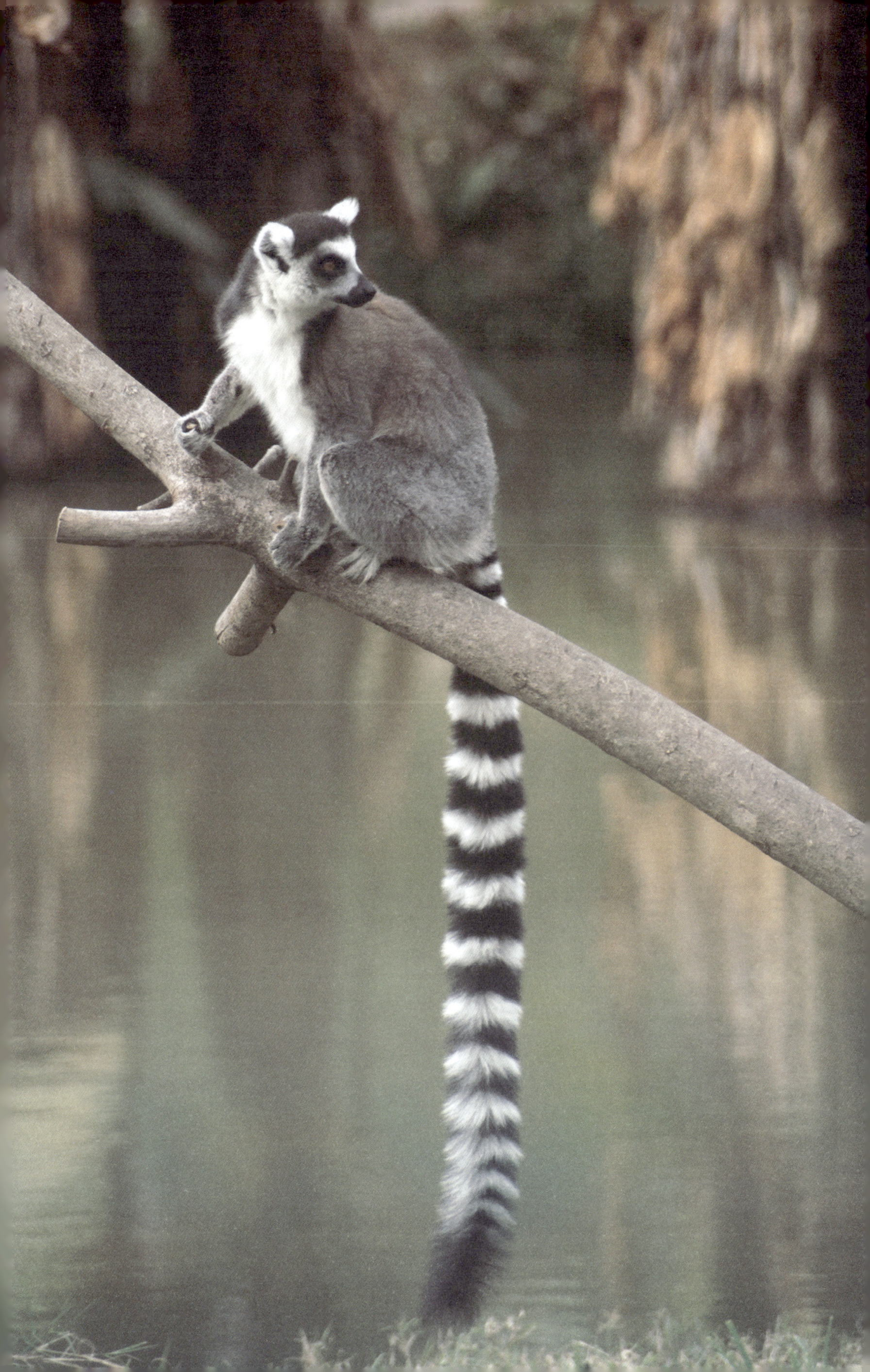

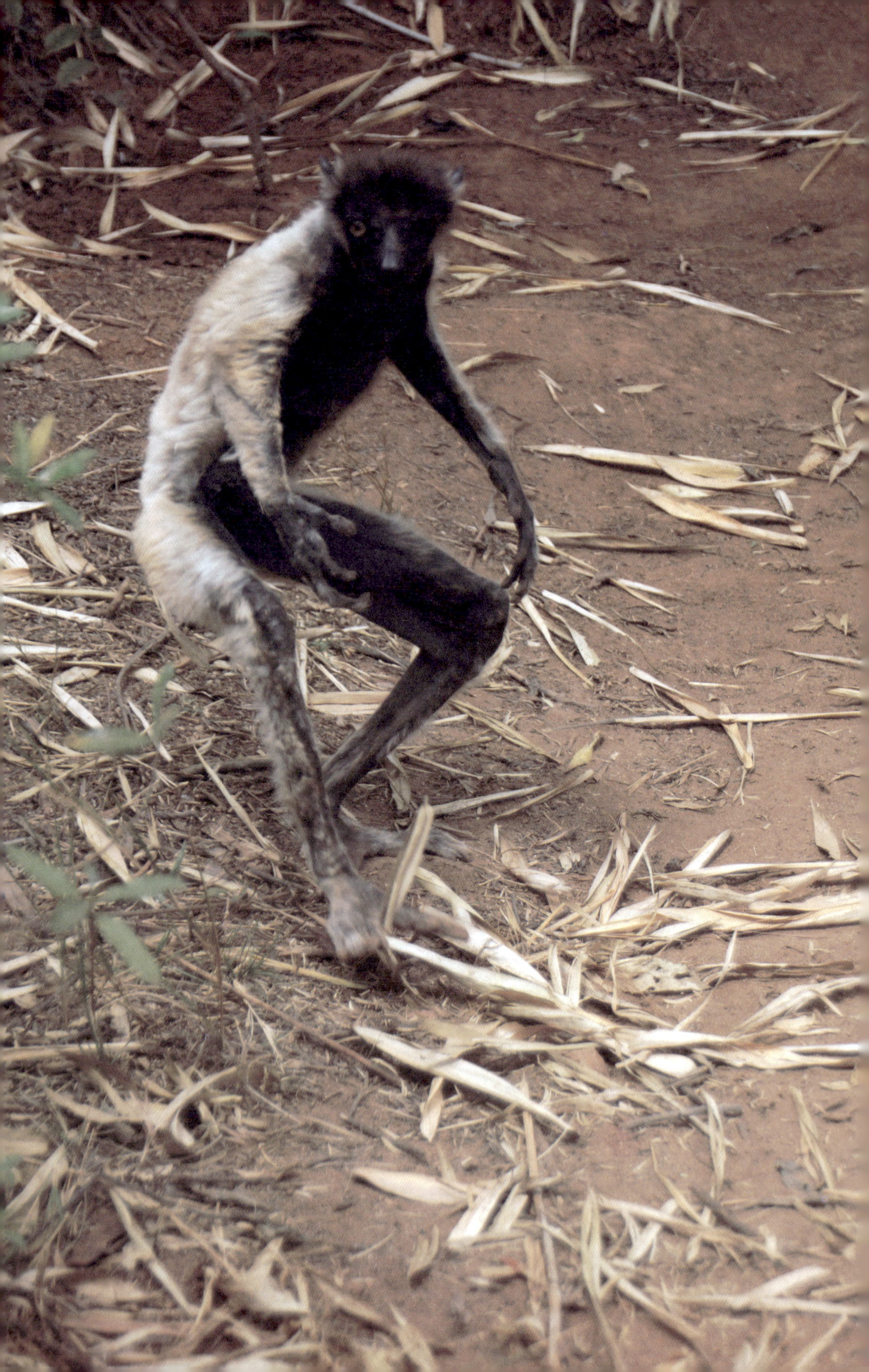

个领地中通常生活着8～10只雌狐猴和2～3只成年雄狐猴。它们有毛茸茸的脑袋，有点像猫，又有点像猴子，它们全身长满了白色的毛，整个脸却是圆圆黑黑的，眼睛是金黄色的，尾巴蜷缩起来，像收好的软尺。它们的主食包括昆虫、树叶、花和水果，有时也吃鸟蛋甚至幼鸟。

跳舞狐猴（Propithecus sifaka, dancing lemur）：又名斯法卡狐猴或长尾狐猴。跳舞狐猴"嗅"到有人要喂食，会索性赏脸从树上跳到地上，落落大方地跳起舞，摇摆的憨态叫人忍俊不禁。这种狐猴叫声显得有些粗鄙，却有着芭蕾舞演员般的优雅舞姿。

金竹驯狐猴（Hapalemur aureus）：顾名思义，它们主要以竹子为食，喜欢生活在竹子茂密的潮湿森林中。它们的奔跑、攀爬、跳跃能力都很强，这使得它们能够同时适应地面和树上两种生活环境。

[岛上最大的肉食者：长尾灵猫]

长尾灵猫（Fossa）在马达加斯加颇有名气，是马达加斯加特有的一种哺乳动物，当地人习惯称之为Fossa。又名马达加斯加獴、马岛獴、隐灵猫或隐肛狸。

长尾灵猫是马达加斯加最大的肉食性哺乳动物。一只成年的长尾灵猫体重可达12千克，从嘴到尾端长达1.9米。长尾灵猫的外表有些像美洲狮，嘴部似狗，长长的尾巴约占身体一半，腿比较短。它们大多有一身柔软、

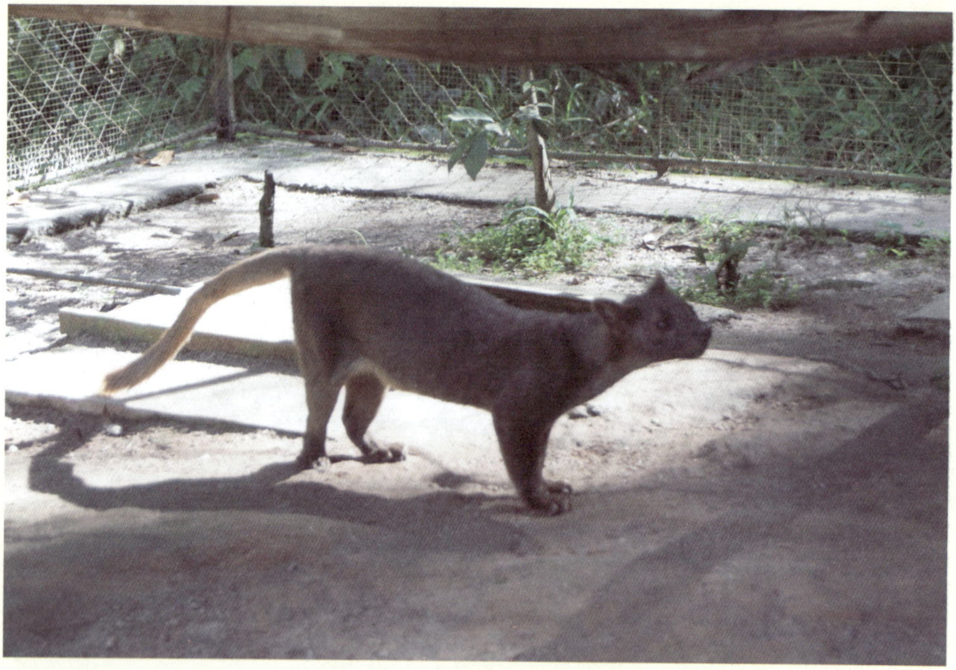

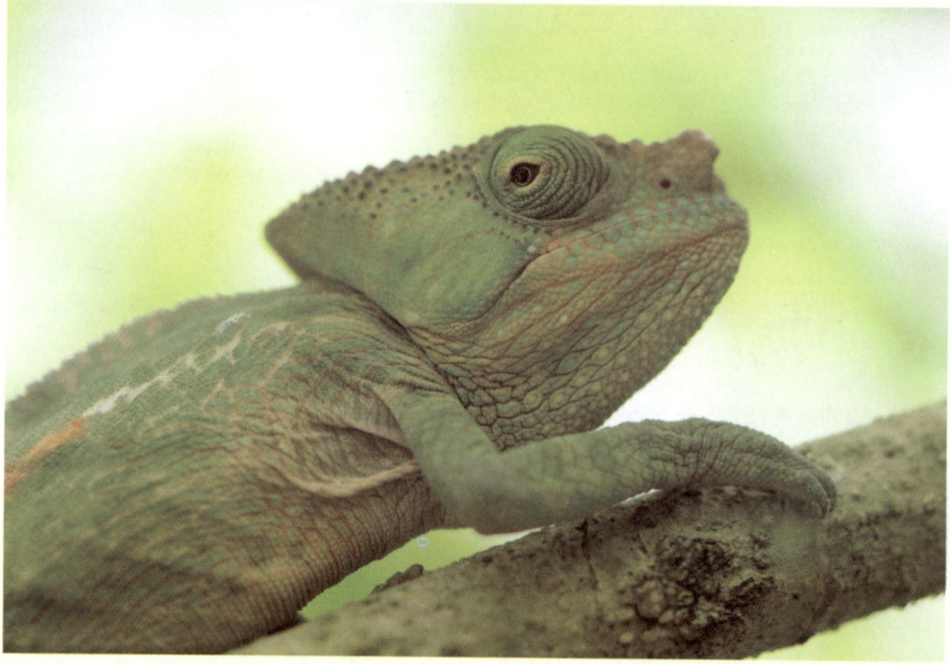

浓密、蓬松的毛，呈浅灰色或淡褐色。它们的爪子有一种特殊性能，能伸能缩，而且非常锋利。长尾灵猫在马达加斯加是一个珍贵物种，假如它灭绝了，食物链中从它往下的物种也会相继消失。

　　长尾灵猫栖息在干燥落叶林里，是非常灵活的动物，它们外表及行为像猫，并且很像云豹。它多在夜间出来活动，不但可以地栖，还可以树栖。作为肉食性动物，它是很多物种的天敌，喜欢单独觅食，通常猎食中小型动物，如鸟类和狐猴，有时家畜也是它的美餐。在当地人印象中，它类似大陆上的狮、豹之类既食人类又食动物的猛兽，生性凶狠，残暴而令人生畏。2000年，它们的数量少于2500只，且有继续下降的趋势，被认为是濒危物种，被限制贸易及出口。

[变色龙]

　　在马达加斯加这个世界最大也是最独特的变色龙王国里，有近100种变色龙，其中59种是马达加斯加独有的，目前人们还在不断发现新的种类。较小的变色龙仅有2～3厘米长，而较大的长达60厘米。变色龙的学名chameleon译成中文为"避役"。"役"在我国文字中的意思是"需要出力的事"。而避役的意思就是说，可以不出力就能吃到食物，所以命名为避役。

　　变色龙善于随环境的变化，随时改变自己身体的颜色，这也是它的名字"变色龙"的由来。变色既有利于隐藏自己，又有利于捕捉猎物。这种生理变化是在植物性神经系统调控下，通过皮肤里色素细胞的扩展或收缩来完成的。变色龙皮肤表皮上有一个变幻无穷的"色彩仓库",储藏着绿、红、蓝、紫、黄、黑等五花八门的色素细胞。一旦周围光线、湿度和温度发生变化,或受到化学药品刺激,有些色素细胞会增大,而其他一些色素细胞会缩小,这时变色龙会通过调节神经,像变魔术一样变换身体的颜色。

一条全身是绿色的变色龙跳到了树枝上,一刹那,全身就变成了和树枝一样的淡褐色。再把它放到一个红色的桶里,令人惊讶的是,不一会儿,这个家伙全身都变成了红色。

不过不是所有的变色龙都能变颜色,变色龙的大家族里面还包括一些不会变色也不会爬树的种类。这些生活在"树下"的变色龙往往体型小,甚至不如一只蚂蚱,最小的变色龙不到2厘米长,与它们的"魁梧兄弟"——如国王变色龙(可达60厘米)——比起来,实在差距甚远。

变色龙非常奇特,有适于树栖生活的种种特征和行为。它们通常尾巴很长,能缠住树枝,有着长且灵敏的舌头。长舌捕食是闪电式的,只需1/25秒便完成,速度快得惊人。它们舌头的长度是自己身体的2倍,舌尖上有腺体,能分泌大量黏液粘住昆虫。

变色龙的眼睛也十分奇特,呈环形,左右180度,上下左右转动自如,左右眼可以各自单独活动,分别注视不同的方向,这样更便于它敏锐地发现猎物和危险,这种现象在动物中十分罕见。

豹纹变色龙: 这种热带爬行动物能改变颜色是个不争的事实,可是它们并不能展示所有色彩。每一只豹纹变色龙与生俱来都被赋予了一个变色范围,而且这些颜色根据温度和日光发生变化。另外,只有雄性能变出明亮的颜色,雌性则是茶色和褐色。

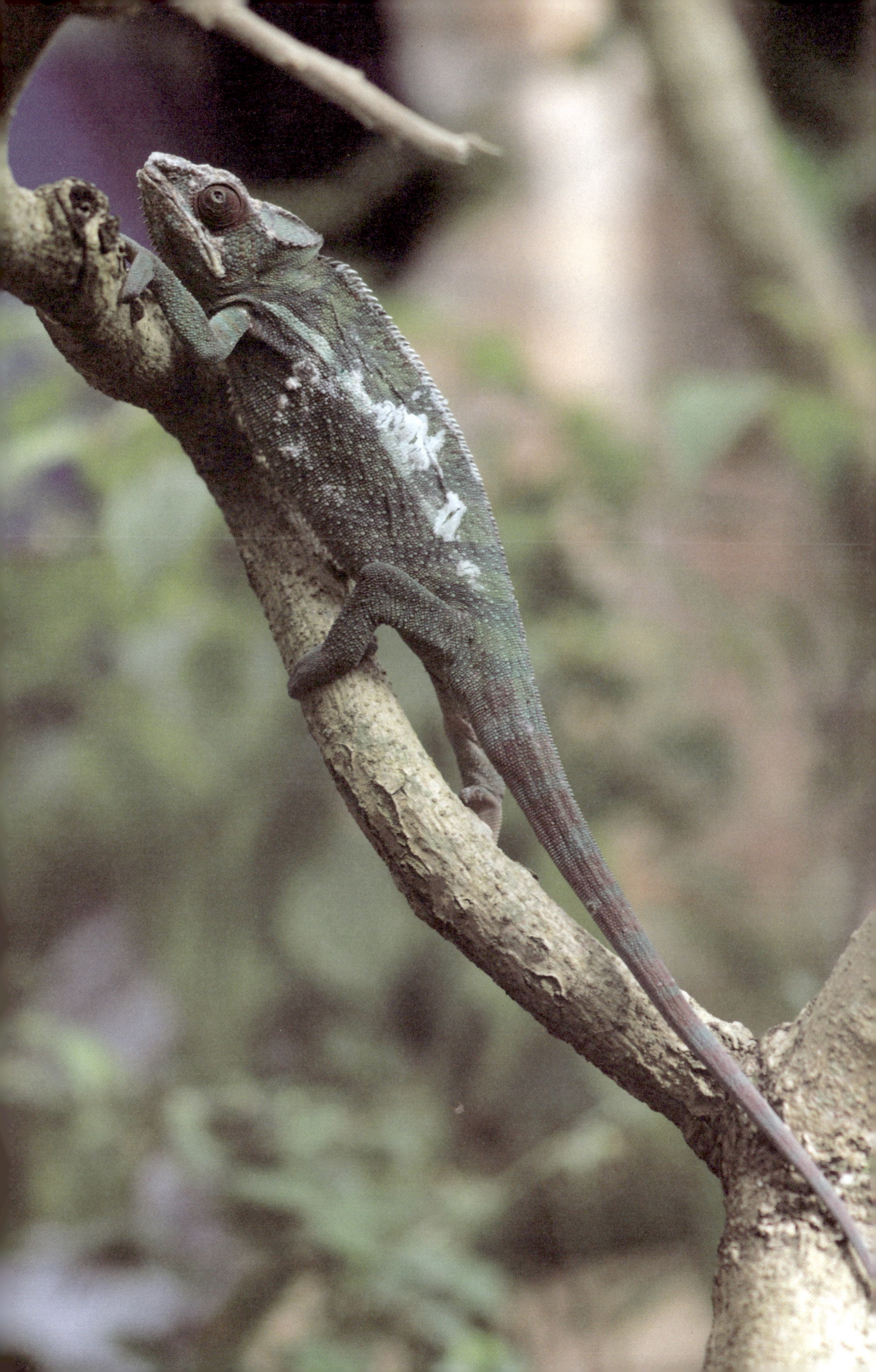

[伪装大师：叶尾壁虎]

叶尾壁虎（Uroplatus phantasticus）：又称平尾壁虎，根据体型和形状分为鱼叉叶尾和撒旦叶尾，它的尾部酷似被昆虫咬食过的枯叶，边缘带有锯齿状的凹陷，乍一看去，仿佛一截小的枯柴，因而得名。这个厉害的家伙可以改变身体颜色，是动物界的"伪装大师"，当它趴在树干上时，看起来就像一块干枯的树皮，肉眼几乎难以分辨。用一根小树枝，轻轻拍拍一堆树叶周围的地面，竟然有一片"叶子"动了，然后迅速钻进枯叶堆深处，那就是一只叶尾壁虎。

叶尾壁虎主要分布于马达加斯加中部偏东地区，平时栖息于树上，喜食昆虫，体长8～30厘米。属于夜行壁虎，通过改变外形和颜色进行伪装。叶尾壁虎眼角上方带有突触，形似"睫毛"，两只巨大的眼睛夸张地张开，以便在夜间提高视力。撒旦叶尾壁虎体型略小，外形也如一片树叶，眼睛上面长有一对小角，活像"撒旦"的模样。

日间壁虎（Phelsuma laticauda）：相对"外星生物"模样的叶尾壁虎来说，日间壁虎要可爱得多，而且不像叶尾壁虎属于夜行类。马达加斯加的日间壁虎一般是碧绿色或黄绿色，背上还会有金红色的斑点，所以又称"金粉守宫"。

[龟]

马达加斯加陆龟（Astrochelys yniphora）：这种龟为马达加斯加

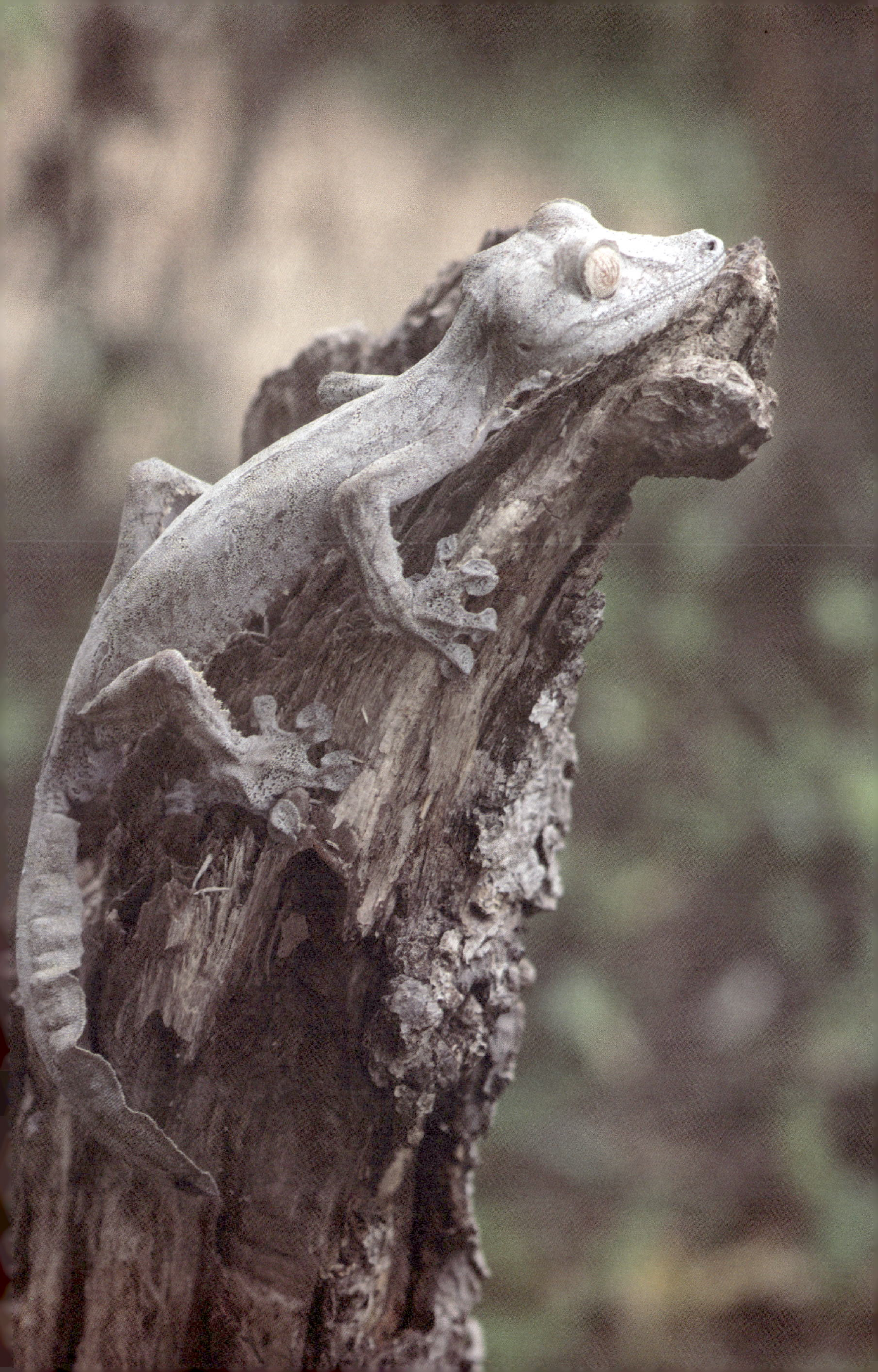

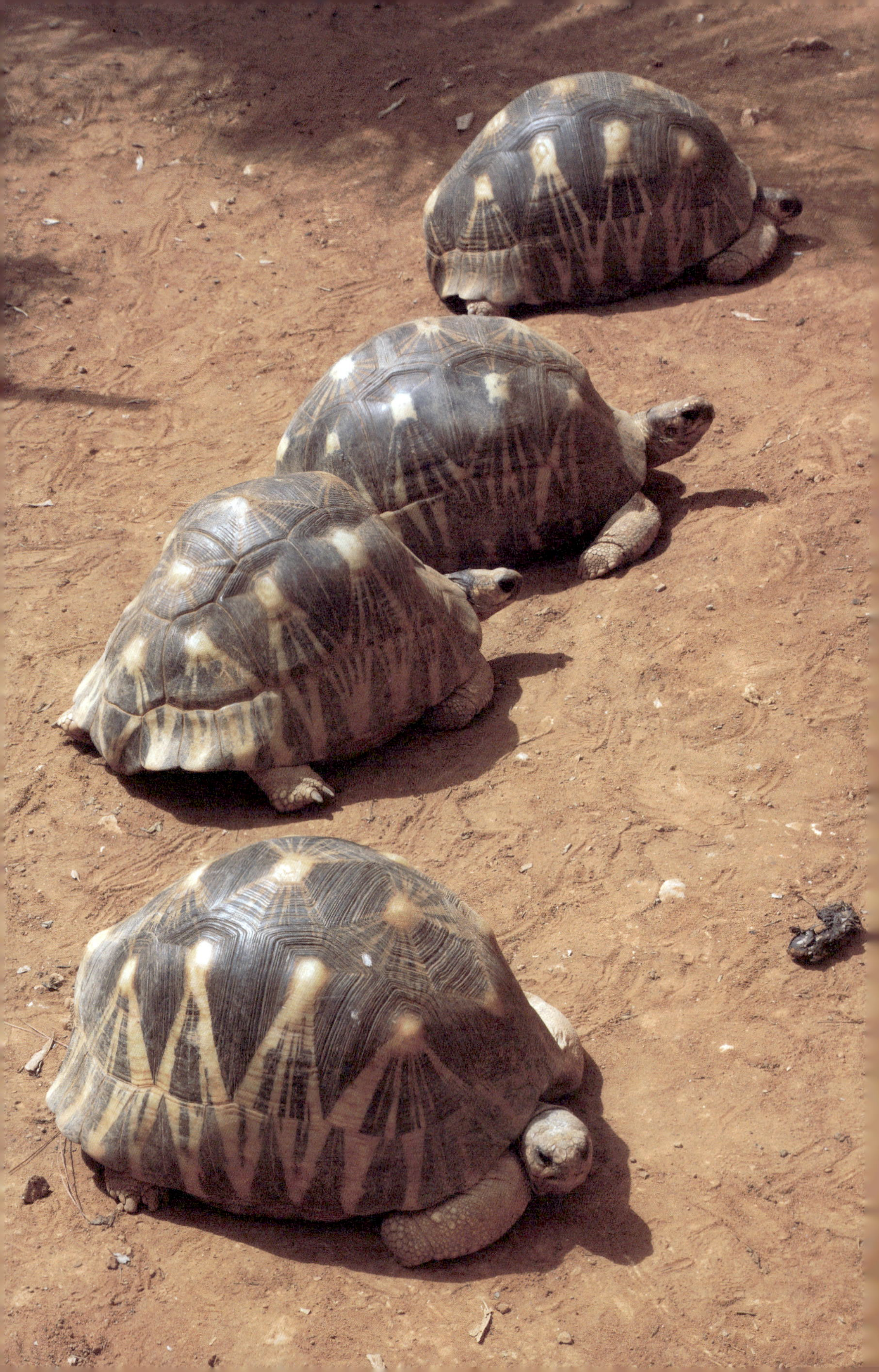

特有，是世界上最稀有物种之一，主要栖息于马达加斯加岛西北沿海区域的干燥森林或海岸地区。龟壳坚硬、高拱，呈深褐色，每一块龟板上都有同心环。它们生长缓慢，从乒乓球大小的幼龟长成背甲长40厘米左右的成熟个体，需要20年。

由于栖息地被破坏和非法买卖，这种温顺动物的数量一度骤减至几百只，濒临灭绝。当地农民为了促进草的生长，以便他们的牛吃到嫩草，就放火烧毁草地，结果导致陆龟的生存环境受损。政府目前已经成立复育中心，加强了对陆龟的保护和繁育，它们的数量有了一定的回升。

阿加诺卡龟（Agonoka Tortoise）： 俗称犁头龟，是世界上最稀有的陆龟，仅生活在马达加斯加西北部地区。目前这种漂亮动物的数量在逐渐减少，是世界濒危保护动物名录中最受威胁的动物之一。

放射陆龟： 因背上有放射状的星形花纹而得名，别名辐射龟，原产地为马达加斯加南部，数量要比马达加斯加陆龟稍微多一些，但近年来也受到了来自人类的威胁，同样需要保护。目前，放射陆龟的人工繁殖已经成功，但它们的野生数量仍然非常稀少。

[蛇]

马达加斯加岛上已发现的60多种蛇类中，还没有发现毒蛇。最近一段时间发现了一些新的蛇类：分辨不出头和尾的盲蛇、颜色鲜艳的帕氏马

[Madagascar — PART THREE]

岛滑蛇、爱偷吃蜥蜴蛋的猪鼻蛇等。有趣的是，马达加斯加岛上的很多蛇，单从外观判断，很容易以为它们是毒蛇。像帕氏马岛滑蛇，拥有非常鲜艳的黄色和粉色斑点，不知道的人都以为它是毒蛇，但它被证实是无毒的。在马达加斯加，即使被蛇咬到，也不用太担心，只要处理好伤口就行了。

马达加斯加鹤蛇：又叫马达加斯加叶吻蛇、马达加斯加藤蛇。体长70～90厘米，口鼻部前端有特殊的肉质突起，因而得名。体色呈灰褐色，腹部呈黄色，两色间有白色线条，眼睛细长，瞳孔是纵向的，喜爱捕食小型蜥蜴和变色龙。它静止不动时很难被发现。这是一种很奇怪的蛇，颜色和树皮差不多，成人大拇指般粗细，脑袋前面长长地伸出来一个触角，不仔细看，压根看不出这是一条蛇，会误以为是一根树枝。

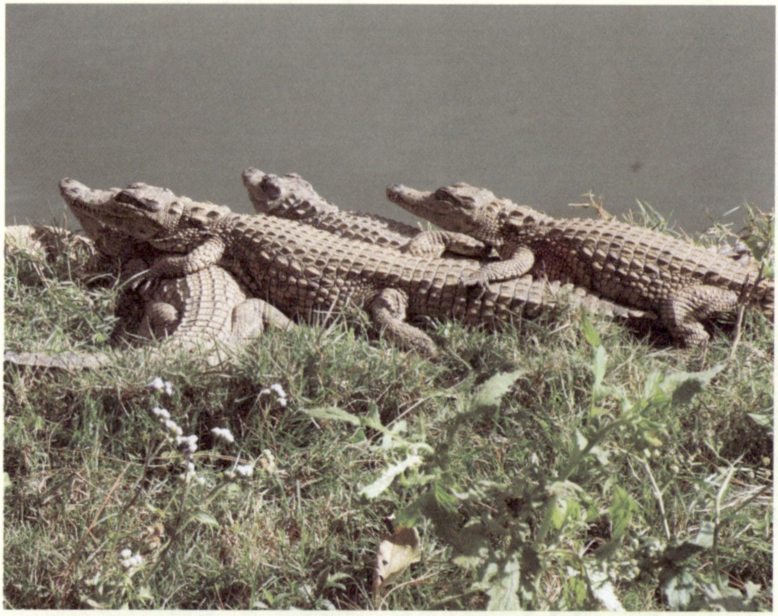

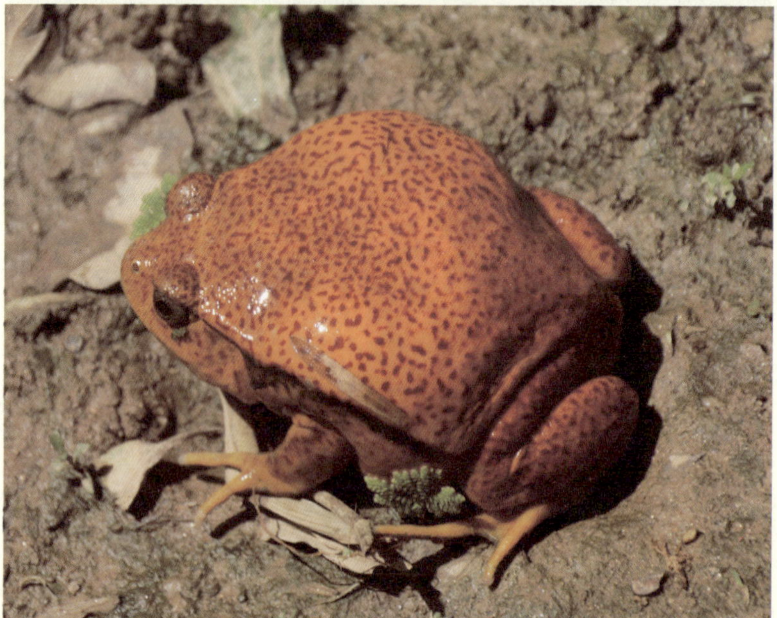

[鳄鱼]

马达加斯加岛上的鳄鱼最长可达 7 米，主要在淡水河流中生活，以捕食鱼类为生。它们力大凶猛，可捕食牛鲨之类的大鱼；它们一般不会主动攻击人类，除非领地被侵犯。马达加斯加岛上有许多鳄鱼农场，每年新出生的小鳄鱼可达 5000 只，其中近一半会被放归自然，以保护该地区的生态平衡。

[蛙]

马达加斯加没有蟾蜍、蝾螈或水蜥，蛙是这里唯一的两栖动物。这里有 300 种蛙类，99% 是本地独有的，包括著名的曼蛙、彩曼蛙、金色曼蛙（Mantella pulchra）、白唇树蛙和番茄蛙。

彩曼蛙（Mantella crocea）： 鲜艳的色彩似乎预示着它不是好惹的动物，它是在马达加斯加岛安达西贝国家公园被发现的，金色曼蛙的金黄色皮肤有剧毒。

安东吉利红蛙： 又名番茄蛙，主要分布于马达加斯加岛东岸的沼泽地。它们的身体呈鲜艳的深红色或橘红色，四肢短小而结实，遇到一点惊吓便会鼓起来，像个皮球，还会分泌出一种黏性很强的黏液，让猎食者无从下口。它们漂亮的表皮中含有防卫性毒素，所以不要轻易碰触。

[昆虫]

马达加斯加是世界上昆虫种类最多的国家。

美艳的彗尾蛾、臭名昭著的嘶嘶蟑螂,还有雨林涌现出的令人毛骨悚然的水蛭,都会让人感到妙趣横生。世界上已知的 1300 种象鼻虫几乎全部都在马达加斯加,是这里的地区性动物。

长颈象鼻虫(Giraffe Weevil):也被称为"微型长颈鹿",分黑长颈卷叶象鼻虫和棕长颈卷叶象鼻虫两种,因为长着一个像大象鼻子的特殊长脖颈而得名。目前科学家只发现了雄性长颈象鼻虫。它们的身体是耀眼的红色,长长的脖子是为了卷叶筑巢而形成的身体特征,身体总长度不到 2.5 厘米,以树干、树根、花、果实或种子为食。

金丝圆蛛(Golden silk orb-veaver):马达加斯加的金丝圆蛛是世界上最大的金丝圆蛛物种。雌性蜘蛛的身长达 10 ~ 13 厘米,雄性个头要小一些,一般不到雌性个头的四分之一。金丝圆蛛没有毒,只捕捉小昆虫当作食物。目前,金丝圆蛛数量极少,处于极度濒危状态。

长尾水肖蛾(Moon Moth):它是马达加斯加独有的蛾类品种之一,是世界上最大的蛾,雄性翼展开近 20 厘米。

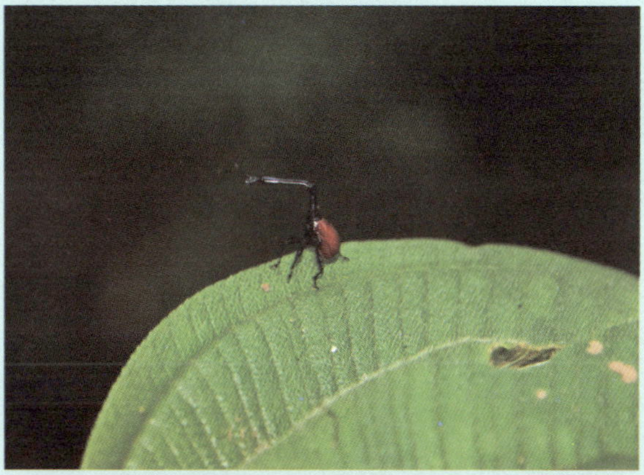

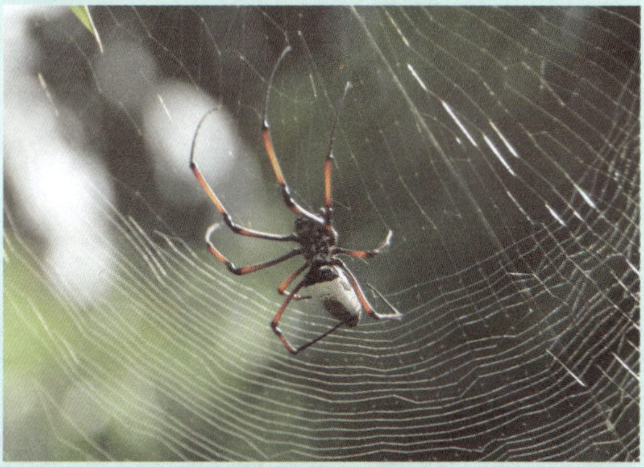

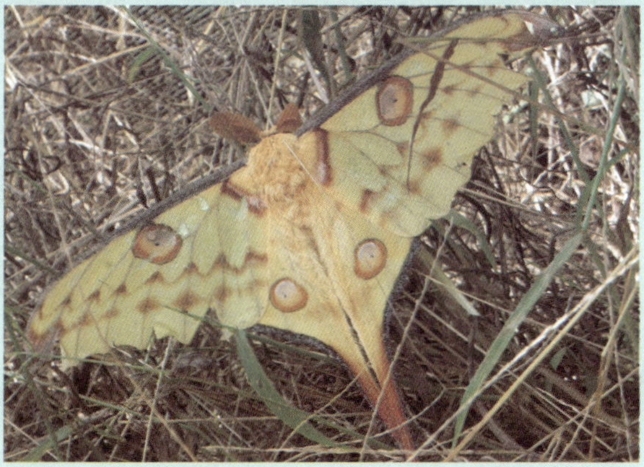

Chapter2 :
-
色彩缤纷的植物王国

在马达加斯加存有的 19000 种植物中，80% 是本地独有的，是地球上植物种类最为繁多的国家。这里的兰花科植物已知种类达 1000 多种，85% 为本地产。岛上的 170 种棕榈树中就有 165 种是别的任何地方都没有的。相比之下，非洲大陆只有不到 60 种棕榈树。马达加斯加的特色植物是在干旱区域普遍生长的猴面包树、著名的旅人蕉和肉食植物猪笼草。

[生命之树：猴面包树]

马达加斯加特有的植物中以猴面包树（Baobab）最为著名。猴面包树并不等于面包树，它属于大型落叶乔木，树高十几米到几十米，"腰围"粗大，胸径可达 15 米以上，像一个硕大的啤酒桶，最粗的甚至要数十人合抱。它的果实像一个毛绒足球，据说果子成熟后，猴子、猩猩就会成群结队地爬上树去摘果子吃，"猴面包树"因此得名。

作为地球上古老而独特的树种之一，猴面包树目前只分布在非洲大陆、北美部分地区和马达加斯加。尽管猴面包树并非马达加斯加独有，但目前全世界只有马达加斯加还保存着成片的猴面包树林，全球现存的 8 种猴面包树在马达加斯加都能见到，其中 7 种为马达加斯加独有。马达加斯加的猴面包树不仅种类齐全，而且以高大粗壮、造型奇特出名。

猴面包树也是植物王国中的"老寿星"，最长能活 4000～6000 年。它们的长相非常奇特，比一般的树高一些、壮一些，树干粗粗的、圆圆的，远远看去像巨型胡萝卜，简直就是树中的大胖子，因此当地居民又称它们为"大胖子树""树中之象"。别看它们这么胖，其实它们肚子里面软软

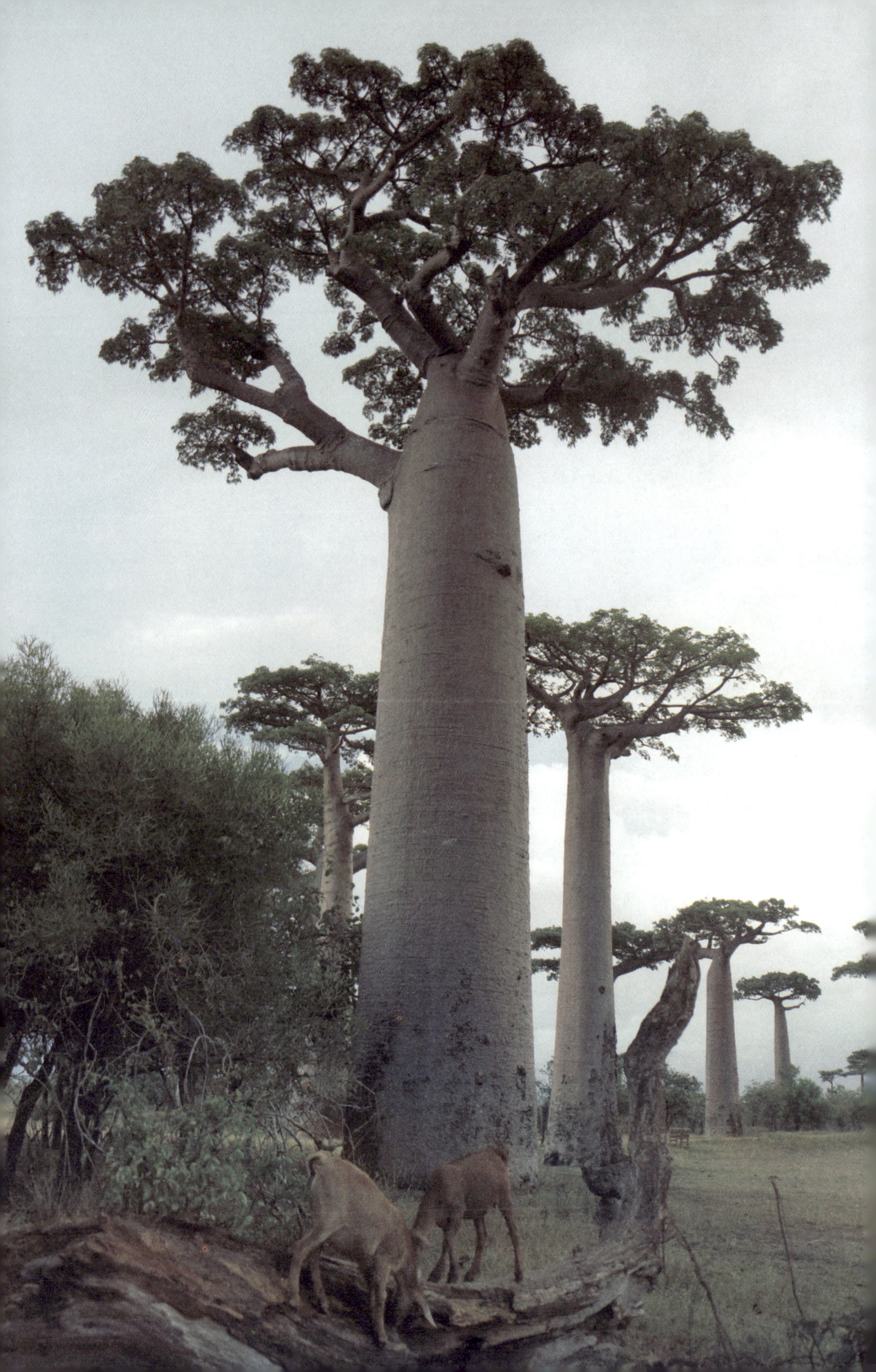

的，像海绵一样，所以这种树不能当成木料使用。这种稀有植物没有年轮，很难确定它们的年龄。

猴面包树树冠巨大，直径可达50米以上，树杈千奇百怪，酷似树根，远看就像"倒栽葱"。关于猴面包树的长相，还有一个古老的传说：猴面包树在非洲安家落户时，它不听上帝安排，自己选择了热带草原，于是激怒了上帝，上帝便把它连根拔了起来，从此猴面包树就倒立在大地上，变成了一种奇特的"倒栽树"。直到今天，它仍稀疏地分布在非洲的热带草原上，成为一道特有风景。

它有极强的适应当地环境的能力，热带草原气候终年炎热，有明显的干湿季节，旱季时降雨很少。猴面包树为了能够顺利度过旱季，雨季时拼命吸收水分，利用自己粗大的身躯和松软的木质，如同海绵一样大量吸收并贮存水分，待到干旱季节慢慢享用。旱季来临时，为了减少水分蒸发，猴面包树会迅速脱光身上所有的叶子，以保存水分。

猴面包树的这一特点，不仅为自己带来了生机，也为人们提供了理想的水源。据说，一棵猴面包树能贮存几千千克甚至更多的水，如果有人口渴，只需用小刀在随处可见的猴面包树的肚子上挖一个洞，清泉便喷涌而出，这时就可以拿着容器接水畅饮一番了。它曾为很多在热带草原上旅行的人们提供了救命之水，解救了因干渴而生命垂危的旅行者，因此又被称为"生命之树"。猴面包树与生命同在，只要有猴面包树，在非洲旅行就不必担心缺水。

因此，很多猴面包树树皮上布满坑坑洼洼的伤痕，那便是在旱季的时候，人们凿树取水留下来的。有的猴面包树上钉了一排排钉子，是以前果实成熟时钉上去的，有人沿着这些钉子爬到树上去摘果子吃，果肉酸酸的，很好吃。猴面包树在雨水充足时长出掌状的复叶，开出很大的白花，结出褐色椭圆形的果实，外壳坚硬，有葫芦大小，果肉汁多味酸甜，是猴子、猩猩十分喜爱的美味。

此外，猴面包树浑身是宝：果肉是营养丰富的饮料和调味品，甘甜多汁，人也能吃；树叶是当地人最喜爱的美味蔬菜，尤其是用嫩叶做出来的汤，味道别提有多棒了；它们的叶片晒干捣碎后，是非常不错的调料，而且还是当地人用来医治疟疾的良药；种子可以做调料，还是上等的食用油原料；树皮可以做成绳子、琴弦，还可以用来造纸。总之，猴面包树从里到外，从头到脚都能派上用场。

有趣的是，猴面包树的树干还可以当作房子居住。当地居民常把树干的中间掏空，搬进去居住，形成一种非常别致的大自然"村舍"。有的居民则将掏空的树干作为储藏室，令人奇怪的是，在猴面包树洞里贮存的食物，可以很长时间不变质。盖房子的时候，人们揭两块树皮回去盖上，就是天然的屋顶。

西海岸著名的旅游城市穆龙达瓦是猴面包树的家乡，尤其是距离市区19公里的著名的"猴面包树大道"，就是由数十株百年树龄的猴面包树耸立在红土路旁形成的一道独特风景。这个地区集中了岛上最典型的7个不同品种的猴面包树，它们构成了西部稀树草原一道壮丽的风景线，是自然造物钟情马岛，留给世人的一个个惊叹号。

沿着猴面包树大道远远望去，一排排"矮胖子树"挺直了"腰板"，守望着茫茫草原，虽不婀娜，但却壮观。夕阳西下，落日的余晖映红一大片树干，这种非洲独特的美景着实让人心醉。在点缀着猴面包树的稀树草原欣赏落日，是人生最难忘的经历。

[Dream island at the end of the world]　　　　　　　　—　　　　　　　　125

[国树：旅人蕉]

  旅人蕉（Ravenala）别称旅人木、散尾葵、扇芭蕉、水木等，为旅人蕉科旅人蕉属下的单属种植物。旅人蕉是马达加斯加另一别具特色的树种，也是马达加斯加的国树。旅人蕉形状奇特，没有枝杈，形状宛如一把巨大扇子的树叶笔直地伸向高空。旅人蕉的树干高达20多米，上面有既狭长又坚硬的阔叶，叶片向四边斜伸，和普通的香蕉树一样，但却呈扇面排开，犹如开屏的绿色孔雀。其叶子长5米左右，宽约70厘米，成熟的旅人蕉和一把芭蕉扇一模一样。

  旅人蕉叶子底部虽粗却是空心的，它有着神奇的功能，如同一个储水器，可以储存多达数千克清甜的水。在这热带气候的岛国，旅人蕉不仅可以给人提供纳凉之地，还可供给人们消暑解渴的天然饮料，旅行者只需折下它的叶子或者在叶柄上划开一个小口，汁水便像小溪涓涓流出，任人畅饮，故而它得名旅人蕉；人们也因此称它为"天然茶水站"。

  旅人蕉在岛上深受当地人的喜爱，它除了有储水的神奇功能之外，还有很多妙用。旅人蕉的叶子可用作盖房顶的材料，也可以用来编织席子。它的果实酷似黄瓜，也是人们喜爱的一种食物。这种多功能的旅人蕉在马岛人的日常生活中已成为不可或缺之物。很多富裕的当地人喜欢在自家院子里种上旅人蕉，非常有特色。

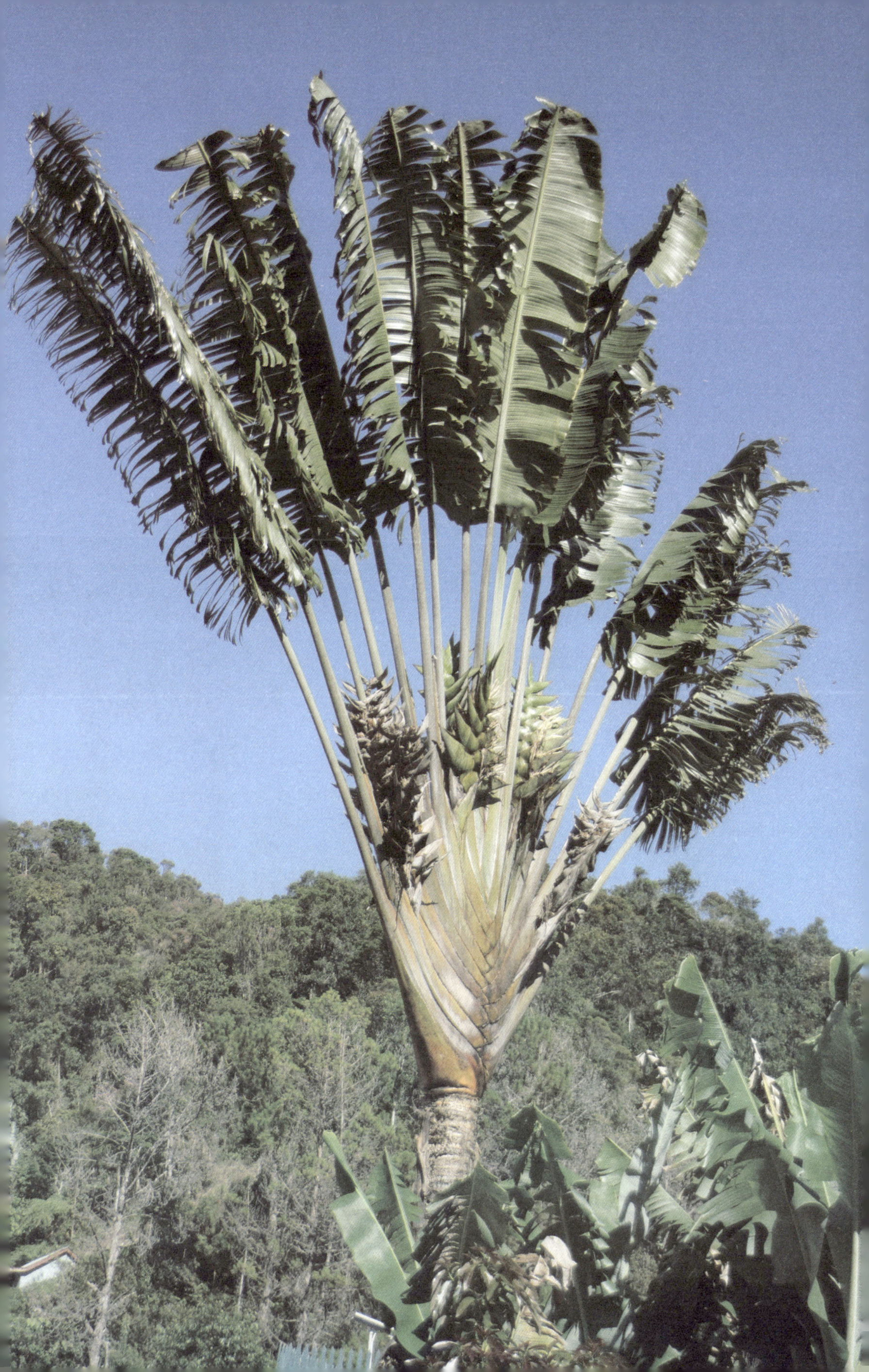

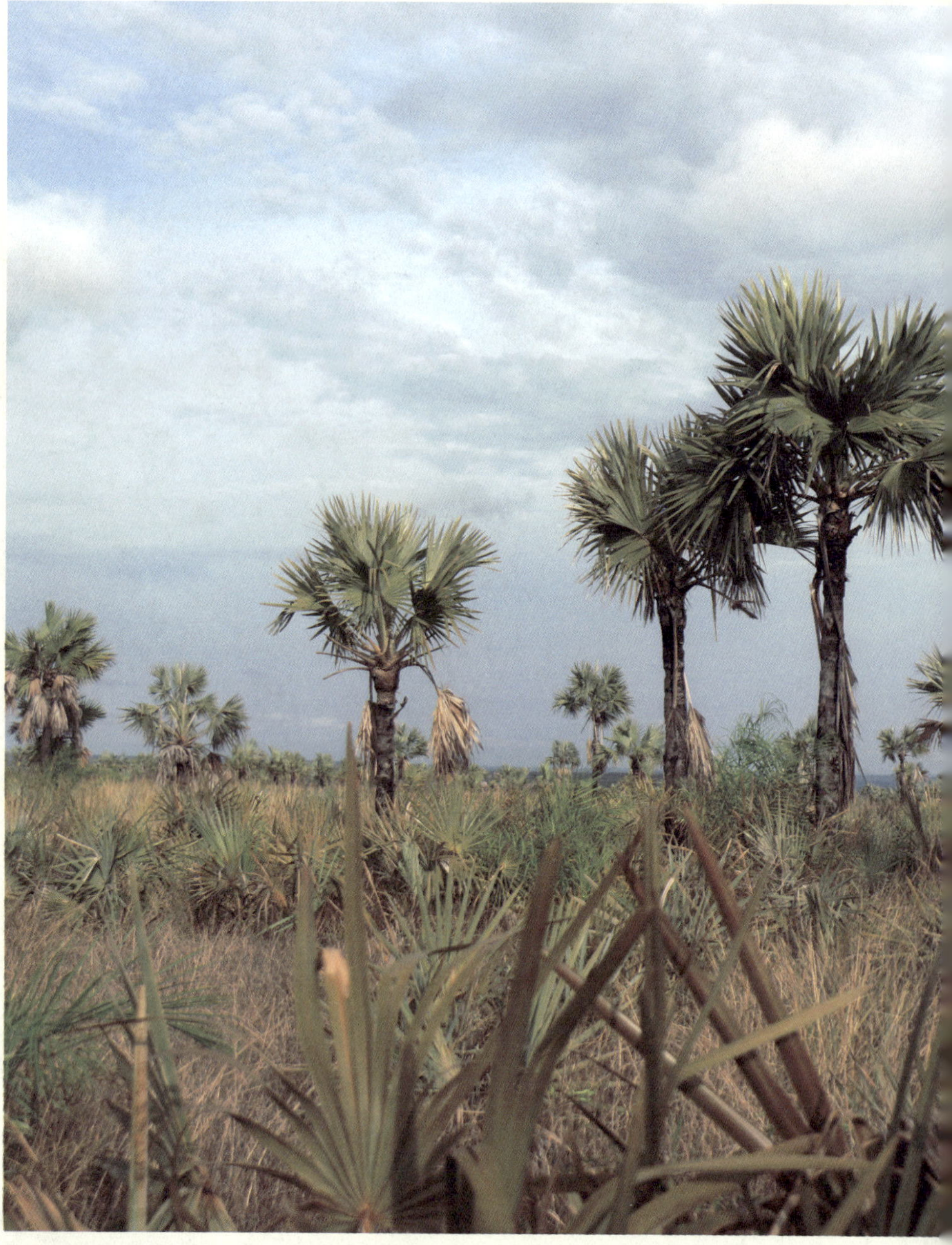

[一生只开一次花：塔希娜棕榈树]

"塔希娜"在马语中是"受保护"和"祝福"的意思。塔希娜棕榈树也叫巨型棕榈树，它的植株高达20米，叶子直径5米，是世界上叶子最大的开花植物。因为它能保持空气湿润，还对空气有很强的净化作用，所以被誉为"最有效的空气加湿器"。据研究人员测试发现，把它放在房间里6个小时，空气中60%的霉菌会消失，59%的废气会被吸收。

巨大的体型是塔希娜棕榈树的特别处之一，另一个特别之处是它的繁殖习性。普通的棕榈科植物，比如椰子树，每年开一次花。而塔希娜棕榈树在长达五六十年的生长时间里，只是不停地长叶，并不开花，当汇集了足够的能量以后，才会在顶部长出芦笋一样的嫩芽，然后向四周伸展，随后开出许多小白花，吸引小鸟或昆虫前来吸食花蜜进行授粉，场面非常壮观。开完花、结完果以后，它就会慢慢枯死，所以它是一生只开一次花的植物。

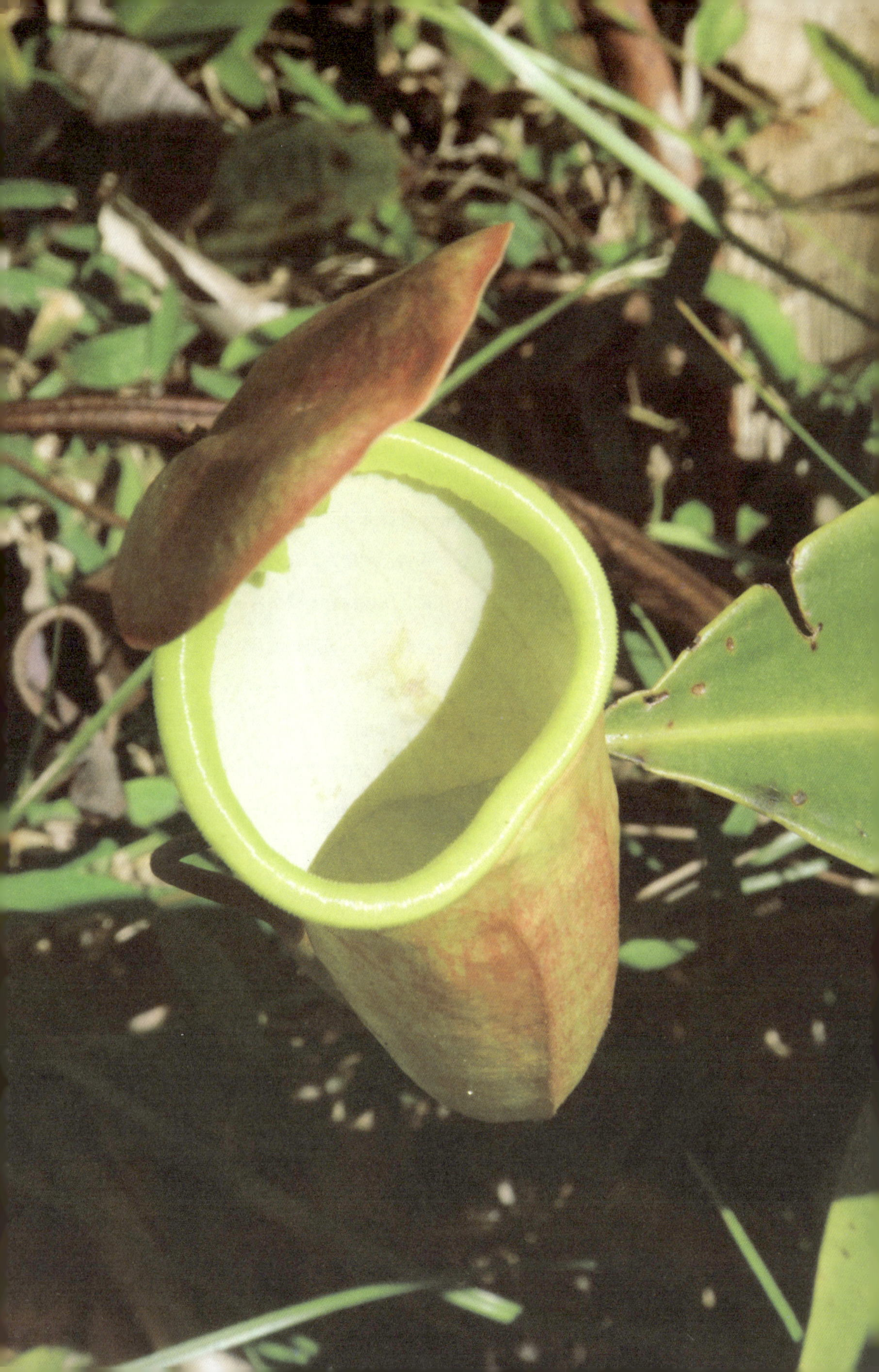

[狩猎者：猪笼草]

猪笼草的叶子状如瓶子，里面装有富含消化性酶的液体，还能散发出昆虫喜爱的气味。蚂蚁等昆虫被这种蜜一样的气味吸引着爬进去，上面一片像盖子一样的东西就会盖住"瓶口"，里面的昆虫就成为这种植物的养料了。这些植物的消化性酶对人类并不会有什么伤害。

[红树林]

马达加斯加岛的西海岸面向莫桑比克海峡，为海滨低地区域，这里生长着大面积的红树林，还有很多动物如水鸟、儒艮和尼罗鳄。

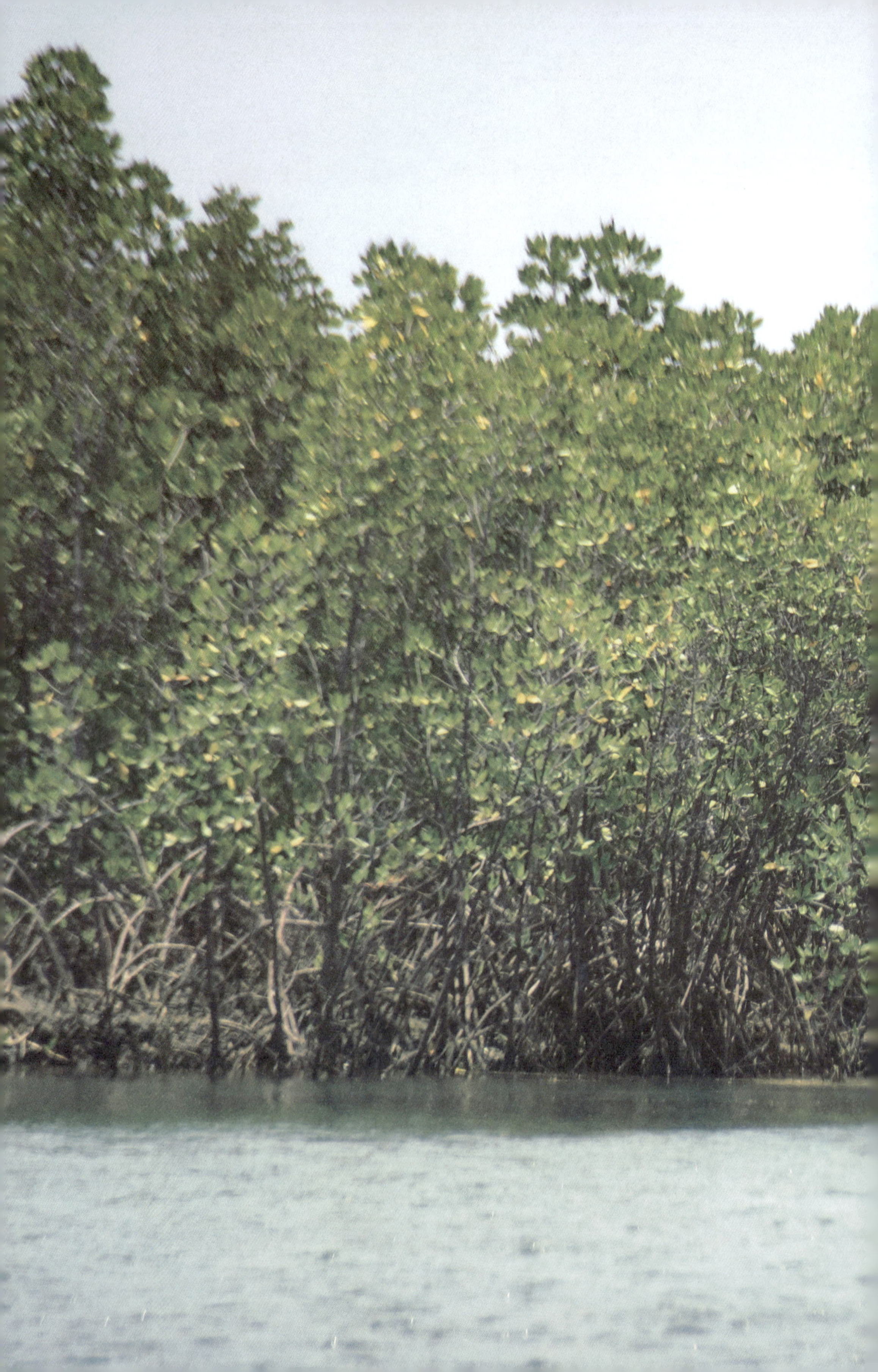

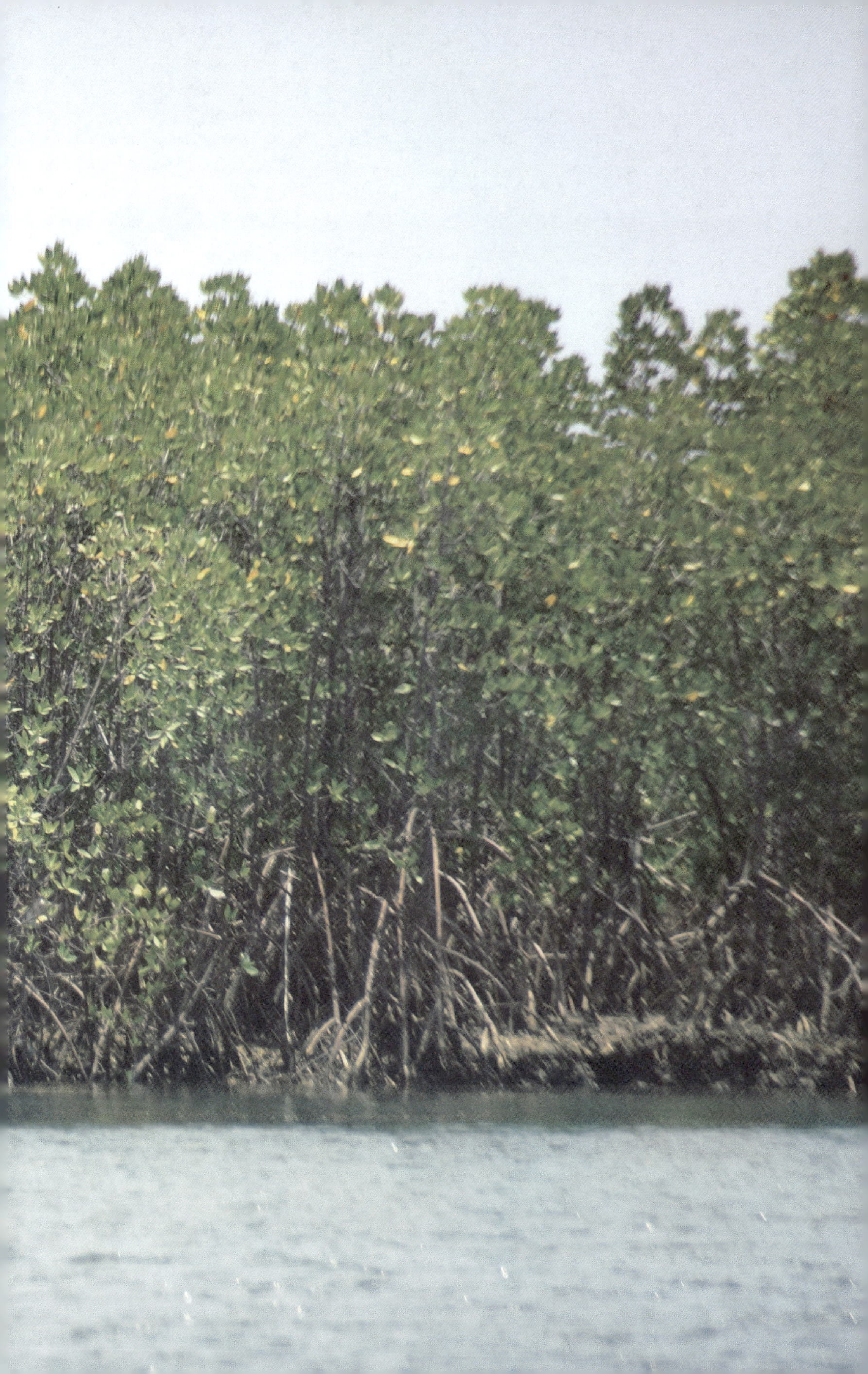

Chapter3 :
-
遍布全岛的国家公园

如今的马达加斯加重视生态旅游，规划了众多国家公园和保护区。迄今，全国共有国家公园 16 个、自然保护区 8 个、专属保护区 23 个，总面积超过 150 万公顷。

阿钦安阿纳雨林（Atsinanana）包括的马洛杰齐（Marojejy）、马苏阿拉（Masoala）、扎哈梅那（Zahamena）、拉诺马法纳（Ranopmafana）、安德林奇特拉（Andringitra）、安多哈赫拉（Andohahela）等 6 个国家公园和贝马拉哈石林（Tsingy de Bemaraha）名列联合国教科文组织公布的世界自然遗产名录。在专属保护区和国家公园内，除了狐猴，还到处可见变色龙、象鼻虫、长尾灵猫、阿加诺卡龟、马达加斯加壁虎等。

阿钦安阿纳雨林位于马达加斯加岛东部，涵盖的 6 座国家公园拥有许多珍稀物种，是世界上许多稀有及濒危物种的重要栖息地。遗存下来的阿钦安阿纳雨林对于维护仍在进行的生态进程、保护马达加斯加独特的生物多样性、反映其地质历史具有至关重要的意义。阿钦安阿纳雨林有高达 80%～90% 的物种属于当地特有，而且马达加斯加岛上 123 种陆生哺乳动物就有 78 种出现在本地区，其中包括 72 种濒危动物。

马达加斯加东部海岸还有著名的安达西贝·曼塔迪亚（Andasibe Mantadia）国家公园和诺斯·曼加贝（Nosy Mangabe）特别自然保护区。只有这里生活着长相最奇怪和最稀有的狐猴——指猴，这是一种夜行狐猴，长着黄色的大眼睛和像蝙蝠一样的耳朵。安达西贝·曼塔迪亚国家公园是马达加斯加大狐猴的庇护所之一。

Chapter4 :
-
马达加斯加的乡村

在马达加斯加野外公路上驱车旅行，可以饱览岛上丘陵起伏的地貌，可以穿越安达西贝地区广阔无垠的稻田；从塔那那利佛到菲亚纳兰楚阿一路驱车，可领略马岛南部的风光。马岛西南部的地貌与中北部明显不同，中北部地处高原，山峦起伏，而南部则是一马平川，草原无际，更加符合人们对非洲的想象。

从首都塔那那利佛到安齐拉贝的途中，可以看到连绵平缓的丘陵、稀疏的孤树、层层叠叠的水田。高大的旅人蕉，平直的叶子像一屏屏绿色的芭蕉扇，神气而又优美地展开在蓝天下。红色的、稻秸铺顶的泥屋，错落有致地点缀在高原上，隐匿在香蕉林里，冒着炊烟，层次分明地描绘出一幅安详恬静的图画。高坡上绿树成荫，那些带有民族色彩的传统式建筑掩映其间，使这里的景色犹如一幅立体风景画。

橘红色的土路蜿蜒曲折地分割着一片片葱绿的农田与明黄色的屋顶。稀疏的居民区散落在梯田的缝隙里，人们在那里过着让世人羡慕的日出而作、日落而息的逍遥生活。

驱车向森林驶去，挺拔的棕榈树不时地提醒人们这里是热带森林。椰子树怀抱着微黄的椰果，等待人们去采摘；黄里透红的芒果沉甸甸地挂满枝头；红红的荔枝一串串地吊在绿叶之间，满目尽是红绿相衬，惹人喜爱。在树旁用棕榈叶搭成的小棚下，堆着待售的椰子、木瓜、木薯、红薯等。

岛上的路况并非人们想象中的那么糟糕，南北绵延1500公里，东西纵横500公里的道路网完全可以称得上四通八达了，不过只有为数不多的几条主干道才在几年前刚刚铺上沥青，好在这几条柏油马路的质量还算良好。

走在乡村的公路上，常常可以看到大地被红色土壤覆盖，所以马达加斯加也被称为"红岛"。这种土壤酸性较强，并不适合耕种，为了增加土壤的肥力，当地人仍沿用"刀耕火种"的耕作方式。然而长期的焚烧，加上干燥的气候，导致植被退化。有些地方，原先绿葱葱的森林完全被整片整片的荒山取代，枯黄的野草成了山体的装扮，只偶尔在山谷沟底还生长着一小片茂密的树林。

马达加斯加除了几个大的粮食生产区域拥有一些现代机械外，农业生产完全靠人力，最主要的生产工具是水牛。农村居民完全生活在一个靠山吃山、靠水吃水的典型传统农耕社会里。

农村生活条件非常简陋，由于可依赖的自然资源有限，田里的农作物很容易受各种灾害的毁坏，例如干旱、野火和飓风。许多地区经常遭受造成颗粒无收的自然灾害。由于常年生活贫穷艰难，对马达加斯加农民来说，如何活过今天是每天首要解决的问题。在广阔的乡村，你基本看不到由砖石砌筑的房屋，看到的只有棕榈叶和圆木搭建的棚子。农村居民家中最为珍贵的财产就是水牛。

尽管生活如此艰难，但村民们从未放下自己的顽强与乐观，连到此一游的旅客也会被他们感染得轻松愉快起来。生活是艰辛的，但人与人之间的联系和情感是丰富的，在这里看到农村孩子的笑脸，感受到村民的热情，就会感觉很幸福。

马达加斯加农村百姓的淳朴善良十分感人。旅客无论走到哪里，哪怕是隔岸遥望，只要视线所及，当地人都会热情地向游客挥动手臂，离得近了，就会主动地打招呼，喊着"塞拉姆"（一种简单的问候，表示祝福平安的意思）。

与村民相遇时，大人们总是主动微笑着前来问候，孩童则围拥上来扭捏地簇拥在一起喊着"photo！"（拍照！）。原来当地村民连镜子都没有，大多数孩子没见过自己的样子，他们在镜头前做着标新立异的动作以便更好地识别自己，拍完后，一只只小脑袋挤在相机显示屏前寻找自己，找到后立刻欢呼雀跃起来。

[Dream island at the end of the world]

04

[PART FOUR - 马达加斯加旅行指南]

Tananarive

Chapter 1

地球上最美丽的首都之一：
塔那那利佛

　　马达加斯加首都塔那那利佛是全国最大城市，是塔那那利佛省的省会，全国政治、经济、文化和交通中心。法语名 Tananarive，马达加斯加语名为 Antananarivo，简称 Tana，人口约 200 万。该城位于马岛中东部高原山脊上，坐落于 12 座圣山的山腰之上，平均海拔 1300 米。因地势较高，在南回归线附近，属热带高原气候。全年气候凉爽宜人，年平均气温 18℃，无酷暑天气，但日夜温差较大。年降雨量 1200 毫米，每年 4～10 月为旱季，11 月到次年 4 月为雨季。

　　塔城历史上曾名"阿纳拉芒戛"，意为"蓝色的森林"。早在 400 年前这里便是麦利纳人的领地。1610 年，麦利纳部族的安德里安亚卡王子攻占此地，1625 年修城筑堡，驻军千名，改名"塔那那利佛"，马语意为"千名勇士城"。1793 年，该城成为马达加斯加历史上第一个也是唯一一个中央集权王朝麦利纳王国的首都，从此这座修建在马蹄形山上的古

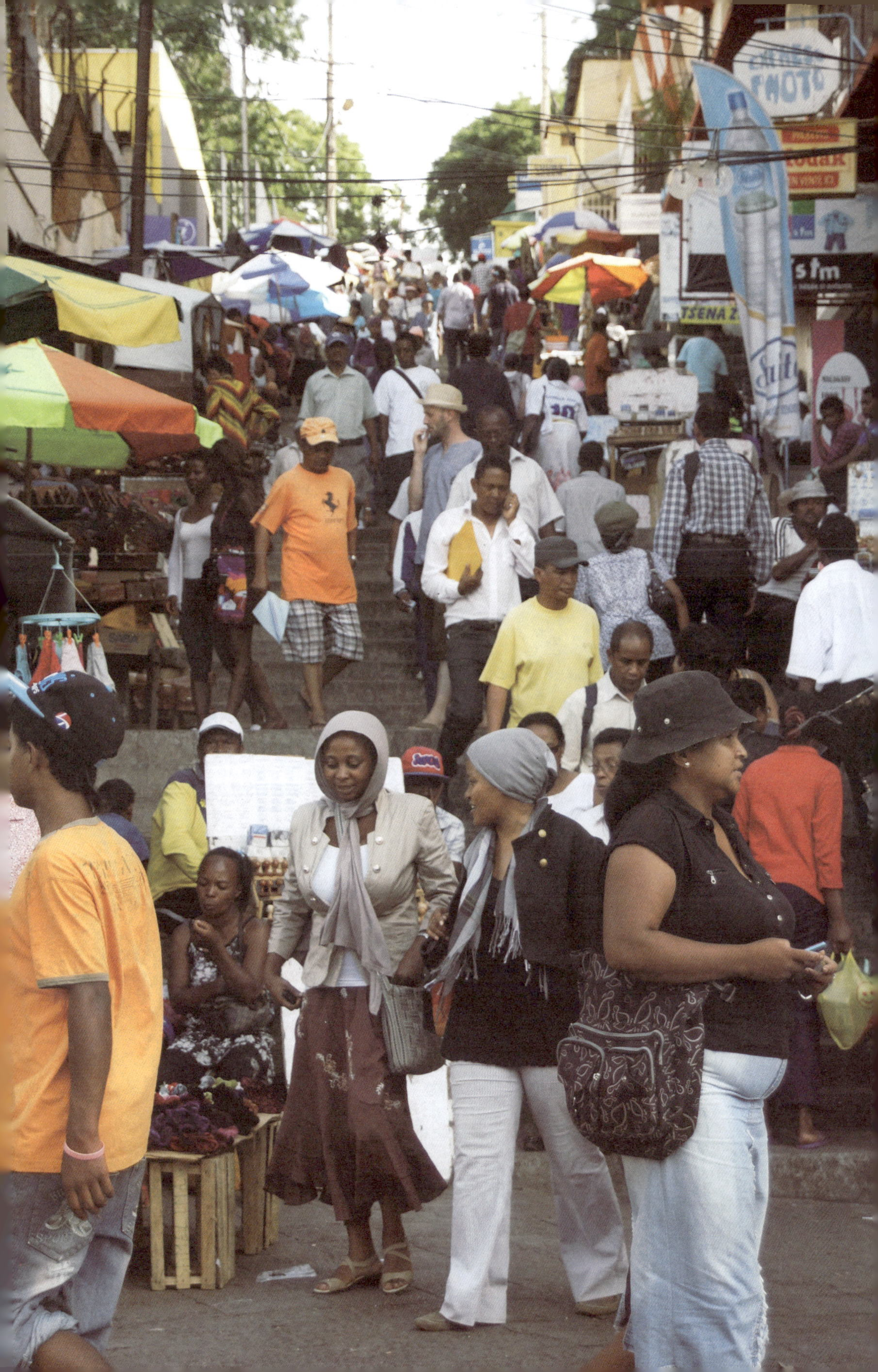
PHOTO
sfm

[Madagascar – PART FOUR] — 144

城，成为全国的中心。19世纪末沦为法国殖民地首府，马达加斯加1960年6月26日宣布独立后成为共和国的首都。

塔那那利佛现今城市规划始于19世纪末的法国殖民统治时期，当时根据行政、商业、公共场所的不同需要规划出的不同区域、街道和建筑保留至今。

市区由两座东西对峙的小山丘组成。两山有隧道相通，道路盘旋于山间，林荫小径曲折幽静，古老建筑层叠在山坡之上。各种热带树木、花草点缀其间，被誉为"世界上最富有诗情画意的首都之一"。

曼加卡米亚达纳女王宫位于山巅，地处全市制高点，俯瞰全城，气势雄伟壮观。整个王宫现已成为塔那那利佛博物馆，馆内珍藏着女王画像、宝座、服饰与器皿等文物，并陈列有马达加斯加人民反抗侵略者时用过的长矛和土枪、土炮等武器。宫殿左侧为王室陵寝。

中部山坡上满是高大翠绿的树林，富有地方特色和带有又高又尖双斜面屋顶的房舍点缀在林间。这里有粗壮挺拔的椰子树、欲穿云霄的棕榈树。地上鲜花绿草漫山遍野，林荫小径环绕于房前屋后，美丽的景色犹如仙境。

山下谷地是行政、金融和商业区。全市最繁华、最热闹、最引人注目的地方是平直、宽阔的贯穿于谷地之间的独立大街。独立大街东南端的阿诺西湖恬静清雅，湖中有一座小岛，湖岸绿树环绕，花草飘香。湖两侧耸立着总统府和政府各部大楼，最大的希尔顿旅馆静立在湖畔。

塔那那利佛是一座具有亚、非、欧三大洲混合风格的城市。城市建筑风格多样，既有富于民族特色的砖楼，也有殖民时代的法式建筑，体现其他异域风情的建筑也屡屡可见。这样的景致往往会让你忘了这是在马达加斯加，而以为是在欧洲南部或是地中海沿岸的某个城市。

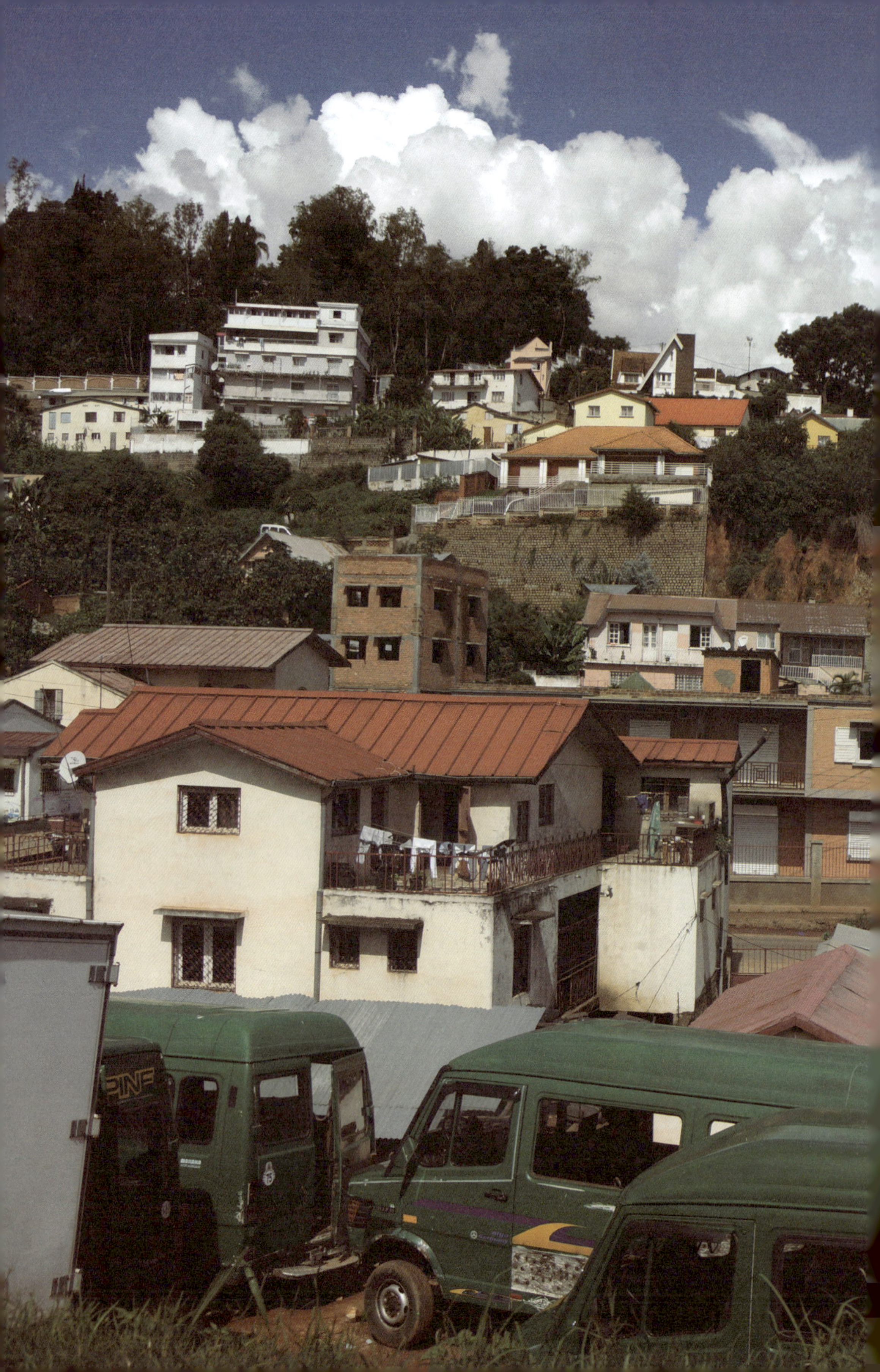

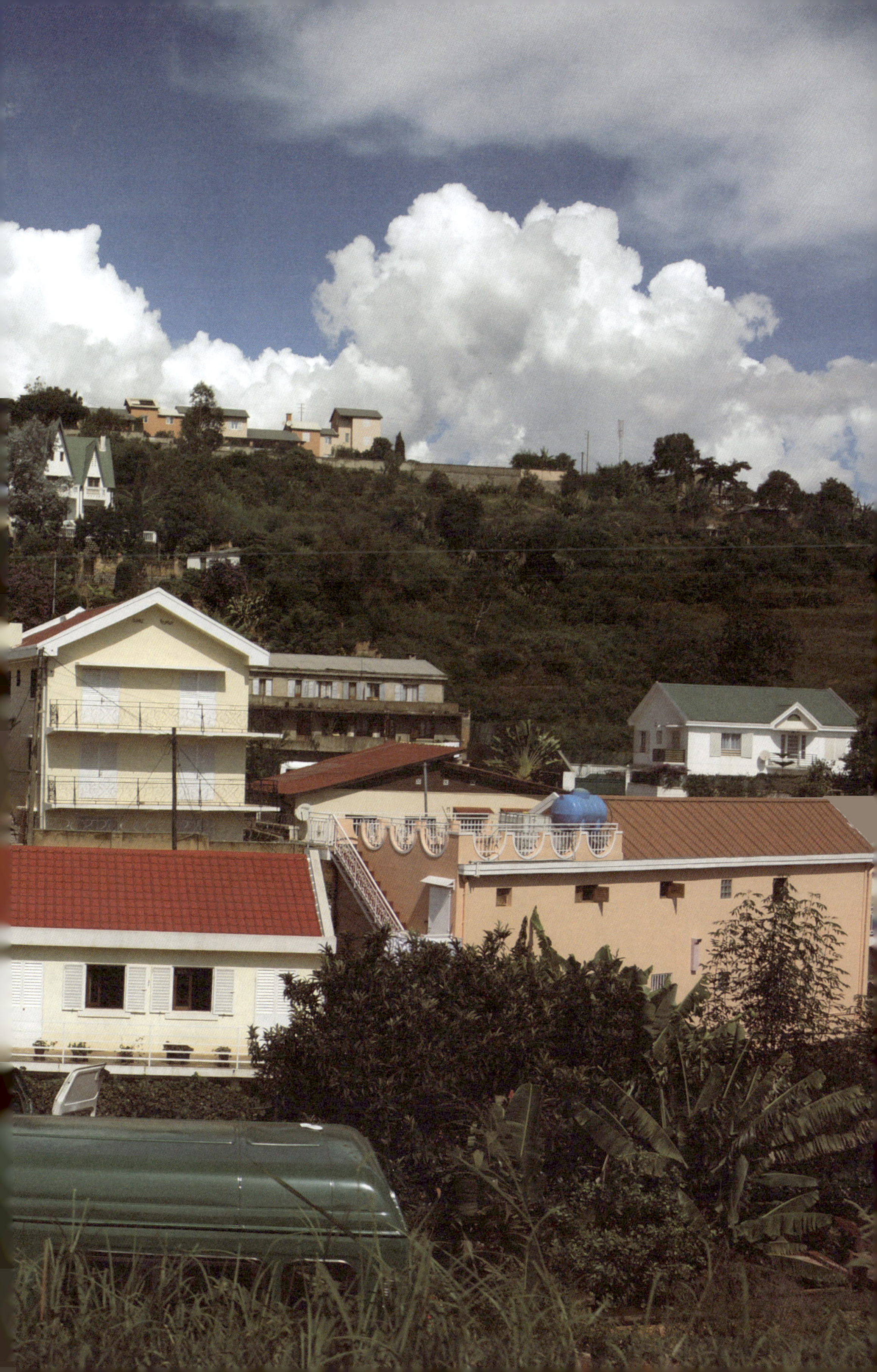

这里有很多美丽的房子。其中一些房子很特别，大多是两层楼房，地基起得很高，房顶又高又尖，外墙被涂成各种鲜艳的颜色。有的房子外墙上半部分是粉红色，而下半部分则是天蓝色；有些房子的外墙被整个涂成大红色或者大绿色。整个街区五颜六色，绚丽缤纷，让人大饱眼福。这些房子的风格和马来西亚人聚居区的房子风格很相似，和非洲本地居民的房子风格有明显差异。

市内还有塔那那利佛大学、马达加斯加大学、塔那那利佛师范学院、天文台、国家图书馆、艺术馆、体育场等，为首都文化生活提供了良好的条件。塔那那利佛发展多种工业，主要集中在城市的西半部，规模较大的有榨油、咖啡加工、肉类加工、制革和电力等。该城也是全国交通枢纽，有铁路和公路连接国内各主要城市和港口。塔那那利佛市郊建有国际机场，与亚、非、欧三大洲通航。

目前，世界上与塔那那利佛建立友好城市关系的城市有亚美尼亚埃里温和中国苏州。

[Dream island at the end of the world]

A~

Zuma Bazzar

[远近闻名的祖玛市集]

　　祖玛市集是马达加斯加最有名的大市集，传统、热闹、远近闻名，就算在东非一带，也有一定的影响。"祖玛"在马语中意为"星期五"，即每个星期五举办一次市集。

　　祖玛市集设在市中心独立大街旁边的一个广场上。每逢星期五，市郊和远郊的农民推着大车小车，头顶肩挑，带着品种繁多的农副产品，踏着朝霞，掮着晨光，竞相涌向这个长千余米的著名市集。城里的商贩也开着满载货物的货车潮水般地流入这里，大街小巷都被熙熙攘攘的人群、车辆充塞着。赶集的市民穿着华丽，间有歌舞表演，富有民族特色。

　　市集上的商品一应俱全，电器、日用品、蔬菜、食品等种类之多，品种之全，令人眼花缭乱。各种商品按种类固定摊位，有席地设摊的叫卖者，也有搭起货架的售货人。当地的土特产最引人注目，这些极具民族特色的商品深受人们的喜爱，因而非常走俏，销售量也很可观。

时间：
周二~周日
a.m.10:00~p.m.5:00

门票：
分当地居民和国外游客两种

马达加斯加常年如春，雨量充足，一年四季都有新鲜蔬菜和水果上市。蔬菜摊儿和水果摊儿是这里的大户，占地面积最大。销售的蔬菜种类繁多，新鲜便宜，鲜红的番茄、橙黄的柑子、碧绿的青菜、浅紫的洋葱，将这里点缀得五彩缤纷。这里的水果也品种齐全，热时有荔枝和芒果，凉时有橘子和橙子，香蕉和菠萝常年都有，除了香蕉，还有芭蕉和小如手指的贡蕉，芒果也有十几种。

祖玛市场上还有销售粮食的摊位。以前粮食归国家统一购销，人们不能做粮食的买卖，如今政府放开了农业政策，大大提高了农民种粮的积极性，农民可以将余粮拿到市集自由买卖，增加了农民收入，也改善了他们的生活条件。

市集上的皮革制品种类不胜枚举，各种皮包、皮箱、皮鞋，都带有本岛特色，既经济，又实惠。马岛的产皮量大大超过用皮量，这是当地的皮革制品价格不高的主要原因。此外，这里的牛角雕刻品也是一绝，鱼、鸟的雕刻形象粗犷而逼真，栩栩如生，精巧的工艺品引人入胜，让人爱不释手。

马达加斯加的手工业比较发达，特别是在农村，几乎家家户户都在利用竹子、剑麻和龙须草等原料，编织日常用品和工艺品。这些图案、款式别致的工艺品，具有强烈的民族风格，是市场上不可缺少的组成部分，物美价廉，吸引着众多的国内外顾客。

市场上还有上百个药摊儿，出售几千种药材，绝大多数是未经加工的草药，很受人们欢迎。这里有鲜叶、枯茎和根块，还有箭石和碎片。当地人很喜欢用这些药材来治病，在医疗事业不发达的马达加斯加，人们觉得这些药材具有神奇功能，只要对症下药，很快就能见效。因而，这里的药材生意格外兴隆，每天的销售量都很可观。

塔那那利佛的祖玛市集是对正规商场交易的有益补充。有了祖玛市集，就可以保证居民买到价格相对低廉的商品。政府规定市集上的蔬菜和水果不能超过最高价格，事实上，在旺季，祖玛市集上的蔬菜、水果和肉禽等食品的价格往往低于政府规定的标准。

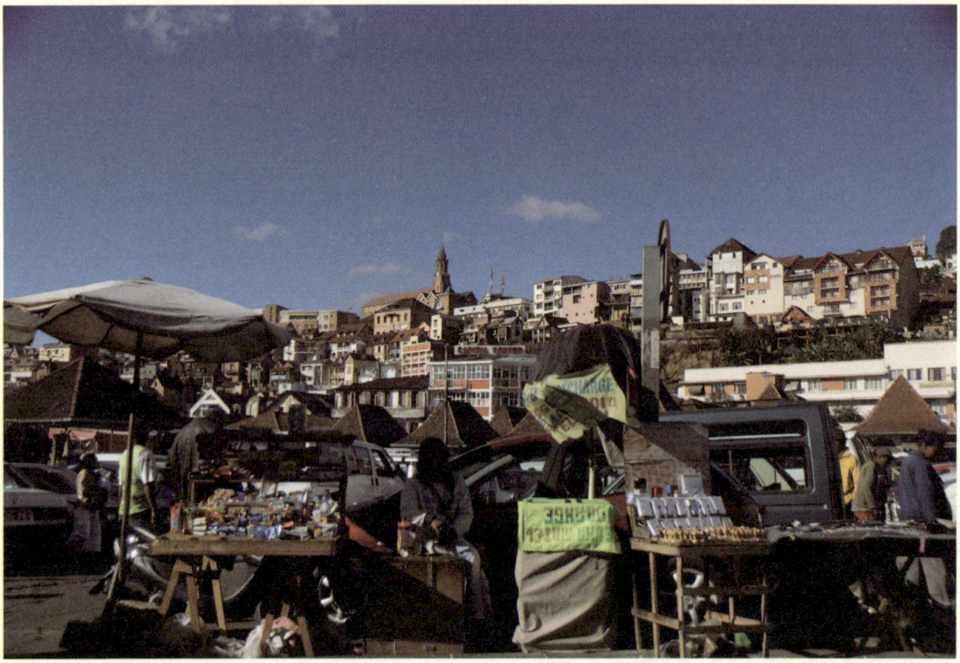

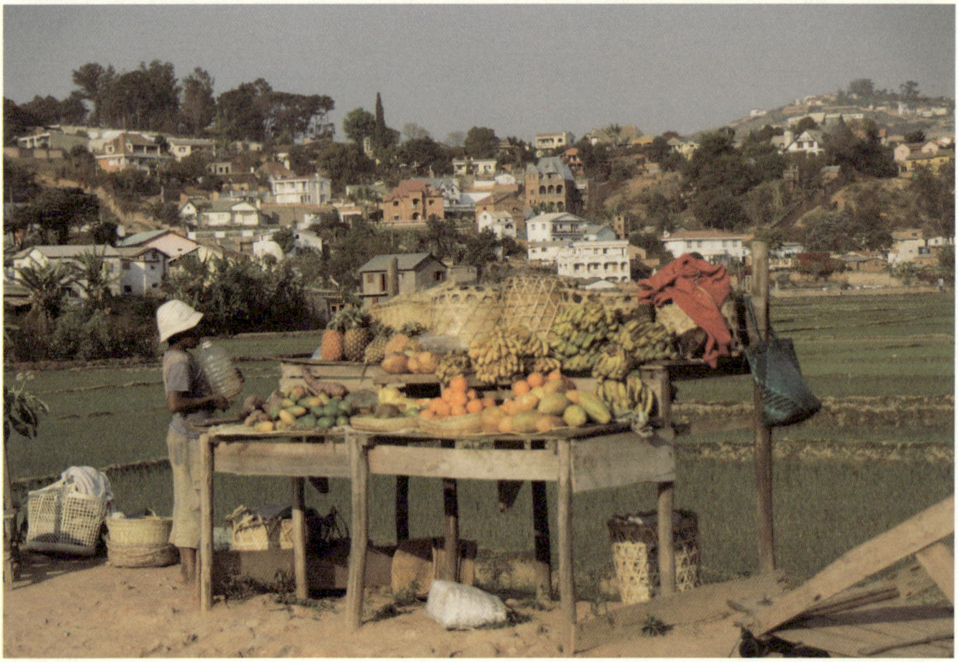

[Dream island at the end of the world]

B~

The Royal Hill of Ambohimanga

[安布希曼加皇家蓝山行宫]

安布希曼加王家蓝山行宫（The Royal Hill of Ambohimanga）是2001年被联合国教科文组织列为世界历史文化遗产的古迹，有着重要历史意义，是马岛历史上第一个也是唯一一个中央集权王朝麦利纳王国的发迹地。安布希曼加王家蓝山行宫传统的设计、建材和布局生动地将17世纪以来马达加斯加人的社会与政治结构展露无遗。行宫由王城、王家墓地和一组祭祀建筑群组成，其中包括树林、溪流、湖泊和公共集会场所。在过去400年里，蓝山行宫一直是举行宗教仪式和祭祀的地方。直到19世纪中叶以前，这里一直都是记录马岛历史、举行宗教活动和开展祈祷活动的"圣城"，一直是马达加斯加人前往朝拜的圣地，当地人称其为老王宫。

老王宫位于首都塔那那利佛以北20余公里，建在一座树林茂密的山丘之上，又称"蓝色山丘"。王宫坐落山头，是安德里亚纳姆波伊尼麦利纳国王（Andrianampoinimerina）在1788—1810年执政时

时间：
周一~周日
a.m.9:00~p.m.5:00

门票：
10000 阿里亚里

联系电话：
2234886

居住的王宫，也是马岛现存的最古老而又较为完整的王宫。王宫为木质结构，建筑在石砌的台基上，长约 7 米，宽 6 米，屋顶由一根 10 米长的黄檀木支撑，双层黄檀木板为壁，每块板宽 40～45 厘米，厚 7 厘米，共计 110 余块木板。

从地基痕迹看，原来房屋分隔成 5 间，现室内陈设两张木床，一张为高脚木床，须登梯而上，是国王所用，另一张木床是后妃所用。沿墙陈列 3 个多层架，架上有菜刀、油灯和黏土制成的碟子等物，还有当年用作炉灶的 5 块石头，一只 7 根叉的烤肉架。板墙上挂着国王用的一支双刃标枪、3 支单刃标枪、一把马刀及 3 支牛角等兵器。

王宫防卫坚固，由河堤、沟渠和 14 座石头城门组成的防御系统守护着。城门上端建有圆草顶、红墙壁的瞭望亭。外墙用的是百姓上贡的百万只鸡蛋的蛋清和石灰砌成的砖墙筑成，十分牢固。护城沟周长 2500 米，围墙有 7 个隘口，每个隘口都修了石造城门。今存较完好的是东面的安巴图米桑加纳门，城门为单独一块圆石板，直径 4.5 米，晨开夜闭，每次开关都必须由几十人推滚。院内摆着几门当年用来抵御外来入侵的大炮。安德里亚纳姆波伊尼麦利纳国王于 1810 年死在塔那那利佛，根据他的遗嘱，安葬于此。

1897 年，法国殖民当局将埋葬于蓝山行宫的国王遗体移葬于塔那那利佛女王宫内的王家陵墓。行宫内的陵墓受到毁坏，取而代之的是驻军部队建起的军事建筑，殖民统治者曾试图抹去蓝山行宫在人民心目中神圣的宗教和民族象征意义，但终未得逞。

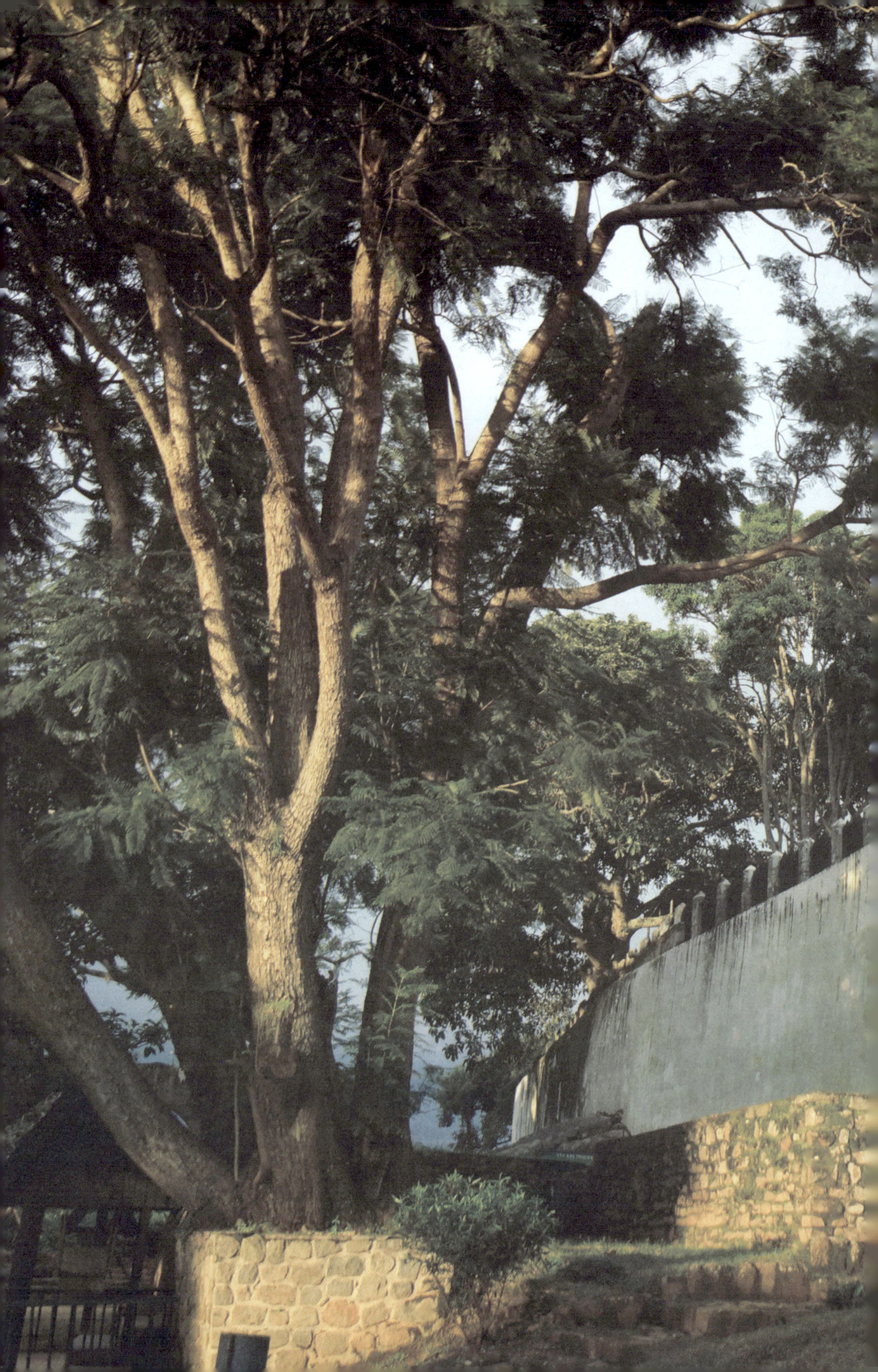

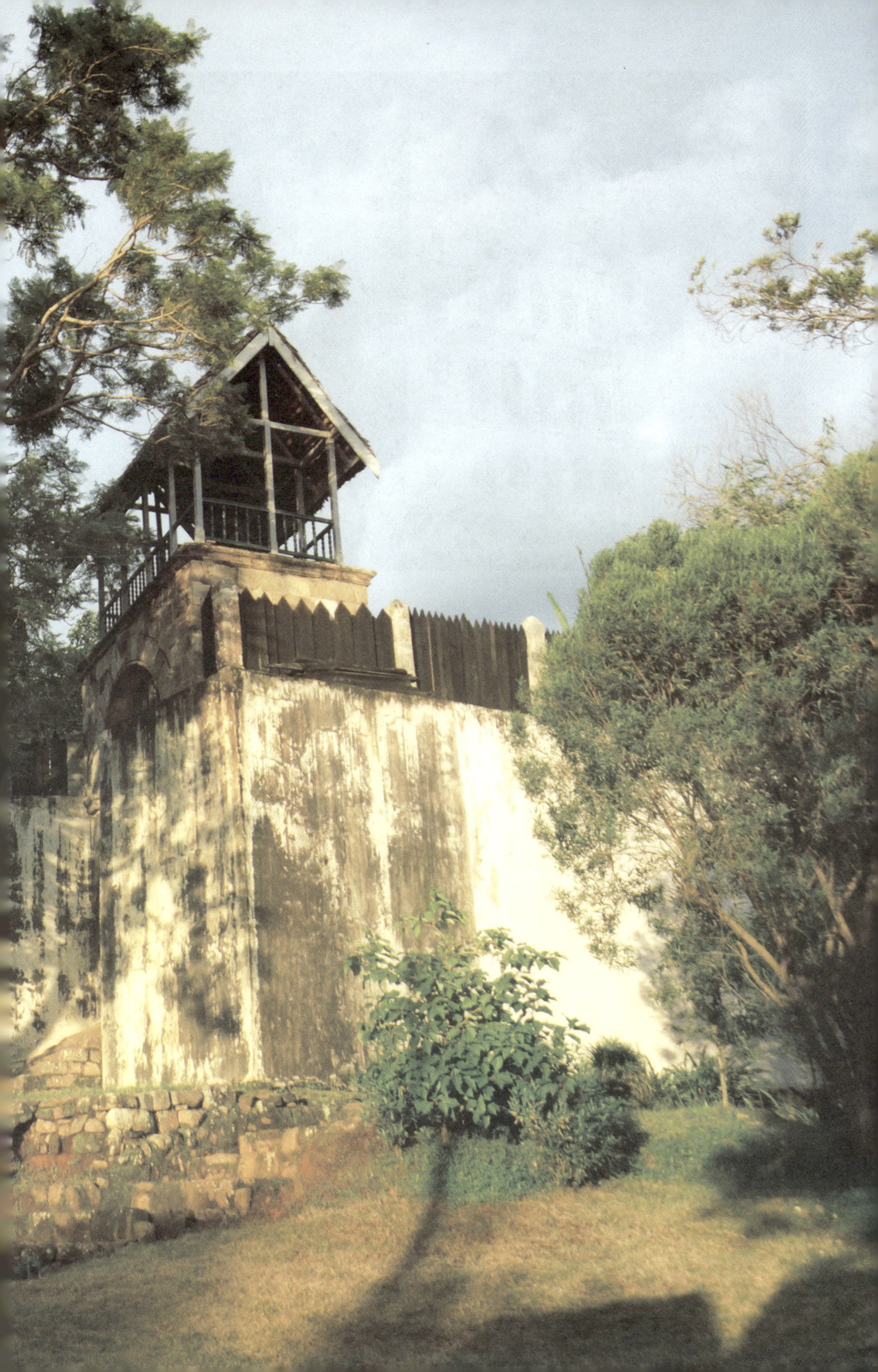

C~

Le Palais
de la Reine

[曼加卡米亚达纳女王宫]

曼加卡米亚达纳女王宫（Le Palais de la Reine）是塔那那利佛市内最具有观赏价值和人文价值的景观。女王宫地处全市要隘，雄踞全城最高的山岭，建筑独特，气势宏伟，雄姿壮丽，俯瞰着整个塔那那利佛市，是当年麦利纳王国女王统治权力的象征，是马岛规模最大、最富丽堂皇的古代建筑之一。

曼加卡米亚达纳女王宫修建于1839～1840年间，时值马达加斯加历史上著名的拉娜瓦洛娜一世女王（Ranavalona I）在位时期（1828—1861）。拉娜瓦洛娜一世女王是马达加斯加麦利纳王朝第一位国王拉达马一世（Radama I）国王的遗孀，国王去世后，她开始主宰王国的命运。

1610年，安德里安卡王子在这里修城建堡后，历代统治者都在这里修造宫殿。1794年，麦利纳王国在塔那那利佛定都后扩建王宫，设计和修建由英法传教队伍中的建筑师完成，采用典型的19世纪欧

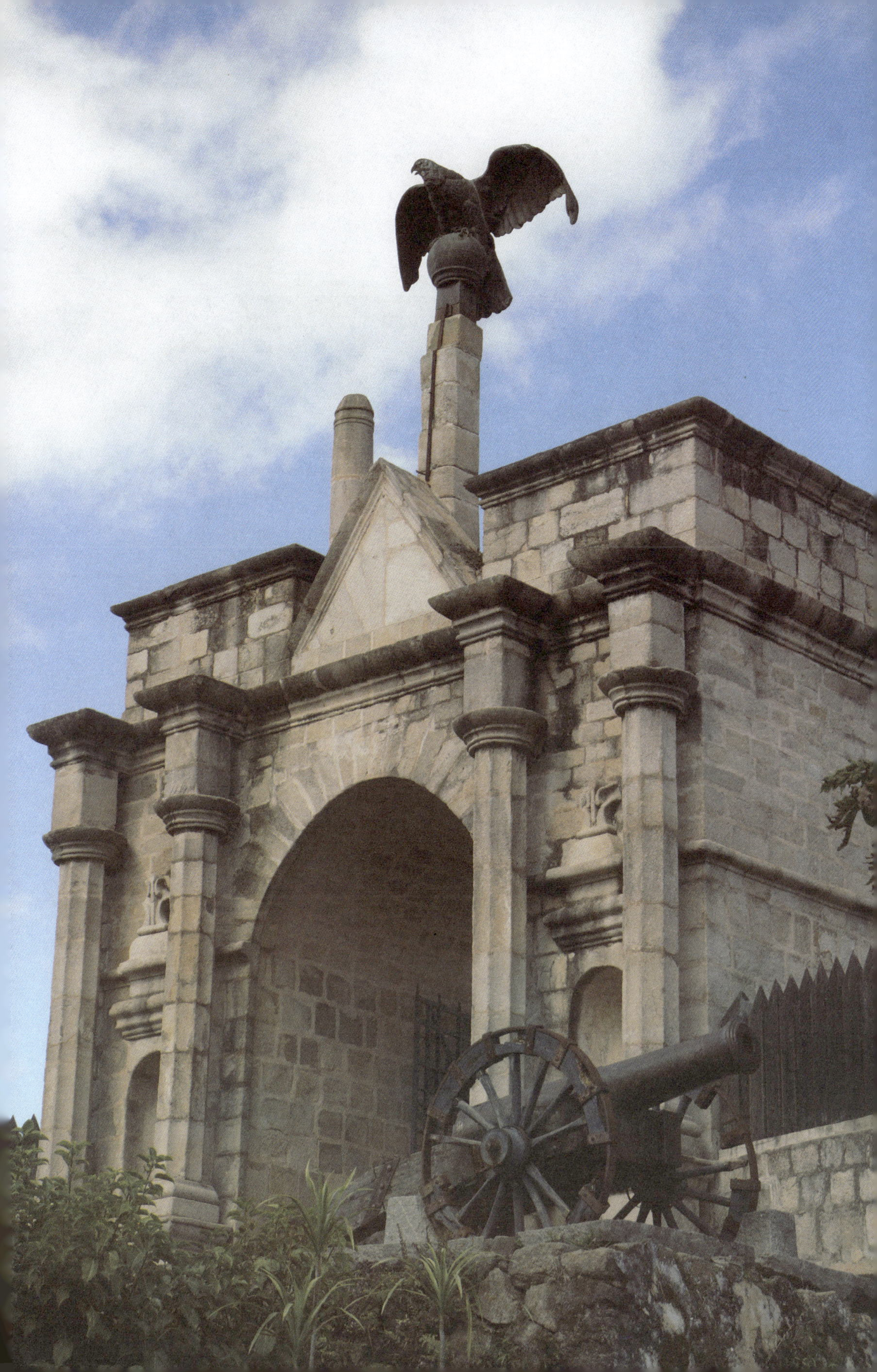

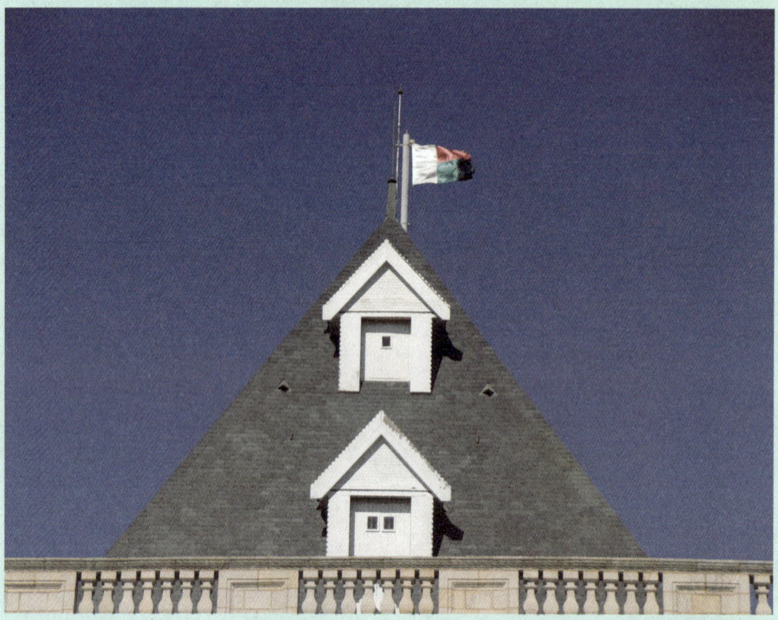

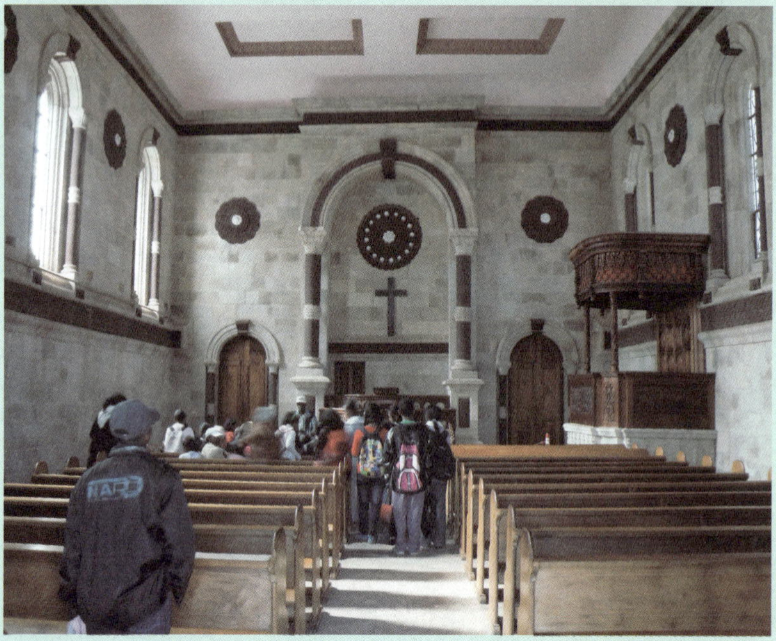
HAR

洲巴洛克风格。1839年，拉娜瓦洛娜一世女王执政时，法国领事、大商人让·拉保德（Jean Laborde）为她建造了曼加卡米亚达纳女王宫。这座宫殿在这组古建筑群中规模最大、最富丽堂皇。女王宫最初为木质结构，1868~1873年，英国建筑师雅姆·卡莫龙为宫殿外围砌上一层石壁，宫殿四角各筑塔楼，略低于宫顶。从整体外观轮廓看，该建筑犹如一顶王冠，融东西方建筑风格为一体。

宫殿主体建筑由两部分组成，内宫主体基本由紫檀木建造，外部的城墙全部由花岗岩砌成，整体巍峨挺拔，最高处达40米，气势不凡。王宫共3层，每层是一个面积为360平方米的大厅。王宫中央竖有一根紫檀木圆柱，高39米，直径1米。据史料记载，这根圆木伐自马达加斯加东部森林，当时用奴隶万人运输，途中死亡2000人。施工时，仅竖起这根圆柱，就用了19天。宫殿地板用菱形的黄檀木、紫檀木交错镶嵌而成，构成美丽的几何图案。

令人遗憾的是，1995年11月，一场突如其来的大火烧毁了女王宫大部分的木制室内建筑，至今耸立在那里的只是女王宫高大的城墙、空洞但不失华丽的窗门廊柱，仍在向游人们诉说着她过去的辉煌。

女王宫左边是麦利纳王国的王家陵墓，从安德里安卡到拉娜瓦洛娜三世女王共7位国王先后埋葬或移葬于此。

ANTANANARIVO

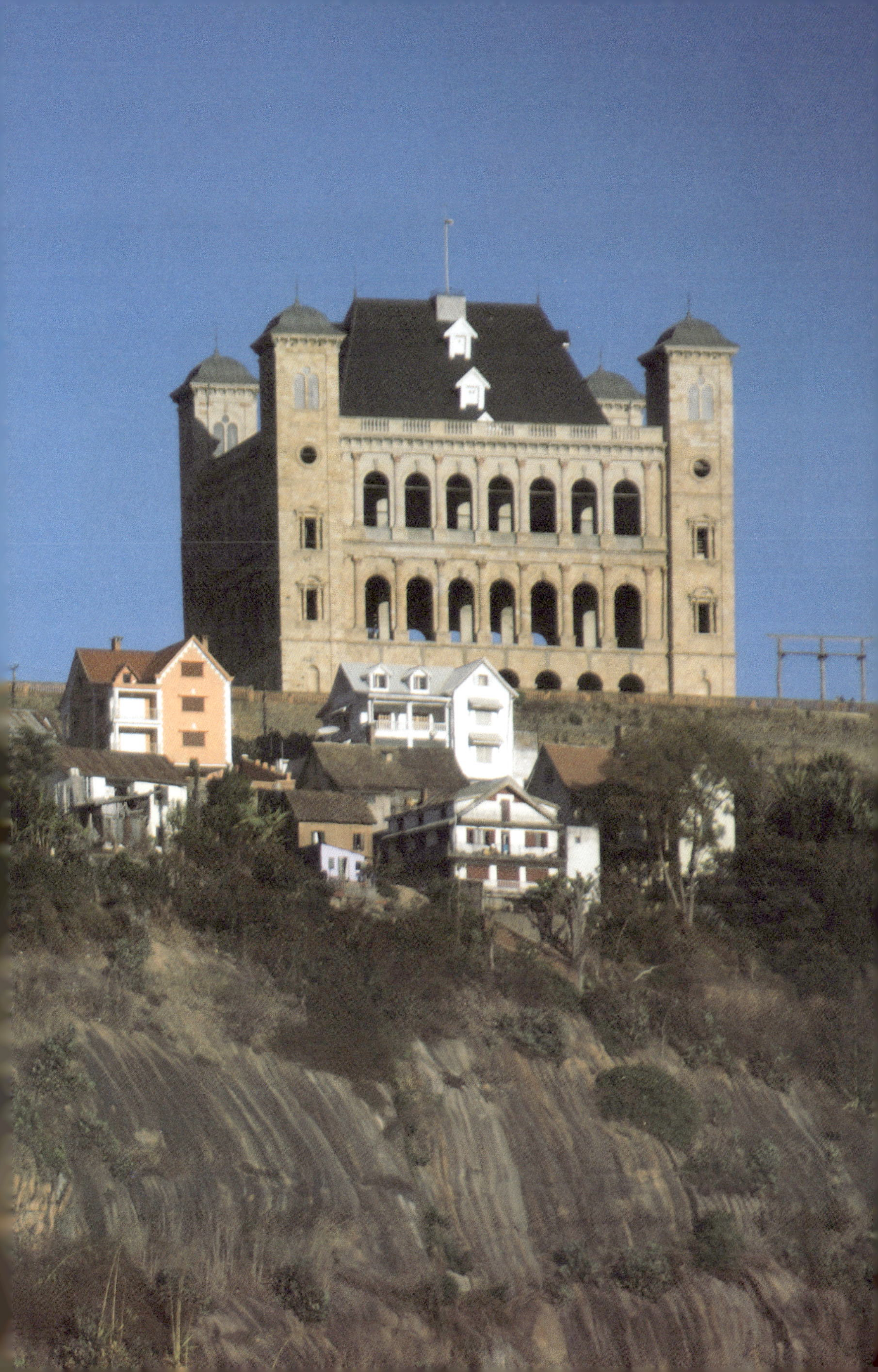

D ~ [马达加斯加王陵]

马达加斯加王陵是马达加斯加麦利纳王国几代国王和女王的陵墓，位于首都塔那那利佛曼加卡米亚达纳女王宫近旁，1828年始建，用于安葬拉达马一世。陵长宽各8米，高3米，用石块砌成，陵墓上建有一间长廊环抱的瓦顶圣室。1868年，在陵旁为拉达马二世王后拉佐赫丽娜女王修筑了一座女王墓，为木质结构，屋顶呈圆锥状，屋檐是4个直角形，门窗均镶玻璃。1897年，又将拉达马一世之父安德里亚纳姆波伊尼麦利纳国王的遗体，由安布希曼加王家蓝山行宫迁至此陵，重新用独木舟式的银质棺木装殓。拉达马二世在1863年的政变中遇刺身亡，1897年将他的灵柩从伊拉菲迁葬此地。同年还将拉娜瓦洛娜一世、二世两位女王的灵柩迁葬于拉佐赫丽娜女王墓地。

麦利纳王国最后一位女王拉娜瓦洛娜三世1896年被法国殖民主义者废黜，流放阿尔及尔，死于1917年，当时没有条件运回故土。其灵柩于1938年被运回国，也葬于此。

E~　[安布希德拉特利摩王家建筑群]

　　安布希德拉特利摩（Ambohidratrimo）王家建筑群是马达加斯加古王城，位于首都塔那那利佛以北约28公里，坐落在树木葱郁的圣山山顶。王城内曾建有王宫、王陵。现仅存王宫3座，为木屋，建在宽6米、长19米的石平台上。有王陵遗址，属于安德利安托姆波尼梅利纳王子。相传，这位王子怨恨父王不立他为王，将其父投入监狱，此事颇遭非议，于是王子死后无人朝拜，陵墓年久失修，坍塌无迹。现只存王陵中竖起的一块石雕，上刻一对石乳。平时常有孕妇来此祭祀求子，她们宰杀小母鸡，将血涂抹在石乳上，希望能保佑她们生育男孩。

F~

Le Palais du Premier Ministre

[首相府]

　　首相府（Le Palais du Premier Ministre）坐落在与女王宫仅相隔数百米的另一处山岭上，始建于1872年，由麦利纳王朝的第一位首相下令所造。该建筑同样出自法国建筑师之手，砖石结构，风格雄浑稳健，气度不凡。中间是大圆锥玻璃穹顶，加上四座塔楼的金属尖顶，在阳光照耀下，熠熠生辉。首相府在1976年时曾失过火，所幸扑救及时，没有造成太严重的破坏。1985年重修，现改建为马岛的历史博物馆，保存的史料和文物主要体现了从麦利纳王国时期到殖民时代的历史。

G~

Parc Botanique et Zoologique de Tismpazaza

[津巴扎扎动植物园]

津巴扎扎动植物园（Parc Botanique et Zoologique de Tismpazaza）是马达加斯加著名游览地，位于首都塔那那利佛王宫山麓的津巴扎扎湖畔，湖修筑于19世纪初，原为士兵沐浴和王家举行宰牛祭奠仪式之地。1925年此地辟为植物园，1936年扩建成动植物园。

园内能观赏到马达加斯加大部分有代表性的动植物，包括一个爬行动物馆。园内还建有一座马达加斯加科学院古生物博物馆，藏有大量珍贵动物化石标本，其中有几具世界上已宣告绝种的大狐猴亚化石骨架和1868年在南部地区挖掘出的象鸟骨架，均属于世界古生物珍品，有极高的研究价值。此外还有恐龙化石，拉蒂万鱼标本，河马、旱龟、鳄鱼化石，以及千姿百态、色泽艳丽的蝴蝶和昆虫标本。这一切可以使游人在闲暇之际大饱眼福。

时间：
周二~周日
a.m.10:00~p.m.5:00
周一闭园休息

门票：
分当地居民和国外游客两种

H~

-

Parc

Lemurien

-

[狐猴公园]

    狐猴公园（Parc Lemurien）位于 1 号国道上，距离塔那那利佛市区约 25 公里，驱车 1 个小时可达。这是个坐落在河畔的公园，属于私人公园。占地 5 公顷，植被繁多，风景秀丽。目前饲养了 9 种狐猴，如比较有代表性的褐狐猴、环尾狐猴、跳舞狐猴和熊猫狐猴等。是首都附近能近距离观察和接触狐猴的最佳景点之一。

时间：
周一 ~ 周日
a.m.9:00~p.m.5:00

门票：
成人 15000 阿里亚里
儿童 8000 阿里亚里

[鳄鱼农场]

-

Croc

Farm

-

　　鳄鱼农场（Croc Farm）位于首都伊瓦多国际机场附近，距离塔那那利佛市区大概20公里，占地3公顷，是马达加斯加唯一特许可以养殖鳄鱼和进行商业用途的经营性农场。公园内有各种鳄鱼皮制成的工艺品出售，餐厅里还能品尝到鳄鱼肉。公园内除了鳄鱼是主角外，同样能看到马达加斯加一些特有爬行、两栖动物，如变色龙、蜥蜴、陆龟、蛇等，以及大约3种狐猴和长尾灵猫。

时间：
周一～周日
a.m.9:00~p.m.5:00

门票：
10000 阿里亚里

联系电话：
2234886

J~

- Mantasoa Lake -

[曼塔索阿大湖区]

曼塔索阿（Mantasoa）大湖区是避暑旅游胜地，西距首都塔那那利佛60公里。人工筑坝形成的大湖区兴建于1837年，面积2000公顷，使这里常年保有1亿多立方米的水量。大湖区被包围在崇山峻岭之中，山体将之分割成大小不一的湖泊，颇有"小千岛湖"的风范。这里湖面宽阔，是游泳、泛舟、滑水的好地方，周围的山林中隐现各式别墅。景区内有设施良好的酒店，能提供游船、赛艇以及直升机俯瞰等多种水上活动。

景区内有当年拉娜瓦洛娜一世女王的行宫和游泳池，也是由让·拉保德在女王授意下修建的。这里曾经辟有动物园，饲养欧洲、非洲和本国的名禽异兽。

这里有马达加斯加历史上最早的工业城遗址可供参观。工业城由拉娜瓦洛娜一世女王于1837年下令创办，并将之命名为"美色长存"区，盛产木材，曾轰动一时，后因为政治原因而关闭。这里的铁矿石冶炼业也历史悠久，安布希曼加王家蓝山行宫的几门古炮就是在此铸造的。

K~

Parc Exotique

[蝴蝶谷]

蝴蝶谷（Parc Exotique）位于去塔马塔夫的2号国道上，是由法国人经营的私人公园，距离塔那那利佛大概70公里，约2个小时车程。游客在蝴蝶谷能集中看到马达加斯加具有代表性的大部分昆虫、两栖动物和爬行动物，尤其是半野生状态下的20多种变色龙，以及壁虎、蜥蜴、蛇、昆虫等，是名副其实的"爬行动物天堂"。

时间：
周一～周日
a.m.9:00~p.m.4:00

门票：
10000 阿里亚里

L~

Andasibe
Mantadia
National Park

[安达西贝·曼塔迪亚国家公园]

　　安达西贝·曼塔迪亚（Andasibe Mantadia）国家公园建于1989年，距离塔那那利佛130多公里，2号国道可通达，约3个小时车程。它由两处国家公园组成，分别是曼塔迪亚（Mantadia）国家公园和阿纳拉马沼特拉（Analamazaotra）国家公园，占地155平方千米，海拔900～1250米，年平均降雨量1700毫米。

　　这是马达加斯加最早建立的5个自然国家公园之一，是距离首都最近、游客最多的国家公园。安达西贝·曼塔迪亚国家公园被大片茂密的热带雨林覆盖，完整的热带雨林生态系统为大量稀有动植物提供了绝佳的生长环境，使这里成为世界上生物种类最多的地方之一，被誉为野生动植物的天堂。

　　这里生存着11种狐猴，其中最著名的是大狐猴（Indri），这是所有狐猴当中体型最大也是仅有的短尾狐猴，目前只在该区域生存，迄今为止，还没有被人类成功笼养的先例。公园内的狐猴岛上还生活

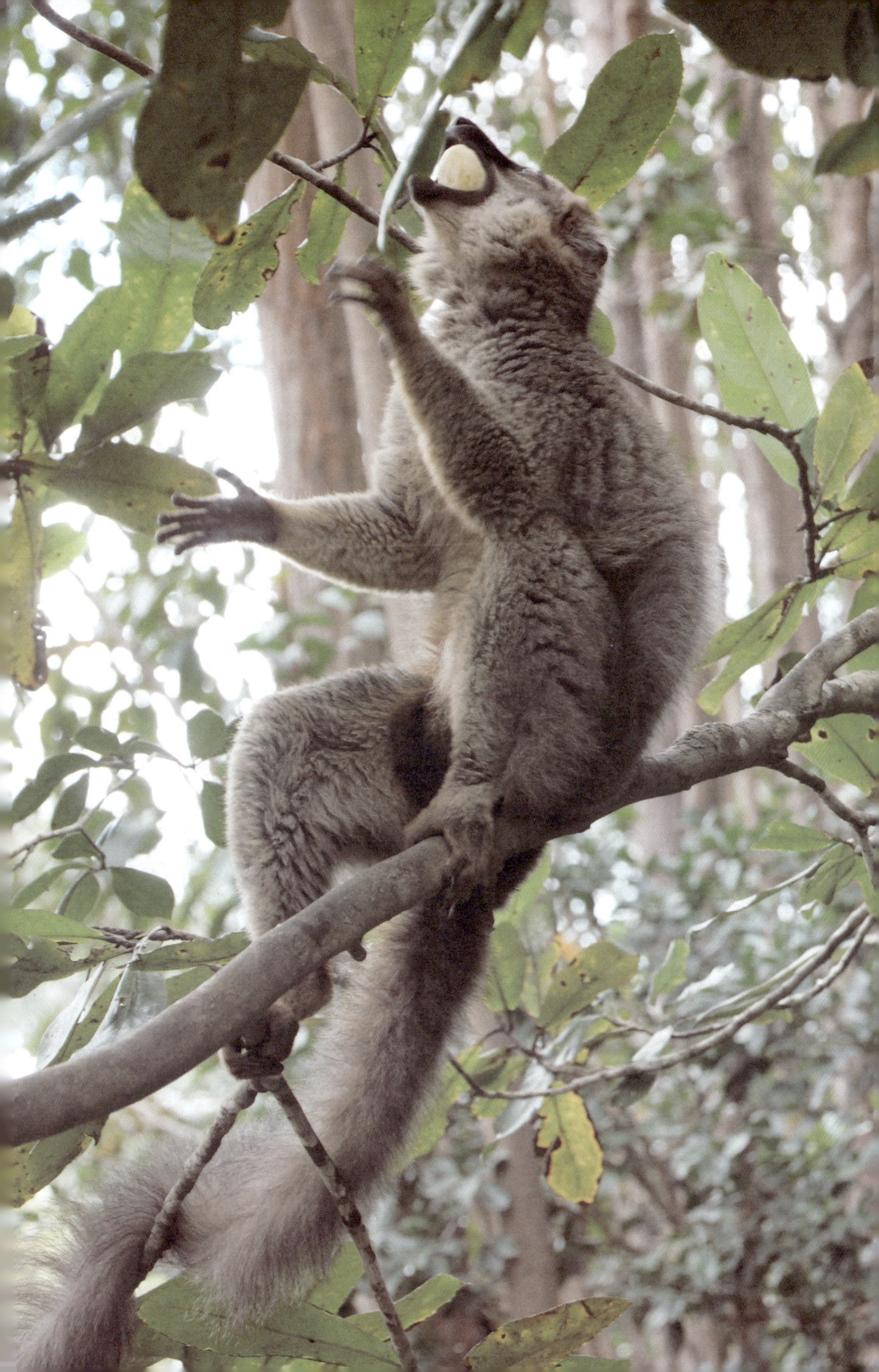

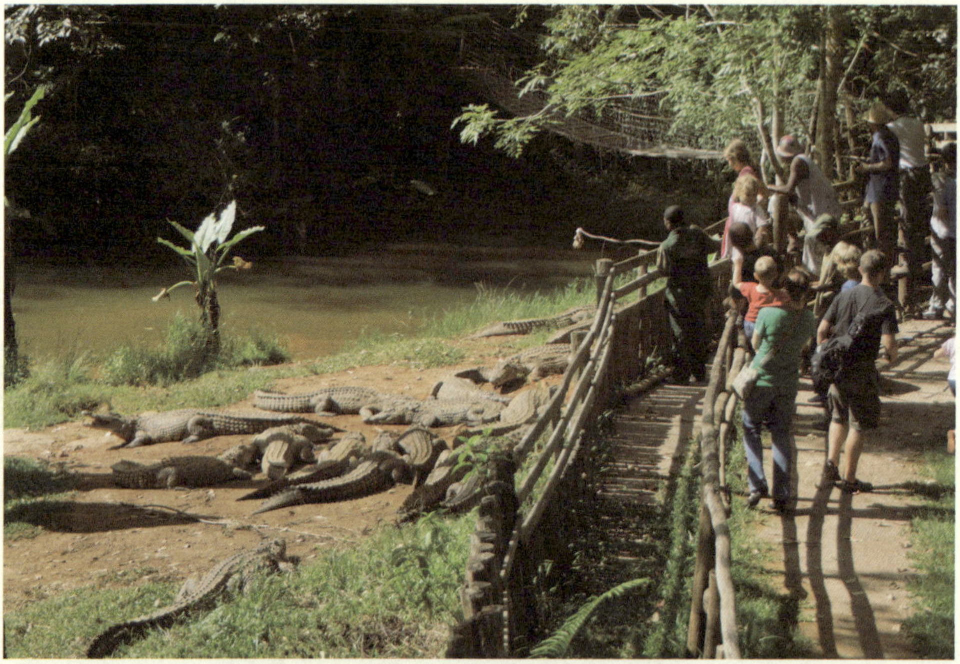

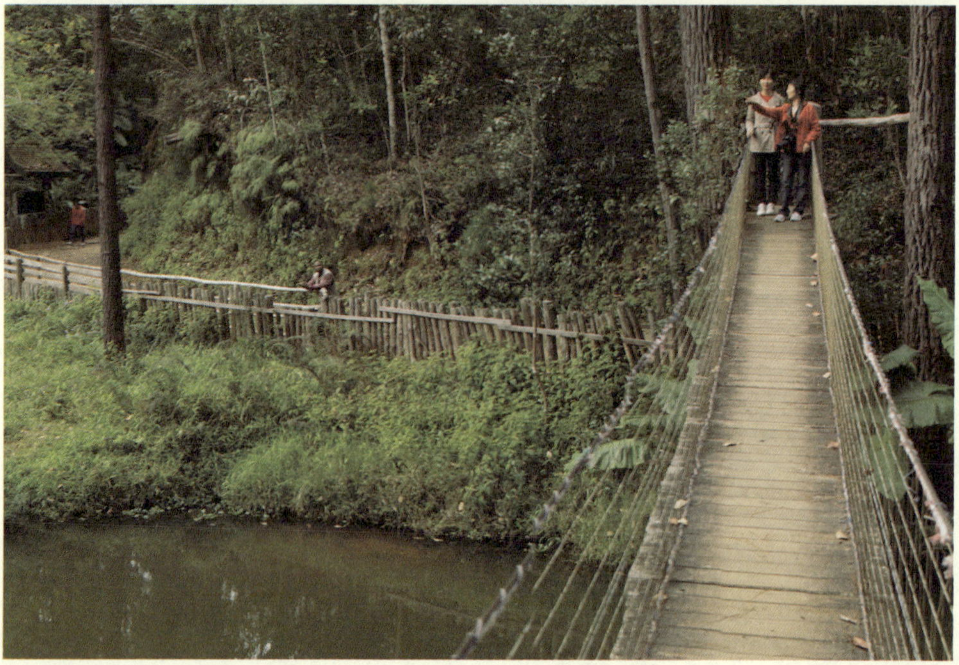

着完全自然状态下的5种狐猴，尤其令人兴奋的是，它们已经习惯与人类友好相处，游人可以给它们喂食，从中充分体会与珍稀动物亲密接触的难得感受。

国家公园还有几十种鸟类和上百种爬行、两栖动物，同样引人入胜。参观鳄鱼谷不只可以看到野生的鳄鱼，湿滑的小径和"危险"的吊桥同样会给游人带来在原始雨林里惊险刺激的探秘乐趣。巨大树木形成的天然棚顶下，不时有沙沙的声音从树林中传出，各种各样的鸟啼和虫鸣，以及其他动物的叫声，汇集成一曲自然的交响乐，让人心旷神怡。一边在潮湿松软的土地上艰难走着，一边倾听自然界奇妙的声音，像是走在童话中。

公园内可以看到行动笨拙的库阿鸟、鲜艳夺目的红嘴雀、长尾的捕蝇鸟，还有各种各样的变色龙。夜幕降临后的丛林更加热闹，此起彼伏的动物叫声和虫鸣构成了夜晚奏鸣曲，的确无愧于"野生动植物天堂"的称号。

公园内还有大量的稀有植物，包括兰花属和蕨类植物等。喜欢植物花草的朋友一定会为这里生长的众多野生珍贵的兰花而欢欣惊诧。在当地人的引领和安排下，游客完全可以与充满原始趣味的森林进行零距离接触。

安达西贝·曼塔迪亚国家公园内还有一个由法国人经营的森林山庄，坐落在湖畔山谷之中，设施良好，服务完善，辅助娱乐还包括游泳池、台球等，建筑风格完全与大自然融为一体，是使人心旷神怡的世外桃源。

除去1～2月台风季节不便进入，几乎全年都适宜游览。

Antsirabe

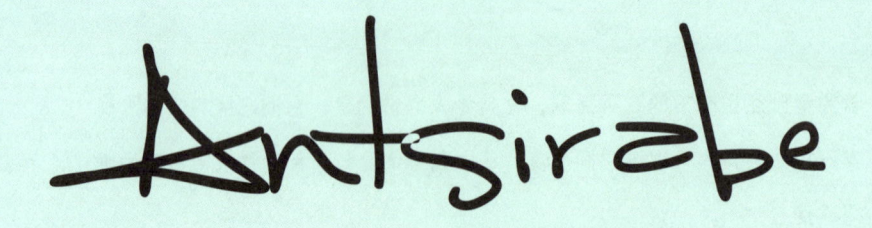

Chapter 2

水源之城——
安齐拉贝

　　沿着 7 号国道往西南方向行驶 170 公里，就能来到马达加斯加海拔最高的城市——水源之城安齐拉贝（Antsirabe）。这是马岛第三大城市，以一年四季气候温和舒适而闻名。城市街道整洁，风格如同欧洲的小镇一般，宁静而优雅，但又不乏浓郁的马国风情。安齐拉贝城市附近的村庄田野，则是了解马达加斯加高原部族传统农耕生活的好去处。

　　在炽烈阳光下，市中心路边青春靓丽的啤酒推销女郎流露出地道的法式风情。随处可见 20 世纪风格的法式建筑：旅馆、邮局、教堂或者是市政厅——这些略显陈旧的殖民建筑物仿佛仍留在时光深处，无论是残损或者保存完好的，都展现着殖民时代对这个国家的深远影响。

　　漫步安齐拉贝街头，可以发现这座城市没有一辆公交车，在大街上，穿梭往来最多的是一种充满东方特色的人力车，当地人把它叫作"布斯布斯"（法语词 pousse—pousse，意为"推推"），造型类似于中国旧时

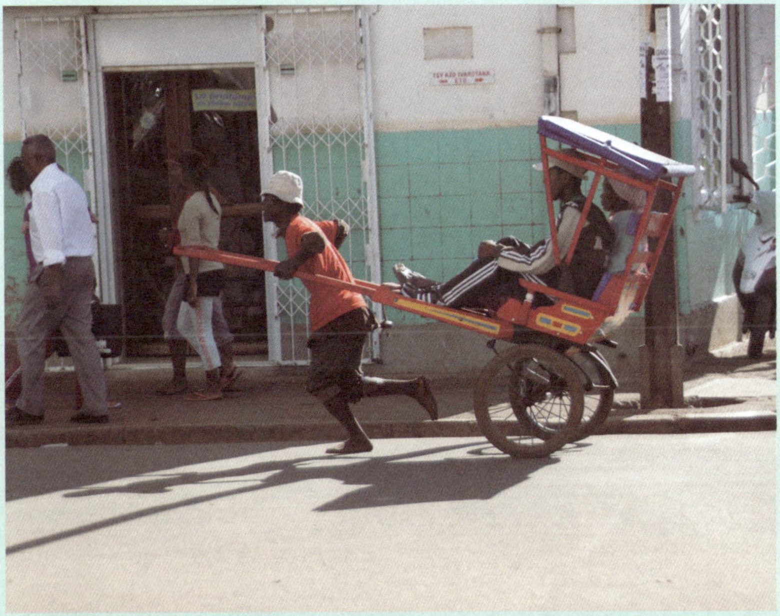

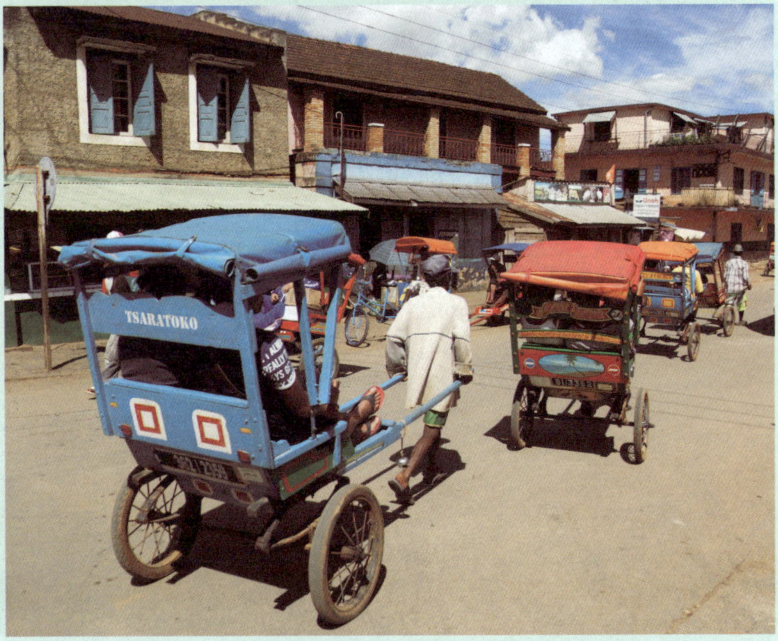
TSARATOKO

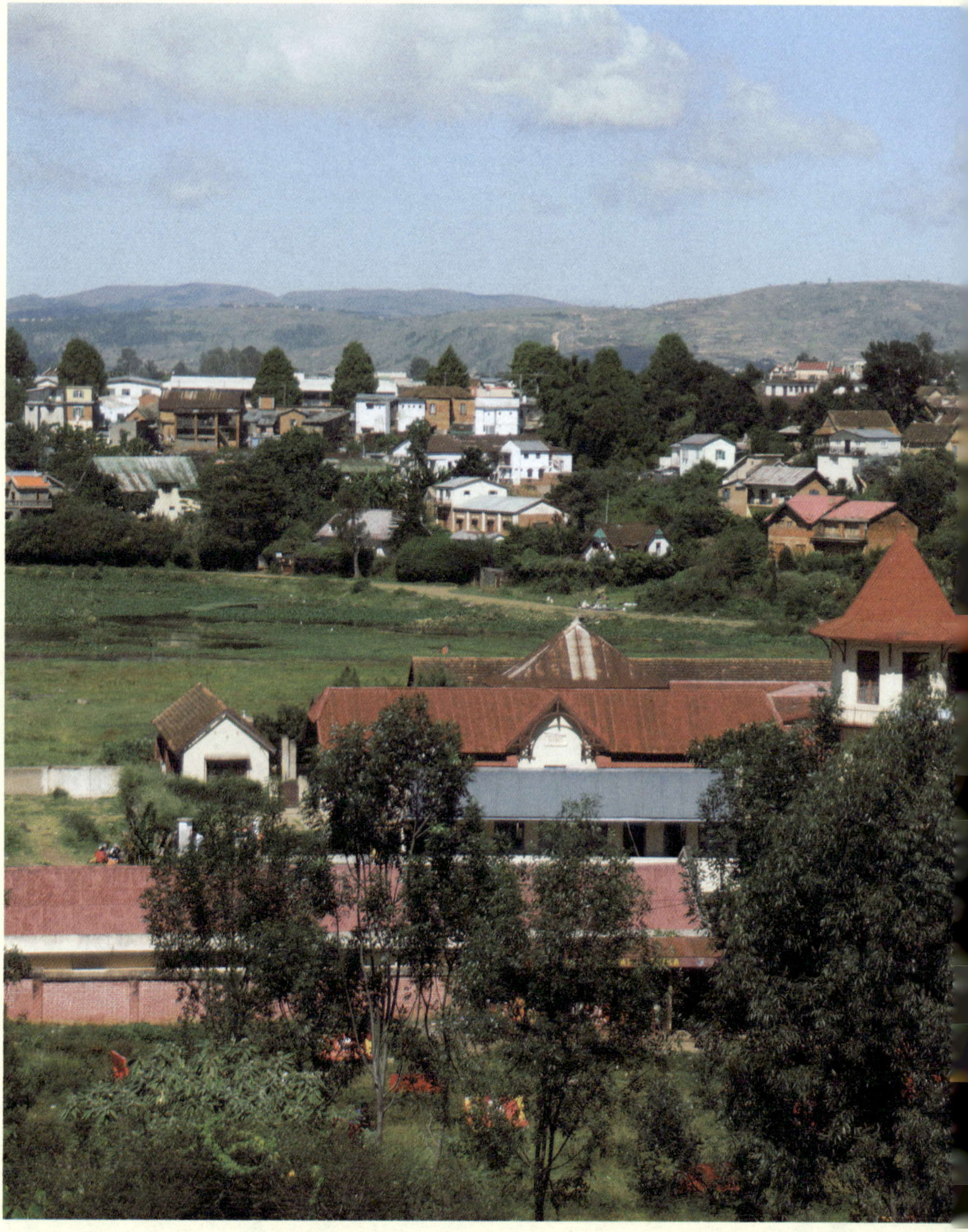

的黄包车，不过体型较小，是20世纪初由来马达加斯加修建铁路的华人劳工引进的。虽然马岛其他城市也有"布斯布斯"人力车，但安齐拉贝街头却多达3000多辆，车夫多为离开土地的农民，租用老板的车子拉活。

街上穿梭往来的色彩艳丽的"布斯布斯"人力车以及车夫的背影，是这座高原山城一道很有特色的风景。在这样小而温馨的城市里，可以坐上人力车，看着法式阁楼和尖顶教堂从身边一一掠过，细细品味这座法式风情与本土气息并重的城市。车夫的脚步轻快，不管坐不坐他的车子，都会冲你友好地微笑，这或许出自当地人乐观的天性。短短十几分钟的人力车程，会让你了解这个城市很多很多。

安齐拉贝除了众多的温泉资源和富含矿物质的优质水源，还以盛产宝石闻名。这里出产各种水晶，还有产量多、品相好的碧玺、刚玉等，只是加工过于粗糙，好好的石头只能做成圆形或者椭圆形，五颜六色地堆在那里，未免有些可惜。

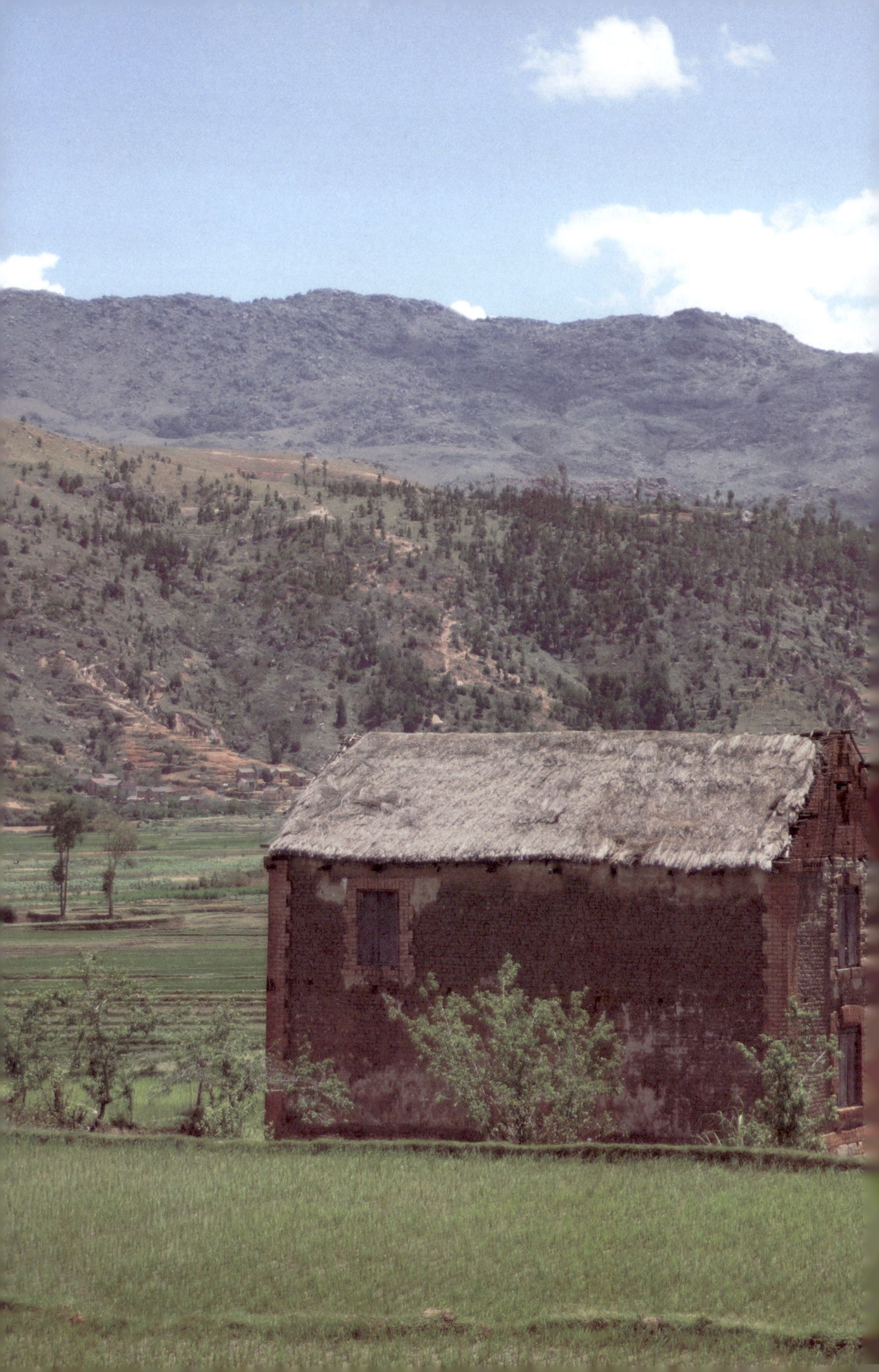

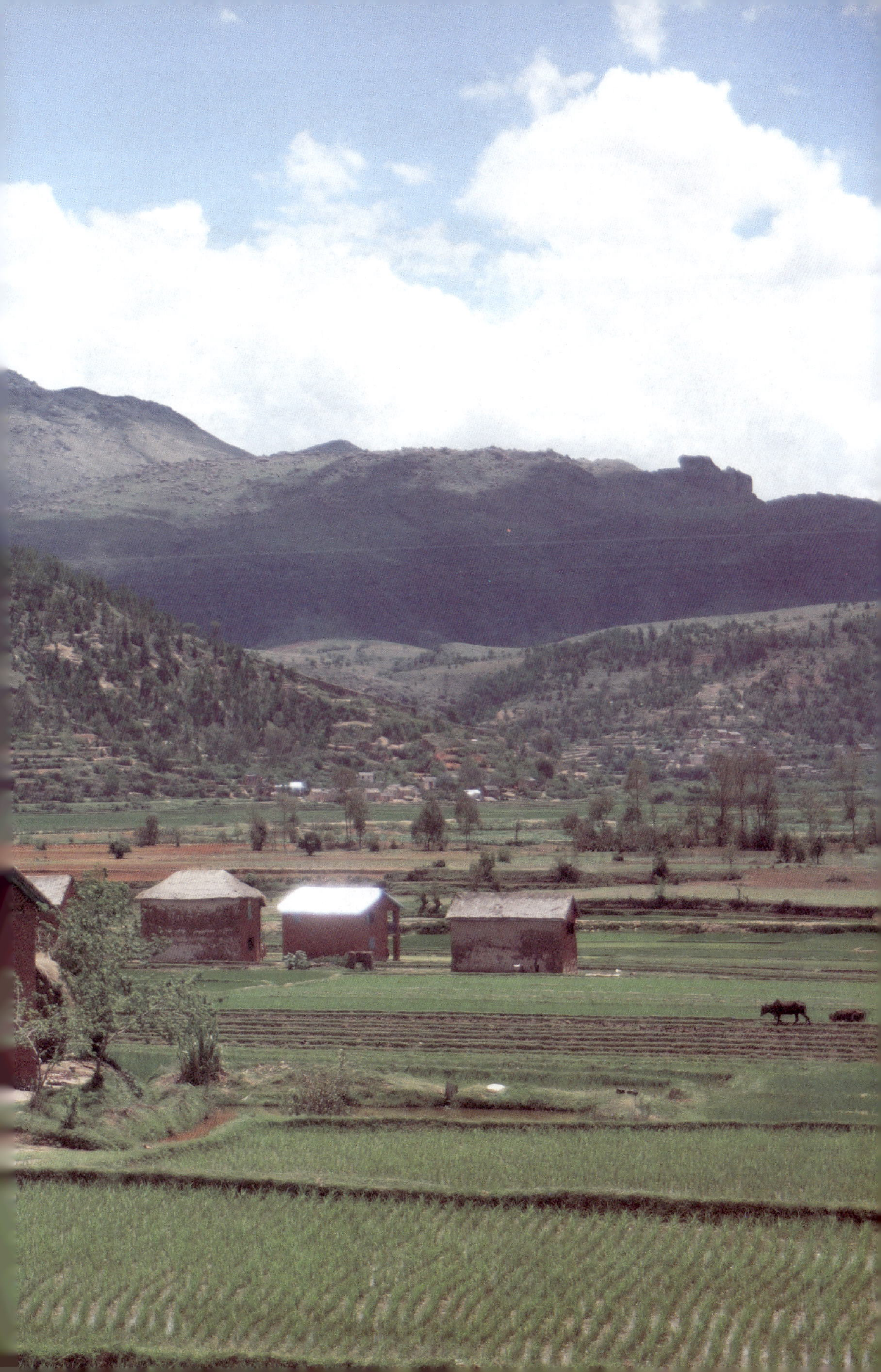

A~

Hotel
des Thermes

[温泉酒店]

温泉酒店（Hotel des Thermes）是安齐拉贝城内的老古董酒店，1896年建成使用，出自当年法国著名建筑师之手，在法国殖民时期一度成为执政官的行宫，也是当年法国殖民者举办重要活动的场所。此地如今是马岛出名的温泉度假酒店，几十年前冠盖云集的聚会情景已成往事，但仍气势不凡，派头十足。

B~

Andraikiba
Vocanic
Lake

[安德来基巴火山湖]

　　安德来基巴（Andraikiba）火山湖距离市区约 7 公里。沿着向西前往贝塔夫（Betafo）的 34 号国道行驶几公里，进入一个岔道，再走几公里，就到达了安德来基巴火山湖。这里曾经是帆船爱好者经常光顾的地方，原有的水上俱乐部建筑现在依然保留着。天热的时候可以下湖游泳，湖周围有 5 公里长的小道，非常适合步行，湖边有专门出售各种宝石的手工艺品摊位。

　　湖区有一些与众不同的规定，比如住在湖边的人家不得食用猪肉，也不可以在湖边洗衣。据说守护这个湖的精灵是一位怀孕的漂亮女子，很多年前在这里投湖自尽，她的灵魂萦绕在湖边，黄昏时分还会在湖畔出没、闲坐。

C~

Tritriva
Vocanic
Lake

[特里特里瓦火山湖]

特里特里瓦（Tritriva）火山湖距离市区约15公里，是安齐拉贝最负盛名的火山湖。沿着34号国道往西，经过贝塔夫，穿过贝拉早村（Belazao），就可以看见坐落在特里特里瓦山上的火山湖，可以乘车到达湖岸。该湖掩映在茂密的丛林中，有着马达加斯加岛国的形状，深度超过160米。湖水碧绿清澈，清风徐徐，令人倍感舒爽，而此地关于当年恋人殉情坠湖的传说，更是为之平添了几分妩媚与神秘。

D~

[木雕小镇：安伯希拉]

Wood Carving Town: Ambositra

安伯希拉镇（Ambositra）在历史上是贝希略王国的中心，镇名的意思有两种说法，一是"有很多牛的地方"，一是"有很多被阉割者的地方"。第二种说法出自真实的历史故事，麦利纳人征服了贝希略人之后，把安伯希拉镇的一部分居民流放到维纳尼（Vinany），并对流放者进行了阉割。

安伯希拉镇以制作木制手工艺品闻名，被称为马达加斯加的木雕之都。扎菲马尼里人（Zafimaniry）和贝希略人的文化影响渗透到该镇的手工艺品中，木雕的图案多为几何图形和居民的日常生活场景。镇上有许多木雕和镶嵌工艺品的作坊，手工艺者一般在自己屋里、屋檐下或者室外的树下劳作。游客参观此镇，可以感受和见识到马达加斯加独特的木雕技术，其中不乏用珍贵木材如紫檀和神木雕刻而成的精美之作。

Antsiranana

Chapter 3

被时间遗忘的海边城市——
安齐拉纳纳

安齐拉纳纳（Antsiranana），法语名为迪耶果—苏瓦雷斯（Diego Suarez），是马达加斯加北部最大的商港，迪耶果—苏瓦雷斯省首府。它位于马达加斯加东北沿海的迪耶果—苏瓦雷斯湾南岸，濒临印度洋西侧，西扼莫桑比克海峡交通咽喉，战略地位重要，历来是殖民主义者争夺之地。

安齐拉纳纳是马达加斯加历史最悠久的城市之一，是在多种文化影响下发展起来的小城，颇具"世界风"的情调。16世纪初，欧洲航海家迪耶果·迪亚兹和费尔南·苏瓦雷斯先后来到这里，遂以他们的名字命名此城。

这个城市最早在17世纪下半叶开始建造，曾经是海盗盘踞的"乌托邦之国"。当年来自阿拉伯湾和印度洋的海盗常常在此出没，并逐渐形成一定规模，最后在海盗首领米松（Misson，法国人）的带领下建立起自己

[Dream island at the end of the world]   -   1 8 7

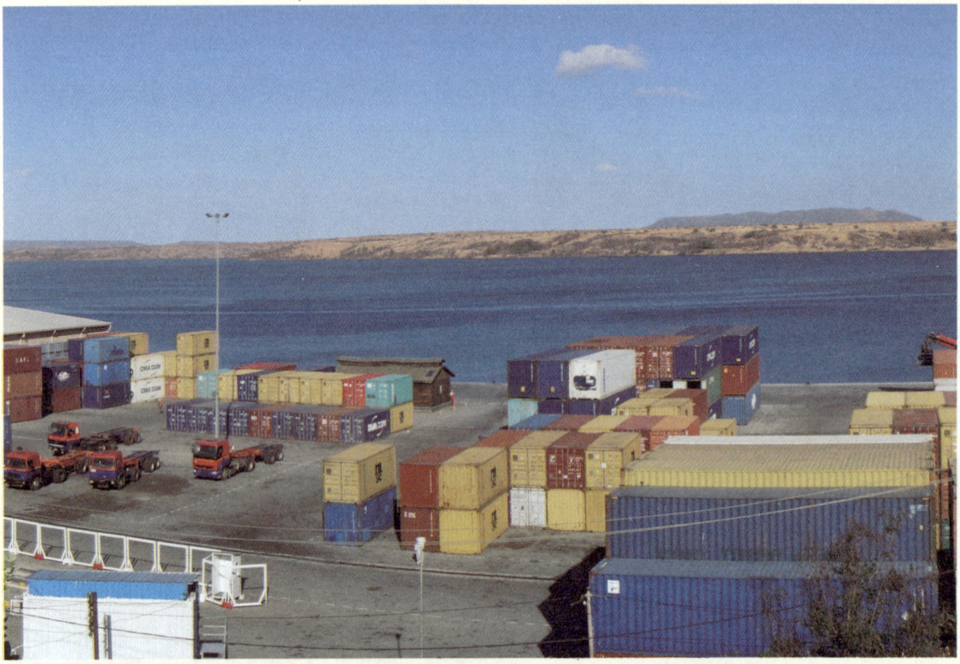

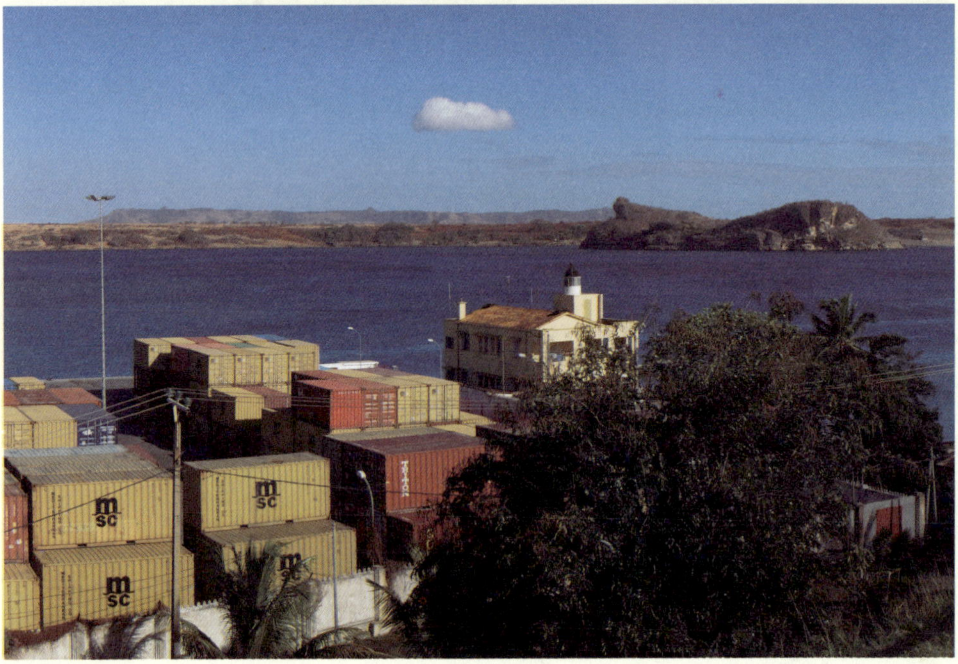
msc

的城隅，并创立了"不分国籍，凡是来投奔居住一律欢迎"的接纳制度，当时颇有名气，由此被称为"乌托邦之国"，至今还有当时的遗迹留存。

英法殖民者也曾光顾此地。最后是法国殖民者在19世纪后期完全占领该城，自1896年沦为法国殖民地后一度成为法国统治下的马达加斯加首府，1901年建为海军基地。它也是法国殖民势力最晚撤离的城市。至今，安齐拉纳纳的移民成分和杂居情况仍极为复杂，此地有法国人、也门人、科摩罗人、印巴人、阿拉伯人，还有中国人等。市内街道整齐清洁，市中心矗立着独立纪念碑，碑上用马达加斯加语刻着"自由、祖国、进步"，表达了马达加斯加人民的意志和信念。

该城是殖民时代和其他各种风格建筑保留最为全面的城市。不过，这里更多展现的是海滨城市悠闲纯朴的民风。当地人早上五六点就起床，散步前往集市买些蔬菜、水果或法式面包当早餐，然后悠闲地度过一天。走在街头，你会发觉这里的人们过着传说中"穷开心"的日子，没钱但乐得自在。大白天坐着晒太阳，各晒各的，个个都像思想者，见到外地游客就开心地打招呼，连刚学会说话的小孩都如此。

安齐拉纳纳属热带雨林气候，盛行东南风，年平均气温约24℃，平均降雨量约2000毫米，11月至次年3月为雨季。

这里有着世界上最美丽的海岸线，迪耶果—苏瓦雷斯海湾是世界上最美丽的海湾之一，也是世界第二大海湾，仅次于巴西里约热内卢海湾。这个海湾呈弧形，地形复杂，湾中有湾，湾内有岛，岛上有一个锥形小山是安齐拉纳纳标志性景色。进口处有南北两个半岛环抱，中间的水道称霹雳湾，湾中有雏鹰岛，形成一座屏障。霹雳湾后是白石湾与法国湾，两湾后面又有两个半岛对峙，中间通道仅1500米宽，最后为威尔士湾。从法国湾通向威尔士湾的狭道旁，有1905年建立的安齐拉纳纳船舶修造厂，它曾是非洲东部和印度洋西部地区最大的船舶修造厂。

海港水深8.5米，属半日潮港，高潮约2.3米，低潮约0.5米，险要天成，为天然良港。港区主要码头泊位有2个，岸线长360米，最大水深为11米。装卸作业主要用船上设备，码头仅有小吨位的岸吊及数艘小拖船，用于协助大船靠泊。大船锚地水深达24米，避风条件较好。此地主要出口货物有各种鱼类、咖啡、丁香、石墨及铬等，进口货物主要有石油、机器设备、车辆、药品、仪器及日用消费品等。

洁白无瑕的海滩安详地在海滨延展，看着渔民或商旅的阿拉伯小帆船和双桅帆船来来去去，碧绿的海水里偶尔露出岩石，点点散散的小岛在温柔的海湾里静卧。几户人家守着几株棕榈、几棵旅人蕉，日复一日，仿佛时间从来没有流逝过，一切都没什么变化。

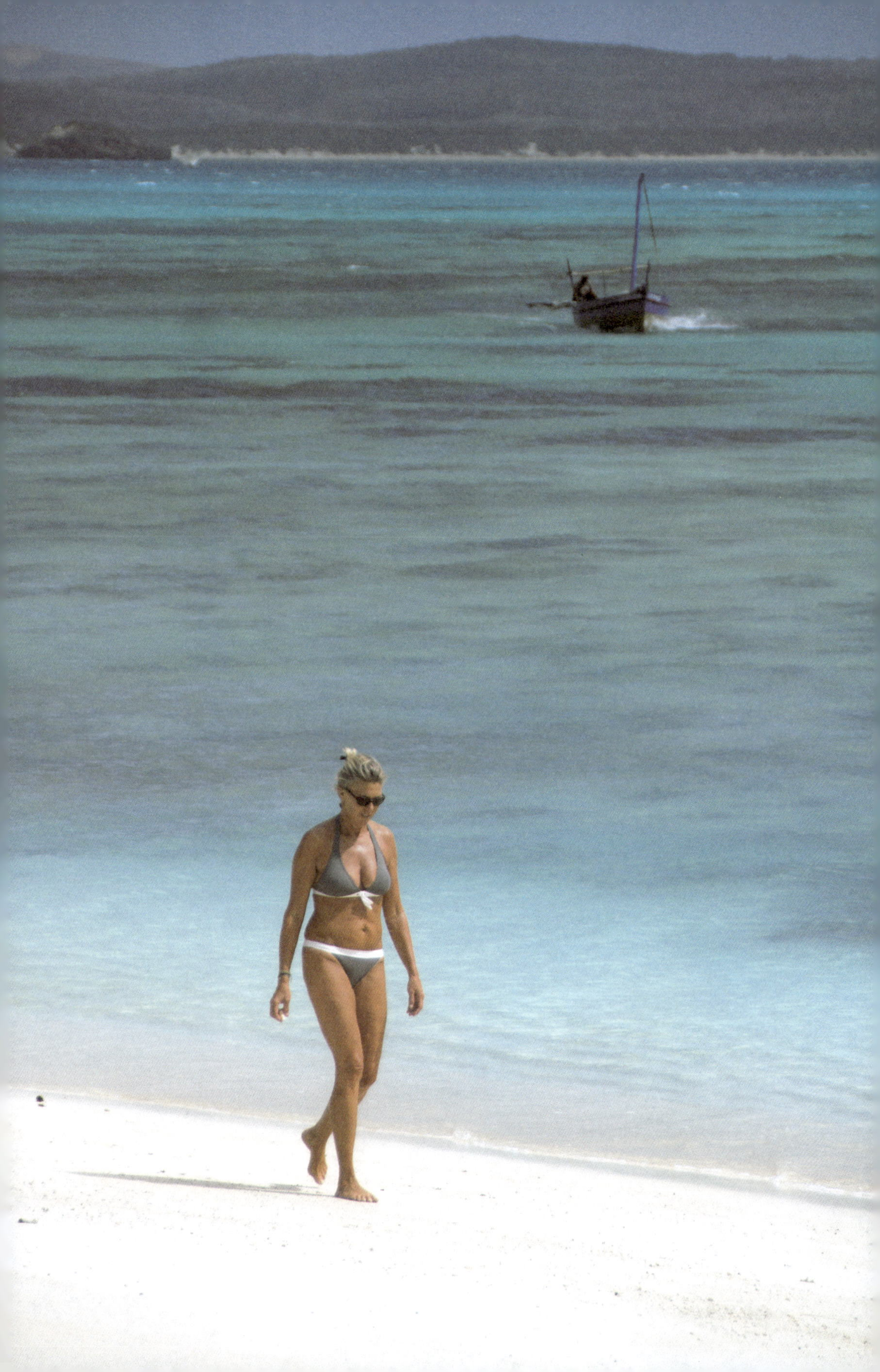

A~

Le Baie de Sakalava

[萨卡拉瓦海湾]

　　萨卡拉瓦海湾（Le Baie de Sakalava）是世界上最美最佳的冲浪地点之一，每年在这里举行的国际冲浪邀请赛颇具名气。水上运动之余，附近的鸽子湾和沙丘湾还有洁净无瑕的白沙碧海，能让你忘却一切烦恼。

B~

La Mer d'Emeraude

[绿宝石海]

绿宝石海（La Mer d'Emeraude）是安齐拉纳纳海湾内最大的泻湖之一。清澈的碧绿色海水是绝美的天然水族馆，是潜泳的最佳场所。从这里还能登船去周围的一些小岛，如山羊岛或者海鸥岛，都是原始纯粹的世外桃源。

C~

-

Montagne

d'Ambre

-

[琥珀山国家公园]

琥珀山（Montagne d'Ambre）国家公园位于马达加斯加西北部，安齐拉纳纳往西南40公里，面积18000公顷，是古老的火山锥，海拔1475米，山上的气候很适合不同生物的生长。这里有着马达加斯加北部保存最完好的生态系统、最完整的热带雨林，也是马达加斯加游览人数最多的国家公园之一。

这里包含三个独特的生态环境：位于较低区域的干旱型森林、位于高海拔区域的山地森林和位于多雨东部的潮湿雨林。这片森林有很多瀑布和小型湖泊，植物种类多达1020种，包括兰类、蕨类和藤类等。

琥珀山早在1958年法国殖民时代就成为国家公园，这里生态物种繁多且独具特色，其中生活着7种狐猴（包括最小的日行狐猴）、24种爬行动物（包括世界上最小的迷你变色龙），还有大约77种鸟类，以及1000多种热带雨林植物。

琥珀山的瀑布是这个区域经济和人类生活的重要资源。大量的

最佳旅游季节：
基本全年都可进入

水流形成小瀑布，从热带雨林的峭壁飞流而下，提供了与火山口处的湖泊不同的景观。琥珀山的生态旅游包括简单的观察以及需要长途跋涉的远行，所以一定需要一个向导。

D~

[安卡拉纳国家公园]

-
Ankarana
National
Park
-

　　安卡拉纳（Ankarana）国家公园位于马达加斯加东北部，距离安齐拉纳纳约 100 公里，占地面积 18000 公顷。安卡拉纳国家公园有着几百万年前从海底升上来的岩溶地貌，地形有岩洞、地下河流和干燥葱郁的森林峡谷。地表的风土腐蚀形成了石灰岩的尖顶峰，它的地下河流供应体系是非洲最长的（110 公里）。大小不一的岩洞是探洞爱好者的乐园，洞穴专家称其中的 11 个洞穴曾是王族墓穴。这里就像自然艺术廊一样，有钟乳石、石笋等悬挂着的石灰岩体。它们在漫长的岁月中由水滴一点一滴渗透形成，实在是自然的奇迹。

　　国家公园内生活着 11 种狐猴、60 种爬行动物、92 种鸟类和两栖动物，及马岛一半以上种类的蝙蝠。

最佳旅游季节：
除去雨季中降雨最频繁的月份，全年都可入内游览

E~

-

Montagne

Francaise

-

[法国山]

法国山（Montagne Francaise）位于安齐拉纳纳近郊。攀登法国山比较艰难，但非常值得。这里除了能参观到当年殖民者修建的海岸防卫工事遗迹（炮台和碉堡等）和山洞外，还可以从山峰俯瞰安齐拉纳纳城市全貌、美丽的迪耶果海湾、糖墩山（Pain de Sucre）和琥珀角的景色。

Fianarantsoa

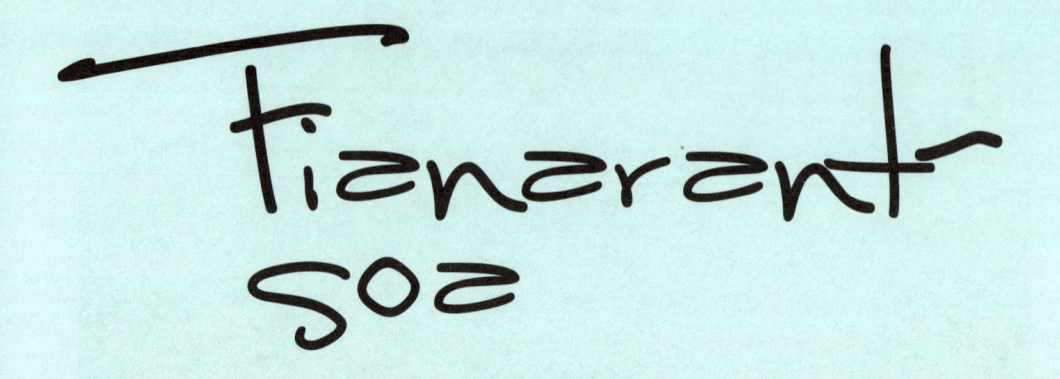

Chapter 4

文人之乡——
菲亚纳兰楚阿

    菲亚纳兰楚阿（Fianarantsoa）位于首都以南 410 公里，和塔那那利佛同处于中部高原的丘陵地带。因为相似的地形和气候，乃至于相近的城市布局，菲亚纳兰楚阿与塔那那利佛被称为姐妹城。

    菲亚纳兰楚阿作为中部与南部的过渡地段，在马达加斯加历史发展中占有重要位置。最早这里是贝希略人占据的一个村庄，名叫伊沃纳瓦（Ivoenava）。1830 年开始建城，此后随着欧洲传教士的到来，城市得到飞跃发展。法国殖民统治初期，城里建了医院、学校和兵营。

    如今塔那那安波尼（Tanana Ambony）老城区还保留着完好的历史遗迹。老城坐落在一个山坡上，有石板铺筑的小径、上下延伸的台阶，红砖尖顶带游廊的古老建筑错落有致，穿插着多座教堂。游人可以沿着石板路

[Dream island at the end of the world]   —   199

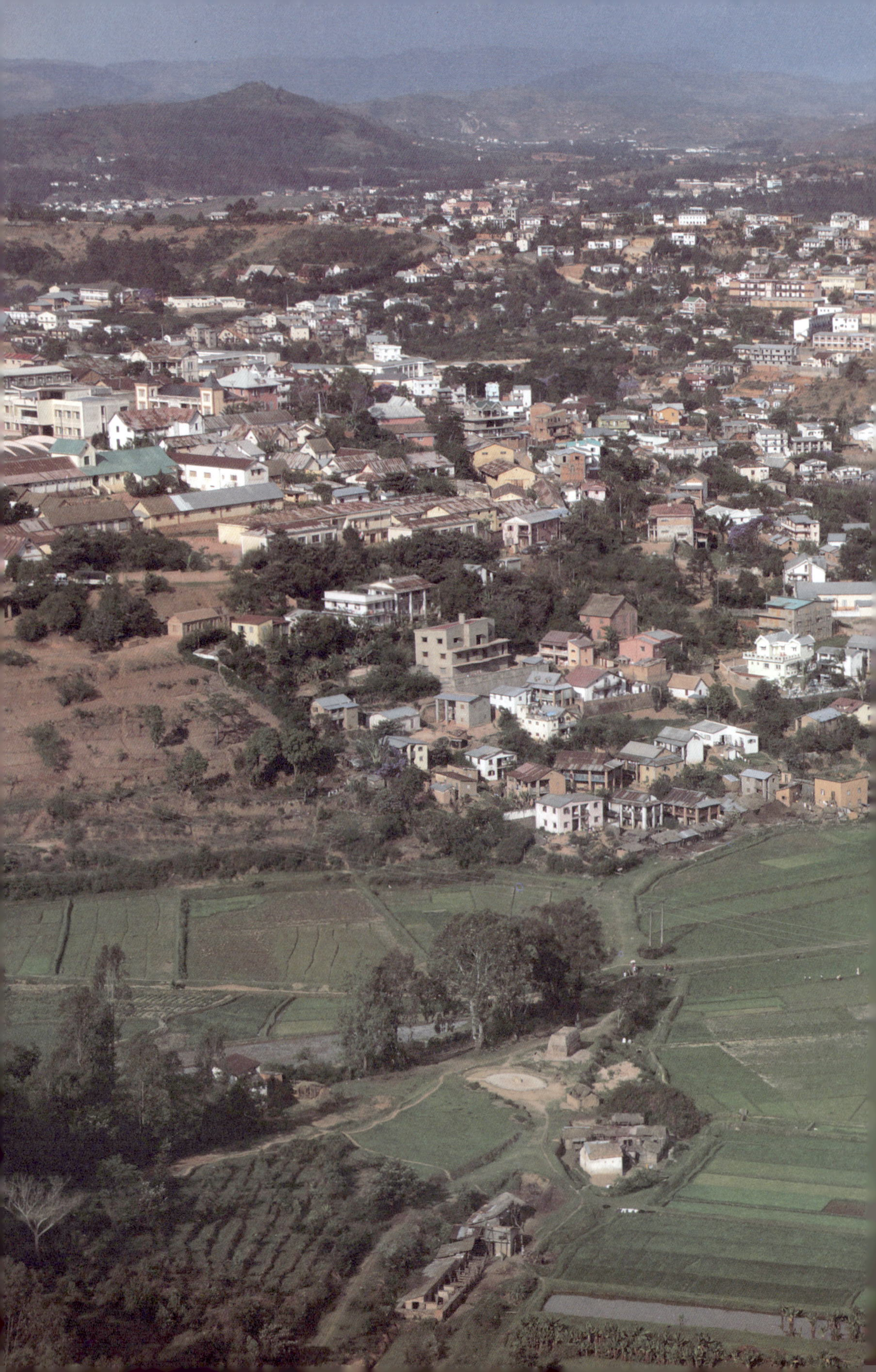

一边向上攀登，一边欣赏两边的建筑，到达山顶观赏菲亚纳兰楚阿全景。

菲亚纳兰楚阿还是著名的"文人之乡"，马达加斯加历史上不少著名的学者士绅都来自菲亚纳兰楚阿，以至于菲亚纳兰楚阿的教育质量一直都在马达加斯加名列前茅。此外，菲亚纳兰楚阿周围地区还以酿造葡萄酒出名，马达加斯加本土的葡萄酒全部产自这一地区。

A~

Ranomafana
National Park

[拉诺马法纳国家公园]

拉诺马法纳（Ranomafana）国家公园是马达加斯加列入世界自然遗产名录的六个国家公园之一，位于马达加斯加中东部，距离首都412公里，菲亚纳兰楚阿往西约70公里。面积41000公顷。拉诺马法纳在马语中的意思是"温泉"，这里是马达加斯加地热资源最丰富的地区之一。在这个国家公园内，有露天温泉可供游人浸泡，游客可以在含硫黄的天然泳池游泳。

因为方便的交通和较为完善的基础设施，这里是马达加斯加生态游重点推荐的国家公园之一。这里有丰富的动植物资源，包括12种狐猴、62种爬行动物、98种两栖动物、90种蝴蝶和115种鸟类（其中30多种是当地独有）。它是全世界最小的灵长类动物夜行鼠狐猴主要栖息地，还是狐猴种类中最稀少的驯狐猴（Hapalemur dore）的唯一栖息地，其濒危程度高过大熊猫。据说这里的狐猴都练得一手"腋里偷桃"的绝技，会令游客们防不胜防。

最佳旅游季节：
基本全年都可进入

该公园拥有特有物种的比例比雨林区更高。这里绿野青葱，植被丰富，鸟类众多。一些早生性树木，如著名的猴面包树和旅人蕉等，也在这里蔚然成林。这一地区还有一些石灰岩，上面生长着独特的石灰岩植被，是马达加斯加三大热带雨林生态之一。

B~

Andringitra
National Park

[安德林奇特拉国家公园]

安德林奇特拉（Andringitra）国家公园也是马达加斯加列入世界自然遗产名录的六个国家公园之一，位于马达加斯加东南部，菲亚纳兰楚阿南97公里处，面积31000公顷。该公园在安德林奇特拉山的顶部，海拔从650米延伸到2658米。因为当地居民多信本土宗教，一些传统和禁忌为该国家公园增添了些许神秘。

安德林奇特拉国家公园是生物多样性最集中体现的国家公园之一。在这里，进化史上最古老的和最近代的爬行动物共存。国家公园内的安博洛梅纳（Amboromena）是鸟类爱好者不应错过的地方，相传这是马达加斯加全岛鸟儿们每年聚会的地方。

马达加斯加第二高峰伯比峰（Le Pic Boby，2658米）位于该国家公园内。伯比（Boby）这个名字的由来很有趣，因为当年探险队的狗Boby最先到达顶峰而得名。公园的西面，扎拉诺罗（Tsaranoro）峭壁是登山界颇有名的攀岩热门地。

最佳旅游季节：除去雨季中降雨最频繁的月份，全年都可入内游览

C~

Midongy
Befotaka
National Park

[密东吉贝福塔卡国家公园]

密东吉贝福塔卡（Midongy Befotaka）国家公园位于马达加斯加东南部，距离首都约900公里。面积192000公顷。因为植被茂盛，且受季风影响，这里全年气候凉爽、无明显季节变化，为马达加斯加国家公园中少有。因为常年湿润，这里具有特别丰富的药用植物资源。这里生活着的独有动物，包括属于"史前活化石"的壁虎，如叶尾壁虎和粘叶壁虎等，长尾灵猫也经常出没。

菲亚纳兰楚阿东部有一条观光铁路，长170公里。这条古老铁路穿梭于菲亚纳兰楚阿和马纳卡腊（Manakara）地区之间，由法国人建于1926年，沿途一共要经过4座高架桥、17个车站和56条隧道。火车驶离古老的站台时，游客可以看见萨罕巴维（Sahambavy）一望无垠的茶园，在不急不愠的轰鸣中，铁路两旁森林、山崖、瀑布、村庄等秀丽景色一览无余，仿佛回到了上世纪初的世界。

最佳旅游季节：
雨季难以进入，只有在旱季才适宜通行

D~

Bull market, wine, and traditional paper city: Ambalavao

[牛市、葡萄酒、传统造纸之城：安巴拉沃城]

安巴拉沃城（Ambalavao）位于菲亚纳兰楚阿以南56公里，历史上是贝希略人、麦利纳人和巴拉人争夺的舞台。19世纪初，麦利纳人侵占这里之后，大力发展农牧业，形成了安巴拉沃城，意为"新城"。现在的安巴拉沃城始建于19世纪末，法国殖民者占领该城。1916年，该城成为7号公路的终点，贸易发展了起来。在整个20世纪中，城市主要围绕稻米和烟叶开展贸易活动。城里的星期三市集热闹非凡，销售各种各样的商品，包括布匹和陶器、草席、草帽等手工艺品，吸引了各地的人来此买卖。

独立之后，城里建起了市政大楼、邮电局、医院等，如今成为城市的主要公共建筑。带有遮阳游廊的建筑是安巴拉沃城的文化财富，这种建筑风格由英国人卡梅伦（James Cameron）于1865年引入塔那那利佛，之后又传入高原地区，遮阳游廊的栏杆是用镂空的木材做成的，屋顶的人字墙经常用一种尖型木雕装饰。城中特别是在小市场周围排列着这样的建筑,格外引人注目,体现了一种当地与殖民风格参半的建筑形式。

安巴拉沃上世纪初曾经是马达加斯加第一大驼峰牛市场,大量南方养殖的牛被送到这里买卖。时至今日,城里的驼峰牛市场仍然是全国第二大的,仅次于齐罗阿诺曼迪迪(Tsiroanomandidy)。牛市场坐落在城南的一座山坡上,每周三、周四的早晨交易,市场上的牛来自伊霍西(Ihosy)和南方,主要卖给从塔那那利佛来的商人,成交之后,商人用车将牛群运往首都,或者步行赶往菲亚纳兰楚阿和安齐拉贝。

安巴拉沃城是马达加斯加著名的"葡萄酒之都",也是马达加斯加著名的手工艺安泰摩罗(Antemoro)传统造纸技术的发源地。在这里可以参观当地的造纸作坊,目睹著名的安泰摩罗宣纸的整个制作流程。

Mahajanga

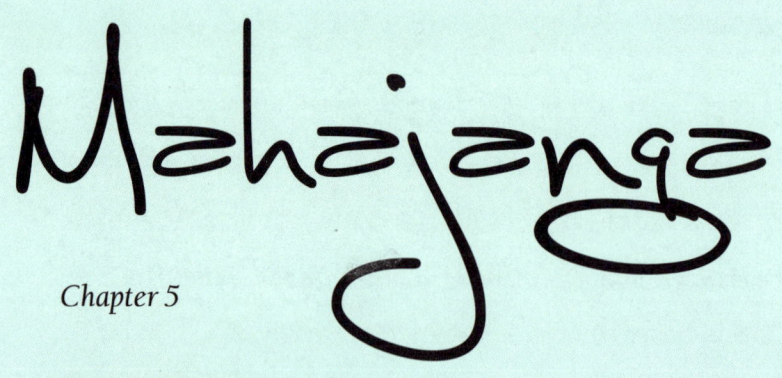

Chapter 5

西北滨城——
马任加

马任加（Mahajanga 或 Majunga）位于马达加斯加西北部海滨，距离首都 578 公里，是马达加斯加第二大港口城市。马任加地势平坦，处在热带稀树草原的尽头，一年四季享受着莫桑比克海峡的海风。

马任加历史悠久，17 世纪末已经成为当时博伊纳（Boina）王国的首都。后来随着奴隶贸易以及港口贸易的发展，来自非洲大陆、阿拉伯、印度、巴基斯坦、科摩罗还有南亚地区的商人不断增多，马任加在长达一个多世纪的时期内，一直是马达加斯加最活跃的贸易口岸。如今，马任加在马达加斯加海产品出口、木材贸易和农产品出口方面占有举足轻重的地位，是整个西部地区行政、经济的中心。

马任加和安齐拉纳纳一样，都是移民混杂、各种风格建筑交织的城市。这座城市街道整洁，布局分明，市中心大道尽头的海岸边生长着一株超过 700 年树龄的巨大猴面包树（直径超过 20 米），已经成为城市的骄傲和象征。

[Dream island at the end of the world]   -   209

因为西海岸海产丰富，马任加大部分酒店都为游客安排了出海钓鱼的服务，并配有专业的指导人员和渔具，出海之余，还能在海上孤岛自己动手来一顿烧烤，这样的休闲方式一直都是欧美游客的最爱。

距离城北约 6 公里的安波罗维海滩（Amborovy），是马任加港口附近最好的海滩之一，碧海白沙，是当地人及游客休闲的首选去处。

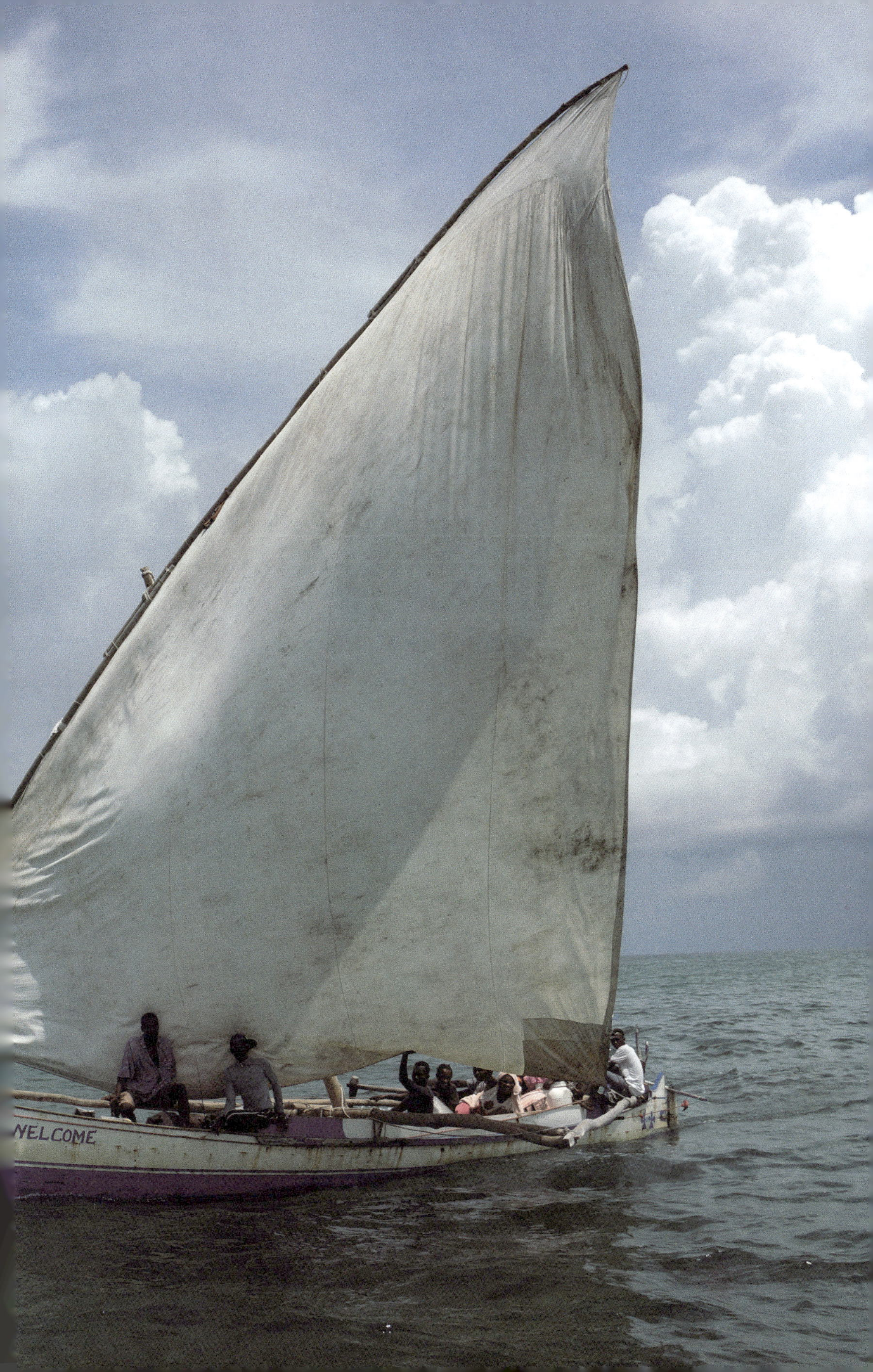
WELCOME

A~

Ankarafantsika National Park

[安卡拉范齐卡国家公园]

安卡拉范齐卡（Ankarafantsika）国家公园建成于1927年，位于马达加斯加西北部，距离首都450公里，马任加往东114公里，面积135000公顷。当地居民以萨卡拉瓦人为主。

"鸟的王国""圣湖之地""生命之源"说的都是安卡拉范齐卡。这里丰富的湿地和湖泊是禽类栖息的天堂，是多达129种鸟类，包括著名的白鹑（Mesite blanc）的栖息地。国家公园内生活着大约8种狐猴，是小鼠狐猴（Microcebe）的主要栖息地。

这里92.3%的树木种类和84.4%的草本种类都是当地特有的，另外，其中的安皮约罗阿（Ampijoroa）森林站还养着当地特有的三种乌龟。该国家公园是马达加斯加为数不多的常年有国际动物科研组织驻扎的国家公园之一。1997年，德国哈努瓦大学的研究队伍在此发现了小鼠狐猴。

最佳旅游季节：
基本全年都可参观

B~

Flamingos and Dolphins: Baly National Park

[火烈鸟和海豚出没的巴利国家公园]

巴利（Baly）国家公园位于马达加斯加西北部，马任加西南150公里的陆海交接处，面积17140公顷。这是近年来马达加斯加政府新设立的国家公园之一，尽管相对于其他国家公园来说还不为游客所熟悉，但它却有着独一无二的明星动物——世界上最珍稀濒危的陆龟种类、全球十大最濒危动物之一安格诺卡龟（Angonoka），俗称犁头龟。其独有的热带灌木和湿地并存的生态系统为多种动植物提供了优质的生活条件，海湾区域还是火烈鸟和海豚经常出没的地点。

最佳旅游季节：
雨季一般无法进入，游览季节最好是在每年5~11月

[安皮约罗阿生态国家公园]

Ampijoroa
National Park

安皮约罗阿（Ampijoroa）生态国家公园距离马任加约120公里，路况良好。该生态国家公园内湖泊、草原、原始森林交织形成的栖息带，是多种马达加斯加独有珍稀动物的乐园。国家公园提供多条徒步行走的线路让游客选择。

D~

[看日落：红岩谷]

-
Watch Sunset:
Red Rock Valley
-

安皮约罗阿（Ampijoroa）生态国家公园距离马任加约120公里，路况良好。该生态国家公园内湖泊、草原、原始森林交织形成的栖息带，是多种马达加斯加独有珍稀动物的乐园。国家公园提供多条徒步行走的线路让游客选择。

Morondava

Chapter 6

猴面包树王国——
穆龙达瓦

穆龙达瓦（Morondava）距离首都 700 公里，是马达加斯加著名的旅游城市。

在这片土地上曾经生活着马达加斯加历史上最古老强盛的部族，就是建立于 16 世纪的萨卡拉瓦（Sakalava）王朝。该王朝在 17 世纪末分裂成 3 个部族，也就是留下来的梅纳贝（Menabe）部族和后来北上到马任加的博伊纳（Boina）部族以及南下到图利亚的马哈法利（Mahafaly）部族。之后，梅纳贝部族就以穆龙达瓦为中心逐渐发展和巩固了自己的统治。

该地区物产丰富，农产品和海产品均享有盛名，亦是马国重要的木材产地和蔗糖生产基地。被红树林和泻湖包围的海岸是它吸引游人的地方，还有它享有盛名的细沙海滩和撑着平衡杆的双桅帆船。当地的维祖人（Vezu）是马岛最出色的渔民。

穆龙达瓦是猴面包树的王国。这个地区集中了全岛 7 个不同品种的猴面包树，在猴面包树稀树草原欣赏壮观的日落美景，是人生最难忘的经历。

[Dream island at the end of the world]   -   217

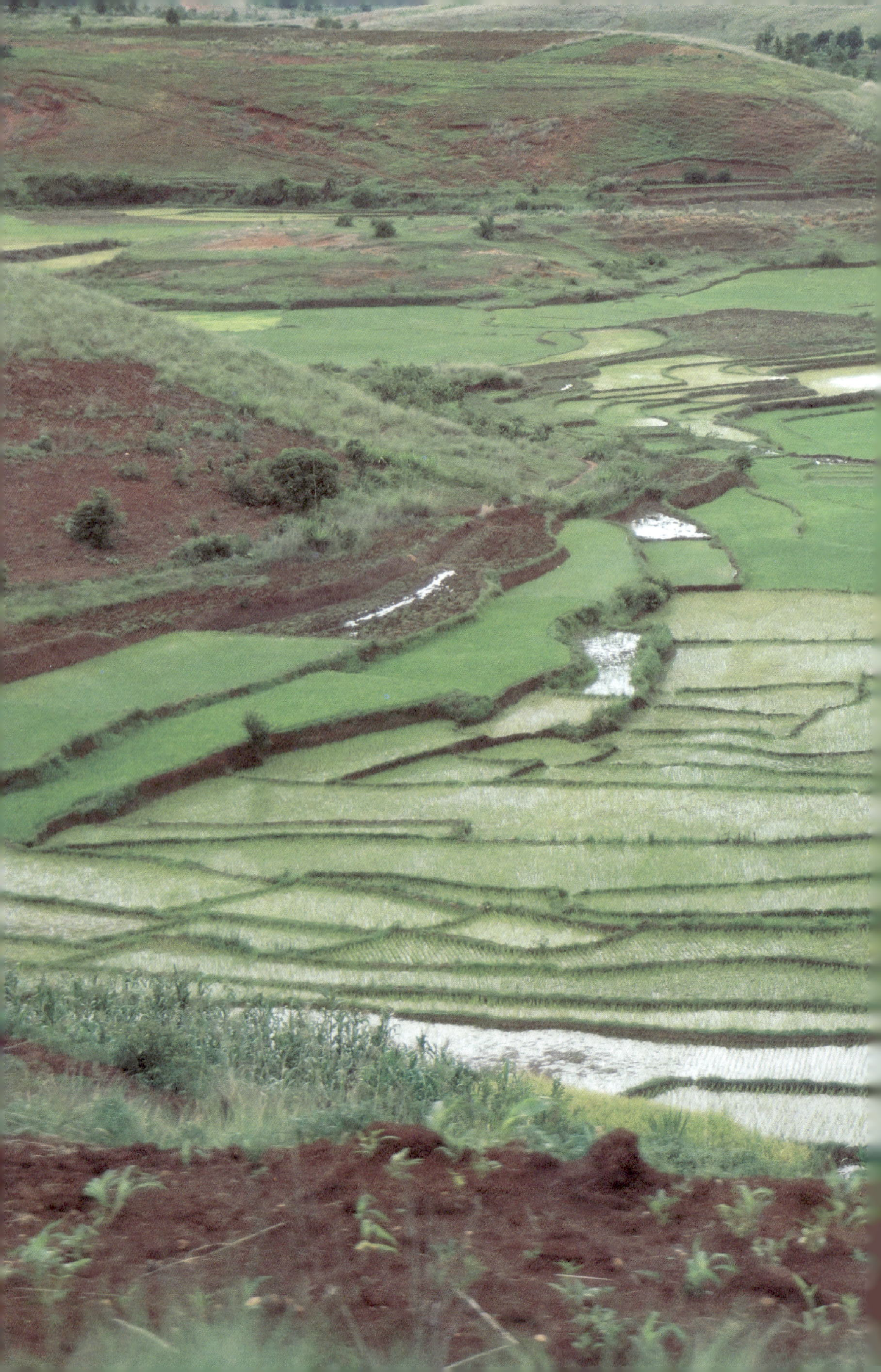

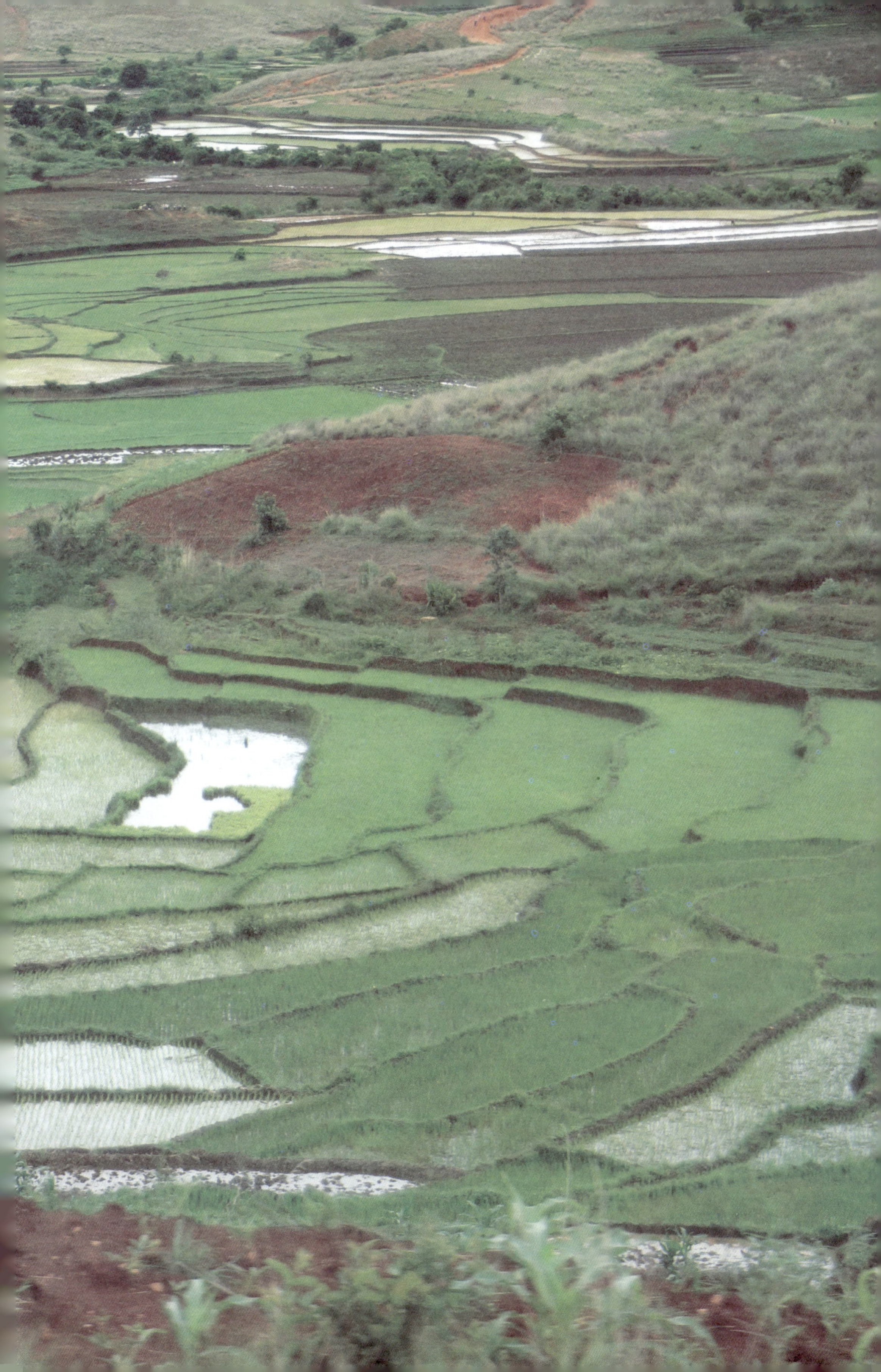

A~

L'Allee
de
baobab

[猴面包树大道]

　　猴面包树大道（L'Allee de baobab）是穆龙达瓦引以自豪的"名片"，在穆龙达瓦市区往北大概20公里的区域集中生长着大片猴面包树。其中有一段道路，因为猴面包树排列集中，而且能同时看到4种不同种属的猴面包树，被冠以"猴面包树大道"之名，这里也是全球欣赏猴面包树的最佳景点。

　　沿着这条路往下，还能发现传奇的"情人猴面包树"，两棵猴面包树粗大的树干缠绵拥抱在一起向天伸展，吸引着有情人不惜万里迢迢前来许愿。

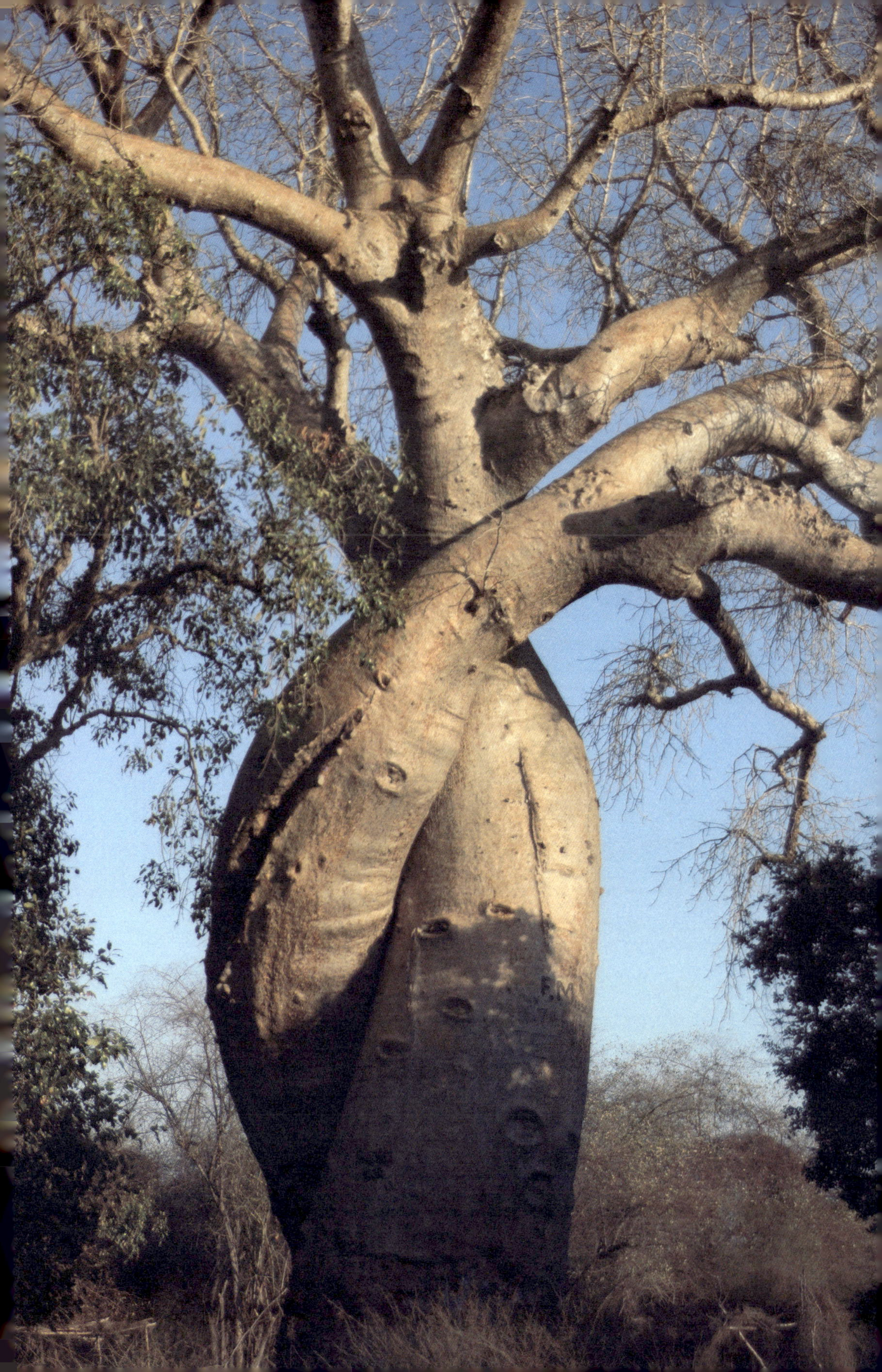

B~

Tsingy de Bemaraha National Park

[贝马拉哈石林国家公园]

贝马拉哈石林（Tsingy de Bemaraha）国家公园位于马达加斯加西部，穆龙达瓦西北约110公里，面积157000公顷。它不仅是马国最大的国家公园，也是最早被列入联合国教科文组织世界自然遗产名录的马达加斯加国家公园。

贝马拉哈石林国家公园以其独一无二的喀斯特石林地貌著称于世。长期以来不便的交通，使这里完整地保存了亿万年来马岛孤独进化的地质地貌和生态。万千高耸林立的尖峰峭壁直刺天空，有的甚至高达200米；深幽难测的峡谷岩洞则仿佛通向另一个时空。垂直分布的生态环境孕育出复杂多样的植被，被誉为"世界最大的天然迷宫"。至今还没有任何一支科考队能完整翔实地探测该地区，这里堪称自然学家和崇尚探索发现的背包客梦寐以求的圣地。

最佳旅游季节：
雨季基本无法进入，每年5~11月的旱季才能游览

C~

Tsingy

[钦基石林]

钦基石林（Tsingy）在贝马拉哈石林国家公园之中，位于马达加斯加岛西海岸以东，马纳波罗河以北，在内陆地区延绵60～70千米，面积1520平方千米，属于石灰岩地质。钦基石林因为体现了自然美和生物多样性，于1990年被联合国教科文组织列入世界自然遗产名录。

在当地语言里，钦基的意思是"人无法赤足行走的地方"。钦基石林是一种喀斯特地貌，又称岩溶地貌，由多孔的石灰岩组成。石灰岩是一种可溶性岩石，当雨水、河水、地下水等具有溶蚀力的水渗入石灰岩床，石灰岩就会慢慢地形成缝隙、洞穴或坑道。天长日久，缝隙或坑道会越来越大，最终变得沟壑纵横，这样的岩石组群也就是我们所说的"石林"。

钦基石林非常壮观，一根根尖利的石笋像针一样直指天空，连成无边无际的一片。在这灰白色的迷宫里，偶尔有一点绿色探出头来，那是生长在石林缝隙中的植物。直到现在，仍陆续有新的物种在这里被发现。

至今还没有针对这块国家公园的动物群的详细研究。石林区所在的国家公园内未遭破坏的原始森林、湖泊和红树林，孕育着种类繁多的野生动物，包括各种稀有濒危的狐猴以及鸟类。这里还是变色蜥蜴唯一的栖息地，也是唯一一处有当地啮齿动物出没的国家公园。这里还有其他著名的濒危物种，如苍鹰等。

[Tips of Travelling - 马达加斯加旅行贴士]

>> 概况
General Situation

国名：马达加斯加共和国（La République de Madagascar）。

国旗：马达加斯加国旗呈长方形，长与宽比例为 3∶2。靠旗杆一侧为白色竖长方形，旗面右侧为上红下绿两个平行横长方形，三个长方形面积相等。白色象征纯洁，红色象征主权，绿色象征希望。

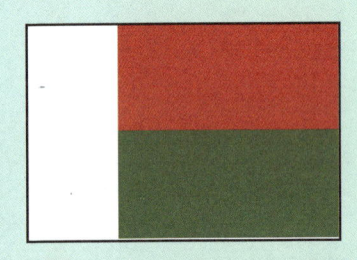

国徽：马达加斯加国徽呈圆形。圆面中间是马达加斯加国土轮廓，上部为旅人蕉（国树）枝叶，下部为稻田图案和水牛头。圆周上方的文字为马达加斯加语"马达加斯加共和国"，下方为棕榈枝叶，底部用马语写着民族格言"祖国、自由、正义"。

国庆：独立节：6 月 26 日（1960 年）。
国歌：《啊，我亲爱的祖国》。
国花：一品红。
国树：旅人蕉。
民族格言：祖国、自由、正义。
面积：590,750 平方千米。

人口：约 2200 万。
语言：民族语言为马达加斯加语（属马来—波利尼西亚语系），官方通用法语。
宗教：居民中信奉传统宗教的占 52%，信奉基督教（天主教和新教）的占 41%，信奉伊斯兰教的占 7%。
首都：塔那那利佛。
地理位置：位于印度洋西部，隔莫桑比克海峡与非洲大陆相望。
气候环境：东南沿海属热带雨林气候，终年湿热，年平均气温 24℃；中部为热带高原气候，温和凉爽，年平均气温 18.3℃；西部为热带草原气候，干旱少雨，年平均气温 26.6℃。
时间：比格林尼治时间早 3 小时；比北京时间晚 5 小时。
国际电话区号：261。
主要旅游城市：塔那那利佛、塔马塔夫、菲亚纳兰楚阿、安齐拉贝、安齐拉纳纳、穆龙达瓦、马任加、佛多梵、图利亚。
货币：阿里亚里（Ariary）
道路行驶：靠右行驶。
行政区划：全国划分为 22 个行政大区，含 119 个县（区）、1549 个乡（镇）和 17222 个村（居委会）。

>> 马达加斯加自助游
DIY Tour in Madagascar

2005 年，中国宣布马达加斯加为中国公民自费出境旅游目的地国。2006 年签署《关于中国公民组团赴马达加斯加旅游实施方案的谅解备忘录》。2007 年 3 月 15 日，由中国商业网（China Business Network）和马达加斯加国家旅游局

（Office National du Tourisme de Madagascar）共同合作开发的马达加斯加中文旅游网站（http://www.lvyou168.cn/travel/madagascar/）正式开通使用。

在马达加斯加开展自助游，最大的挑战是这里没有信用卡旅游预订系统。只有首都塔那那利佛和诺西贝岛一些酒店可以在 booking.com 上使用信用卡预订，大部分需找到酒店的主页发电子邮件询问。有些酒店只要电子邮件确认就可，有些需要先交 25%～50% 定金。

因为马达加斯加没有建立刷卡系统，只能用国际汇款的方式预付定金，有些酒店可以用 Paypal，相较国际汇款，手续费要便宜很多。但马岛政府金融管控很严，马达加斯加银行账户是无法用 Paypal 的，只有外国银行账户才能用 Paypal，这也给自助游增加了困难。一般能用信用卡担保或 Paypal 的酒店和旅行社，都是比较贵的。

很多人都是到了塔那那利佛现找当地旅行社安排行程，酒店都是事先通过电子邮件预订，或头一天打酒店手机预订。但如果时间有限，只能事先预定，需国际汇款 30% 以上定金，对于第一次来马岛自助游的人来说要冒一定风险。

在马达加斯加自助游，最好的方式是先找到司机和向导，这是最便宜的方法，可以省下付给旅行社的中介费。不少马岛的司机兼向导是开车跑全岛的，他们有丰富的实际经验，能比旅行社更好地帮助游客设计旅游路线，能让游客的体验更加立体丰富。

自驾：一些游客喜欢自驾游，也有在国外租车自驾的经验。但是马达加斯加因为一些客观条件所限，比如语言障碍、交通不畅、路况欠佳以及缺乏准确易认的路牌等，加上尽管马达加斯加属于国际驾照公约成员国，但国际驾照并不被所有地方警察认可，所以自驾游很不方便，因此不提倡马岛自驾游，游客游览还是以租车配当地司机的方式为主。

行装：马达加斯加着装常年以夏装为主，但是 4 至 11 月的旱季早晚温差较大，夹克、风衣以及毛衣也是必备的，尤其是在首都塔那那利佛，每年最冷的月份是 7 月和 8 月，夜间最低温度只有 11.2℃。如果游览路线包括外省，尤其是去海边城市，泳装必不可少。不过，最好带上有效的驱蚊水和防晒霜，旅途中常用的感冒药和抗疟疾、治腹泻的药也需要备上。

住宿：目前马达加斯加星级酒店不多，尤其缺少 4 星以上的高档酒店，但是首都和外省中等档次的酒店不少，但是往往规模不大，房间数不多，旅游旺季时，都需要提前预订。总体来说，这里的星级酒店床位常常供不应求，即使季节变化，价位波动也不很明显。如果是背包客，可以选择住 20～30 美金／晚左右的酒店，也十分干净舒适。

交通：首都塔那那利佛堵车严重，外省交通秩序井然。马岛的公交系统主要由小巴、中巴和出租车组成，大量使用欧洲国家淘汰下来的二手车，街道就是活的汽车博物馆，既能见识到最新款的跑车、轿车或是四驱越野车，也能看见上世纪六七十年代的小龟车。马岛出租车不打表，也没有表，价格按约定俗成的标准定。首都出租车起步价约 1 美金，外省要便宜些。瓦兰巴推车（Varamba），这是马达加斯加人自己动手制作的一种木制小型推车，是当地人普遍使用的运输工具。乘车或走在公路上，可以经常看见装满了货物的瓦兰巴推车由多个人同时推着爬坡的情景。

航班：

1、广州—曼谷—塔那那利佛航线（马航负责经营，系直达航班）。每周二、六自广州起飞，当日到达；每周一、五自塔那那利佛起飞，次日到达广州。

2、香港—毛里求斯—塔那那利佛航线。每周二、六自香港起飞，经毛里求斯到达塔那那利佛。周四、日自塔那那利佛起飞，经毛里求斯到达香港。

3、上海—毛里求斯—塔那那利佛。每周一、三、五自上海出发，经毛里求斯到达塔那那利佛。每周二、四、日自塔那那利佛起飞，经毛里求斯到达上海。

4、北京—毛里求斯—塔那那利佛航线。每周日自北京起飞，当日在毛里求斯过夜，次日抵达塔那那利佛。每周五自塔那那利佛起飞，经毛里求斯到达北京。

除此之外，也有从肯尼亚、南非或者巴黎等地转机到马达加斯加的游客。

马达加斯加有55个空港，其中首都塔那那利佛和旅游胜地诺西贝岛两个国际机场可以起降大型运输机，省会机场10个，地区简易机场43个。经营塔那那利佛至巴黎或马赛航线的航空公司有3家：马达加斯加航空公司、法国航空公司和留尼旺航空公司。经营塔那那利佛至非洲、亚洲国家航线的航空公司有7家。首都伊瓦多（Ivato）国际机场是该最大机场，年接待能力约60万人次。

小费：在马达加斯加有向服务人员给小费的习惯，金额无须很多。一般在旅馆住宿，1天给1000至2000阿里亚里，在酒店就餐，给500至1000阿里亚里（人民币1至2元）即可。

邮局：马达加斯加所有城市和大部分城镇配有邮局，而且规模较大的邮局还会有公用电话亭，有的还配有互联网电邮服务。从马达加斯加寄回中国的邮件，普通平邮时间大概是10天，邮资相当于人民币6块钱。

电话：马达加斯加电话的国际代码是261。如果从国外拨打马达加斯加座机，拨打方式是00261+20+座机号码，比如00261202230XXX。如果从国外拨打马达加斯加手机，00261后面直接加手机号码0之后的9位数字，如0026133XXXX097。

在当地固话与移动电话之间通话，直接拨打移动电话号码；固话间通话，直接拨打对方固话号码；移动电话拨打固话，需要在固话前加上020，然后再拨对方固话号码。

目前马达加斯加的电信运营商有固网的一家：Telma；移动网的三家：Telma、Airtel、Orange。固定电话是7位数，移动电话是10位数。截至2010年底，马达加斯加固定电话用户数约15万户，移动电话用户约500万户。

网络：截至2010年底，马达加斯加互联网服务商有3家：Telma、Blueline、Orange，用户约33万户。马达加斯加互联网接入的普遍方式包括运用WINMAX的无线接入和ADSL专线两种，速度从64K到1M不等，但是资费不便宜，比如128K的ADSL包月费大概为110美元。城市里中小规模的网吧很普及，大中城市的主要街区能看到CYBER字样的地方，就是网吧。

用电：马达加斯加电压为220伏，使用法式双头圆插（部分插座中间还留有地线插口），中国游客需要配转换插座。马达加斯加乡村地区的用电还不普遍，外出时间较长或到偏远地区的游客，一定要配好备用电池。

签证：马达加斯加的签证种类有可延长签证和不可延长签证两种。可延长的包括劳务签证、投资签证和团聚签证，以及用于外事和经援项目类的礼遇签证；不可延长的包括旅游签证和商务签证，都属于短期签证，最长有效期为3个月，而且原则上不可延签。

马达加斯加对持中国护照（包括因私或因公护照）的入境客人允许落地签证，并根据离境机票的时间给予相应的逗留期限，最长不得超过3个月，条件是必须有回程或离境机票。一般来说，中国公民因私入境马国，只要符合条件都可享受落地签证，而团队游客可以事先凭邀请函或旅行社的行程担保在马驻华使馆办理旅游或商务考察签证，以方便出行。

办理旅游签证和商务签证所需材料：

1、有效护照原件；

2、2张2寸彩色照片。

办理探亲签证所需材料：

1、邀请函（注明邀请的目的，邀请探亲的往返时间、地址、电话等）；

2、申请人的有效护照原件；

3、工作证明；

4、身份证复印件；

5、2张2寸彩色照片；

6、亲属关系公证书；

7、无犯罪记录公证书（原件）。

>> 在马达加斯加购物
Shopping in Madagascar

来马达加斯加旅行，千万不要错过那令人兴奋的购物机会，在这里购物也许是独一无二的经历。马达加斯加商业气息跟中国相比还是差了一大截，交易还是相对原始，一定程度上当地人的诚信还可以。在马达加斯加购物会发现，同样的商品，价格有很大不同。应事先到正规商店了解一下想买的商品大致价格，然后在摊位上购买时心里有底。

在马达加斯加购买工艺品时和老板讨价还价，需要耐心、技巧和智慧。在他们眼里，中国人都是有钱的主，看到中国人就漫天要价。顾客可以把老板开的价拦腰砍半截，然后再一点点地涨，他则一点点地降，这样慢慢接近双方心理价位。当价格谈不拢双方僵持时，必须果断地立马走人，绝不可回头张望。这时老板往往会追上来"好商量"，买卖双方又开始新一轮较量，直到成交。

马达加斯加人经营之道与中国人不一样。中国人主张薄利多销，快进快出。马岛人的观念相反，认为价格降下来之后，顾客买得越多，他赔得越多，往往不肯以低价批量卖货。对此可以采取变通方法，就是先杀单价，再谈总价，最后在总价上再还价，这种"换汤不换药"的办法，他们反而会很高兴地接受，觉得这样没有吃亏。买卖双方都满意，可谓皆大欢喜。

在工艺品市场里，有各式各样矿石、宝石、化石等石头工艺品。在塔那那利佛繁华的街道上，那些橱窗虽然不太精美，但里面却陈列着各种漂亮的宝石。马达加斯加出产红宝石、绿宝石、蓝宝石、海蓝宝石、碧玺、猫眼、锆石、黄玉、玉髓、石榴红、紫水晶、紫晶洞、金发晶（金红石）、绿发晶、黑发晶、红发晶、黄水晶、白水晶、白水晶簇、茶水晶、绿幽灵、芙蓉晶、萤石、红纹石、石榴石、橄榄石、青金石、月光石、神圣之石、木化石（长寿石）、天河石、斑彩螺等70多种宝石、半宝石，几乎涵盖了所有常见中高档类型的宝石。

在市场里选购宝石，需要有一些简单鉴别真伪的本事。近几年，随着游客的增多，有些商铺欺负游客不识货，会出售假宝石谋取暴利，一些熠熠生辉的"宝石"可能只是仿制品。购买宝石也要讨价还价，往往最后成交的价格只是最初叫价的二分之一，或三分之二。不过，什么品质的宝石，会有什么样的价格，一分价钱一分货，并不是越便宜越好。如果对摊位上的宝石不放心，可以到专门出售珠宝首饰的精品店去选购，这里的宝石大多有证书，质量更有保证。

化石分为动物化石和植物化石两种。植物化石以木化石为主，马达加斯加因为历史上地质结构演变的原因，出产大量木化石，而且颜色丰富，纹理诱人。手工艺者喜欢把上千万年的化石加工成形状各异的烟灰缸、圆球或者制成切片，每件都是值得珍藏的。动物化石品种较多，一些海洋古生物化石十分珍贵，如鹦鹉螺、斑彩螺、菊石，此外还有鸵鸟蛋化石和恐龙蛋化石。化石基本上都货真价实，不会像宝石，有鱼目混珠之嫌。

兑换货币： 虽然马达加斯加是外汇管制国家，但是外币兑换还是比较方便，除了银行，还有为数不少的具有外币兑换资质的钱庄提供货币兑换服务，星级宾馆也可以。需要注意的是，在游客常出入的地方，经常会有问你是否需要兑换外币的小贩，虽然他们的兑换汇率有可能比酒店或银行更加划算，但是没有任何的保障。马达加斯加的货币为阿里亚里（Ariary），自2005年1月1日开始实施发行。之前的马达加斯加货币为马达加斯加法郎（MGF），5个马法郎等于1个阿里亚里。2015年5月阿里亚里对美元的比价是3100阿里=1美元。

紧急救援电话：
匪警：117、2222017、2235709、0302380140。
快速支援机动警察：2380138、2380139。
SOS 救护车服：2235753。
市区救护车服务：2220040。
Ilafy 医院救护车服务：2242566、2242569。
Espace Medical 救护车服务：2262566。
Ppitsabo Mikambana 诊所救护车服务：2223555。

>> **马达加斯加入出境规定**
Madagascan Entry and Exit Regulations

入境：
1、每位旅客（不含无单独护照的偕行儿童）可免税携带入境的物品：2升含酒精饮料，2条或20包香烟，40万阿里亚里，衣物等日用品及所有自用物品。
2、需要办理特别手续才能携带入境的物品：携带武器弹药入境应出示进口许可证，携带濒危动植物入境应出示濒危野生动植物种国际贸易公约组织（CITES）许可证，携带宠物入境应出示有效抗狂犬病疫苗注射证明，携带植物和食品入境应出示进口许可证和原产地检疫证。

出境：
1、每位旅客（不含无单独护照的偕行儿童）可携出境的物品：40万阿里亚里；250克压印首饰（常居人员）；1千克压印首饰（非常居人员，需出示与首饰价值相符的汇兑申报单）；2千克经加工的香草（菜果或草辫）；5千克干种子（豆类等）；1千克洋葱；1千克胡椒；1千克咖啡；5千克肉（冷冻、冷藏或干燥的）；10千克鱼和海产品（冷冻、冷藏或干燥的），每种不超过2千克，且需正规商店购买。
2、限制或禁止携带出境的物品：原则上，所有列为国家文物的物品，包括古生物化石标本、古代墓葬艺术品或陪葬品、古文献等都不允许出口；市场上常见工艺品，如木雕、草编、宝石、化石类制品，基本允许出境，但红木、黑木雕刻制品和化石类制品需凭出境许可单，游客购买时一定要求商家同时提供普通发票和出境许可单（法文名称 Laisser Passer）；动物标本，如玳瑁、鳄鱼、变色龙等，以及活的野生动物，属于国际动物保护公约规定的一级保护动物的，绝对禁止携带出境，冒险闯关会面临法律制裁。

3、具体受保护的野生动植物包括以下种类：所有狐猴，所有陆龟及海龟，爬行动物如变色龙、壁虎、蜥蜴，部分蝴蝶和昆虫，蛙类、蛇类，所有兰花属类植物、针刺类独有热带植物等。

4、必须凭出境许可证才能携带出境的物品：珍贵木材及其制成品，由环境、水务和林业部或其驻机场代表发放；贵金属和首饰，由能源和矿业部或其驻机场代表发放。

5、必须申报才能携带出境的物品：250 克以上的贵重金属和首饰，价值等于或大于 1000 万阿里亚里的外币，因迁居出境的个人财产、日常用品和私人使用的交通工具。

6、需要办理特别手续才能携带出境的物品：携带濒危动植物和其他受国家保护的物品出境，应出示濒危野生动植物种国际贸易公约组织（CITES）许可证（由环境、水务和林业部或其驻机场代表发放）；携带植物和畜产品出境，应出示检疫证书（由农牧渔业部或其驻机场代表发放）；携带畜产品和活体动物出境，应出示检疫证书（由农牧渔业部或其驻机场代表发放）。

7、检验检疫：虽然入境马达加斯加不需要黄皮书（强制预防接种检疫），但是还是推荐事先做好黄热病、霍乱、肝炎预防接种。

外汇管理：Foreign Exchange Management

根据马达加斯加《外汇法》，在马达加斯加注册的外国企业可以在马达加斯加银行设立外汇账户，用于进出口结算。办理外汇进出业务需要申报。

海关规定，旅客入境时携带外汇超过 7500 欧元者需申报。在海关对出境人员进行检查时，应主动出示合法的兑换证明，即由经马财政部授权的银行或外汇兑换处出具的兑换证明，否则，携带出境的外汇有可能被没收。

目前，马达加斯加首都机场内部管理机构分工较乱，海关为防止非法外汇携带出境，对出境旅客查验非常严格。建议国内来马旅客在入境时主动申报所携带的外汇，并保留好申报证明，以便出境时备查。出境遇到检查，可出示入境申报或银行及兑换处出具的兑换单，由海关查验放行。

>> 马达加斯加主要华侨华人社团
Principal Chinese Association in Madagascar

马达加斯加京城中华总会（前身为京城华侨公社）：马达加斯加历史悠久的华侨华人社团之一，会员以早年来马的华侨华人后代为主，在华侨华人当中具有广泛的影响力，凡是华侨华人均可申请加入协会。

马达加斯加华人青年会：由曾为青年的老侨们创建，现在也一直在活跃，定期举行聚会和开展活动。

马达加斯加华商总会：由马达加斯加新侨在 2007 年初创建。第一家以马达加斯加华商为主体，自发组织成立的商会性质的团体。会员主要由在马创业、经营的民营、私营华侨华人企业家组成，是具有广泛代表性、重要影响力、积极推动力的华商组织。

马达加斯加中资企业协会：是以在马中资企业为主的协会机构。现有会员企业33家，包括了从事建筑工程、路桥施工、通讯、加工制造、纺织服装、矿产能源、石油勘探、制药、农业、进出口贸易、银行业等多种行业的中资企业。

世界华商非洲联合会马达加斯加分会：是以在马华商为主体的商会团体，会员主要是在马创业、经营的老、中、新华侨，旨在促进中马商贸往来，增强经济发展，关注中马商圈，支持当地扶贫事业，为中马经贸文化交流搭桥铺路。

马达加斯加港资企业协会：由在马投资的港资企业家自发成立，在维护企业利益、互通信息、公平竞争等方面发挥了积极的作用，目前该协会会员主要以在马投资的免税区加工出口企业为主。

中马商会：由在马的华侨与当地企业家共同成立，旨在为促进中马之间商贸往来，增强合作投资提供一个信息交流互利的平台。

>> 大使馆、中马关系的机构、组织联系方式
Contact of Chinese embassy, Institutions and organizations of bilateral relations

中国驻马达加斯加大使馆：
地　址：Ambassade de la Republique Populaire de Chine en Republique de Madagascar；
信箱号：B.P.1658 Nanisana - Ambatobe Antananarivo Madagascar；
电话：0026120 - 2240129 2240856；
传真：2240215；
领事部电话：2240856；
Email：ambchinemada@yahoo.com

中国驻马达加斯加大使馆经参处：
地址：Bureau du Conseiller Economique de l'Ambassade de la Republique Populaire de Chine en Republique de Madagascar；
信箱号：B.P.4094 Ambohidratrimo Antananarivo Madagascar；
电话：0026120 - 2245223；
传真：2244529；
Email：economic@simicro.mg

马达加斯加驻中国大使馆：
地址：北京朝阳区三里屯东街3号；
电话：0086 - 10 - 65321353；
传真：0086 - 10 - 65322102

探索马达加斯加旅行社／丝绸之路商务服务公司：
地址：Lot IID13 Tsiazotafo Tana；
电话：0026120 - 2237171；
传真：2230043；
Email：laroutedesoie@yahoo.com；
网站：www.feizhou.cn

D~

Kirindy Mitea
National Park

[基林迪米特国家公园]

基林迪米特（Kirindy Mitea）国家公园位于马达加斯加西部，穆龙达瓦往南60公里，面积72200公顷。这里是马达加斯加西部和南部相接地带，对着莫桑比克海峡，从海岸线向内陆延伸，热带灌木林和针刺植物覆盖着这片草原。这里的主角是或高耸入云或粗壮肥胖的猴面包树。这片国家公园的物种在马达加斯加国家公园里属于"本土化率"较高的，生活着11种哺乳动物（4种狐猴）、47种鸟类（33种当地独有）和23种爬行动物（全是当地独有的）。

最佳旅游季节：
雨季很难通行，旱季5~11月是最佳游览季节

Nosy Be

Chapter 7

芳香的岛屿——
诺西贝岛

诺西贝岛（Nosy Be）位于马达加斯加西北海岸线上，距离最近的海岸约15公里，在迪耶果—苏瓦雷斯省西南150公里处，属火山岛，面积290多平方公里，是马达加斯加最大的海岸岛屿，也是马岛最负盛名的旅游胜地。

诺西贝岛南岸的埃尔维尔城（Hell-Ville，源自一位法国将军的名字）是天然深水良港，是当地政府机构所在地。埃尔维尔城始建于19世纪初，19世纪下半叶随着法国殖民势力的渗透，发展进入鼎盛时期，当时的一些军事设施如炮台、灯塔、教堂等一直留存至今。

诺西贝岛和邻近小岛上有很多国家公园，岛周围是珊瑚礁和长长的白色沙滩。环诺西贝岛的200多公里海岸有着世界上最美的沙滩，有绮丽的珊瑚礁洒落在绿宝石色的海水中。这里沙白细软，天蓝海平，是海水浴的理想场所。岛的北岸，银沙松软，是天然游泳场。岸旁矗立着许多伞式屋

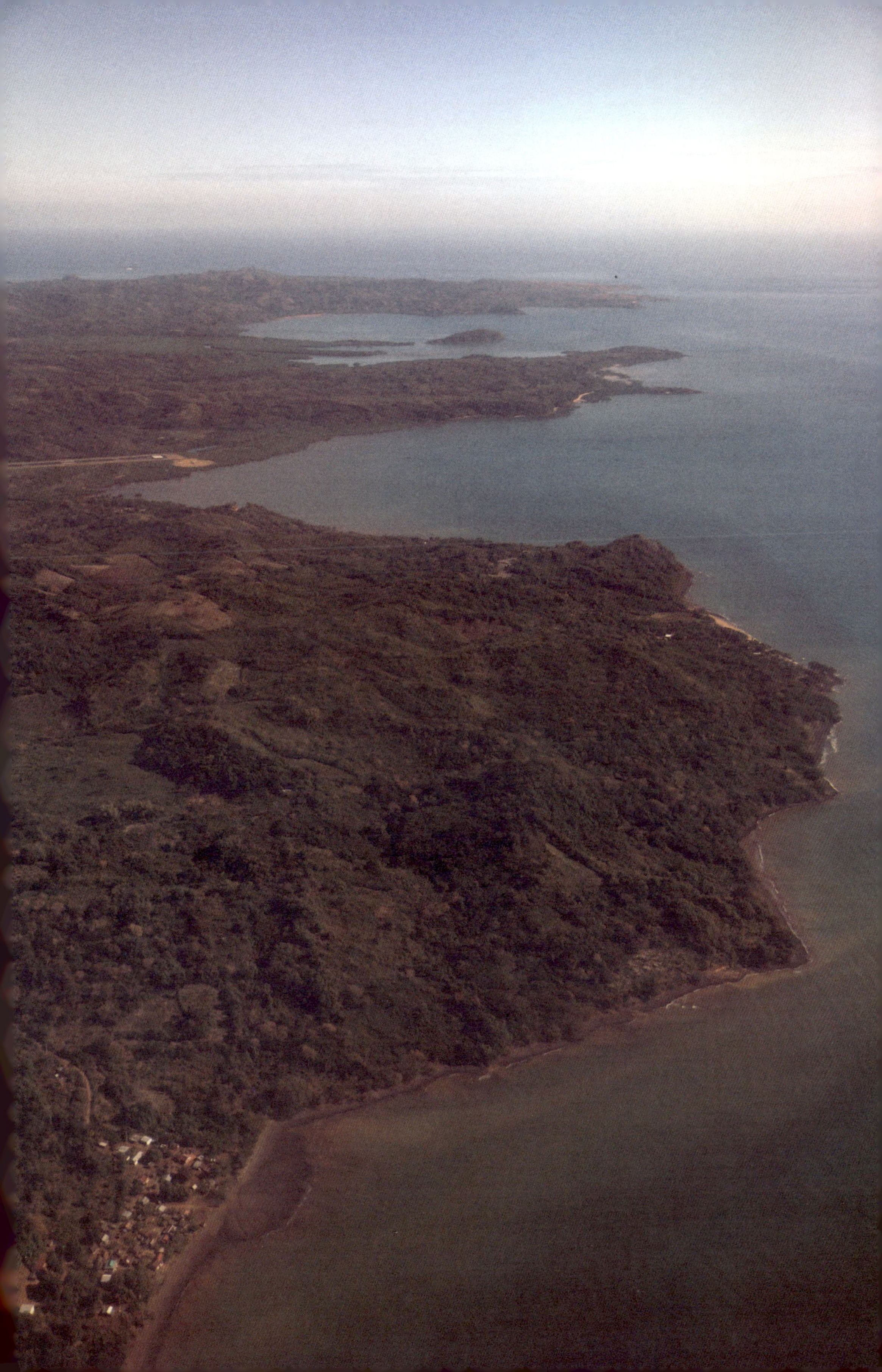

[Madagascar — PART FOUR]

顶的草屋旅舍，供游客小憩。

到诺西贝岛旅游，一定要乘船出海到周边的几个海岛转转，包括塔尼基岛（Nosy Tanikey）、口姆巴岛（Nosy Komba）、萨卡提亚岛（Nosy Sakatia）、伊兰加岛（Nosy Iranja）和米齐奥岛（Mitsio）。如果说诺西贝岛是王冠，这几个岛就是点缀在王冠周围的明珠，虽然都是一样的碧海蓝天，但是又各有其特别之处。整个海岛极富原始气息，没有一般海滩度假胜地的喧哗和热闹，也没有过多的人工建筑或装饰，一个人漫步在海滩上，有一种近乎独享整个海滩的恬淡和满足。

除了拥有不同风格的海滩，岛上的洛科贝国家公园还为前来参观的游人提供了一个生态观光的机会。国家公园集中了岛上主要的原始森林，可见到马达加斯加独有的爬行和两栖动物及4种狐猴。

站在岛上最高点的帕索山（le Mont Passot，海拔329米）上俯瞰全岛，可见火山口形成的湖泊星罗棋布。黄昏之前到达山峰，可以看到日落时绚丽的夕阳照耀着海中的萨卡提亚岛，火山湖湖面上泛起金色的光芒，是观看日落的最好时刻。有可以开车（建议使用越野车）上山的路，如果步行上山可以观赏路边的柚木林，看看湖边的鳄鱼。天黑后下山需要备有手电筒，并且可以观察树上的变色龙。

关于诺西贝的回忆始终是香香的，岛上种植最多的是依兰香树，当地人称它为伊琅伊琅（Ylang-ylang），也称鹰爪兰，常年花开似锦，馨香扑鼻。这种植物最初从东南亚引进，被诺西贝人当作宝物大量种植，其提炼出的精油具有独特浓郁的芳香气味，且香味持久、挥发缓慢，是制造名贵香水不可缺少的重要原料，主要出口法国和美国。全球年产依兰香树精油总量约100吨，马达加斯加年出口量是15至20吨，是世界依兰香树香精的重要产地之一。在岛上，无论走到哪里都有人兜售"伊琅伊琅"。除此之外，全岛被漫山遍野的热带植物覆盖，如香草、肉桂树、胡椒树、咖啡树、可可、甘蔗、库斯草、天竺葵、野生生姜、小豆蔻、洋甘草和藏红花等，让诺西贝有了"芳香岛"的美称。

近年来，随着政府对发展旅游业的不断重视，诺西贝岛的旅游设施逐步得到完善，游人入住诺西贝的酒店，可根据自己的爱好参加酒店提供的活动，如潜水、环岛游等。除了传统的法国游客，更多的欧美游客也开始把目光投向了诺西贝岛，岛上定居的意大利人已接近上千人。岛上有国际机场，除了每天都有航班往返首都塔那那利佛外，还开通了直飞巴黎、马赛的航线。

诺西贝岛的旅游业几乎养活了整岛人，岛上旅馆达上百家，普通人家除了种植和出售各种香料，还制作木雕、手工艺品和布艺装饰品，因为制作精美很受游客喜爱。其中一个非洲后裔村，会为游客表演歌舞，跳舞的妇女身着大而漂亮的花裙子，模仿鳄鱼、青蛙等岛上动物的奇异舞蹈边唱边跳，而她们身上的裙子居然是晚上睡觉用的床单，一物两用。

[Dream island at the end of the world]

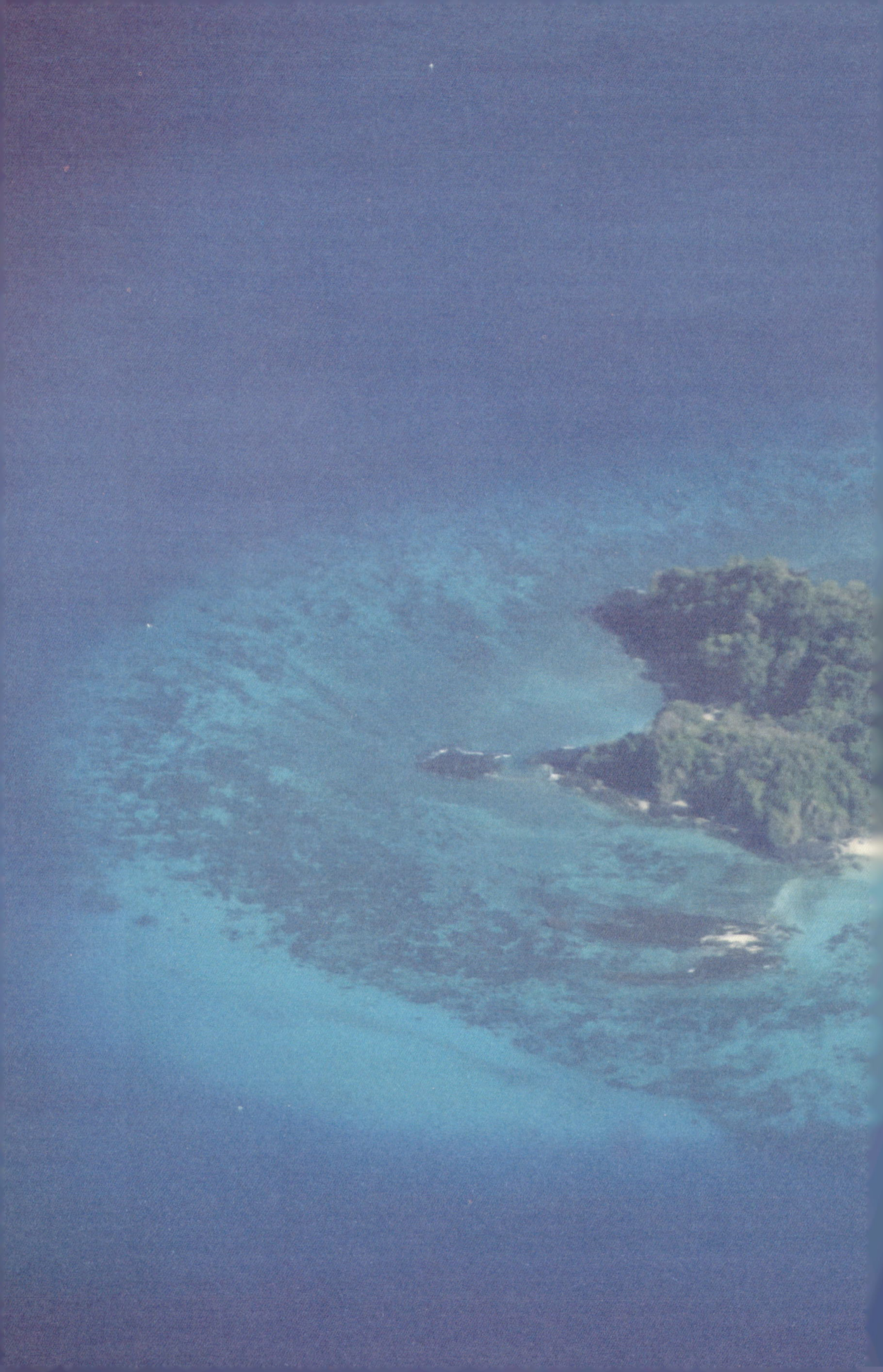

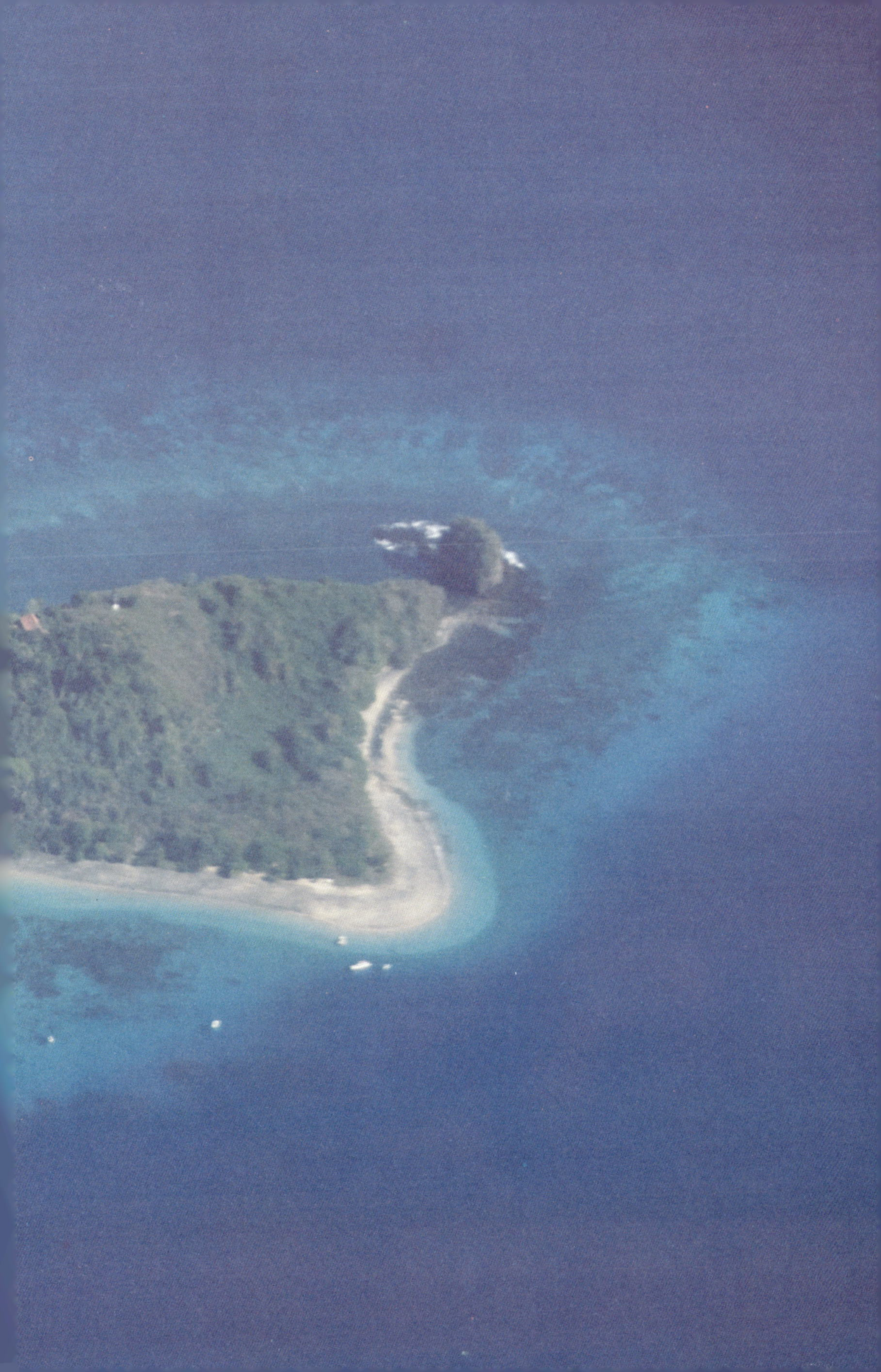

Ile Sainte Marie

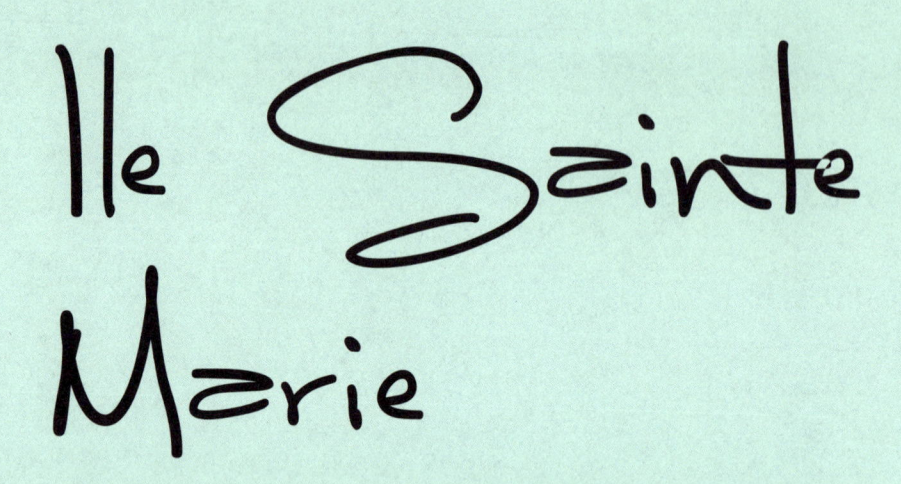

Chapter 8

鲸鱼爱好者天堂——
圣玛丽岛

圣玛丽岛（Ile Sainte Marie）是马达加斯加与诺西贝岛齐名的另一个海岛旅游胜地。该岛位于马达加斯加东海岸，有着"热带岛屿天堂"的美誉。全岛大约300平方公里，南北长大约60公里，东西宽仅为5公里，处于与马达加斯加大岛平行的位置上。

圣玛丽岛在17世纪中期就已经成为海盗藏身的地点，到18世纪初据说已经有多达上千名各国海盗在岛上定居，与当地人和平共处，至今海盗公墓还是岛上的旅游景点之一。

圣玛丽岛的旅游设施相对完善，有几十家中小型度假酒店。在圣玛丽

[Dream island at the end of the world]

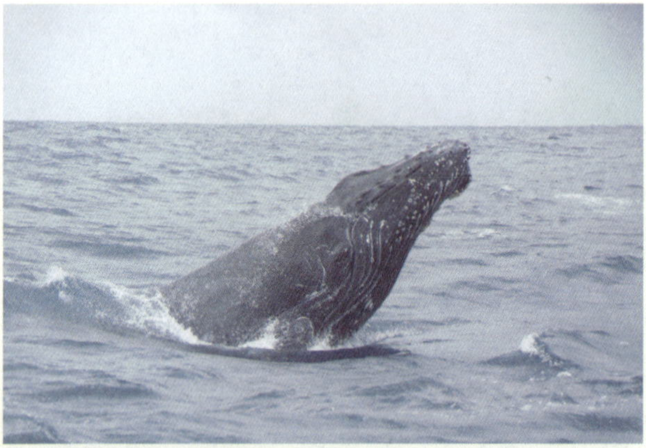

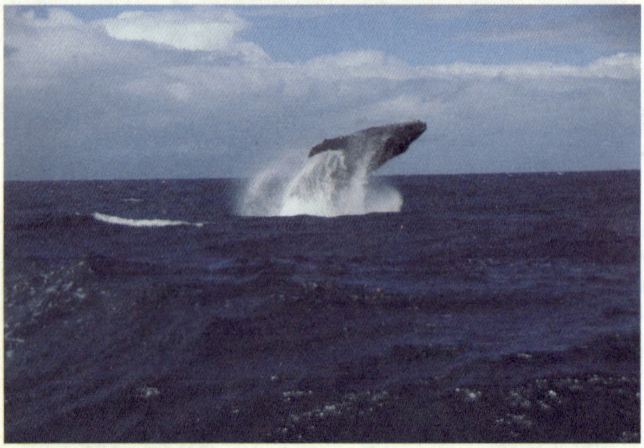

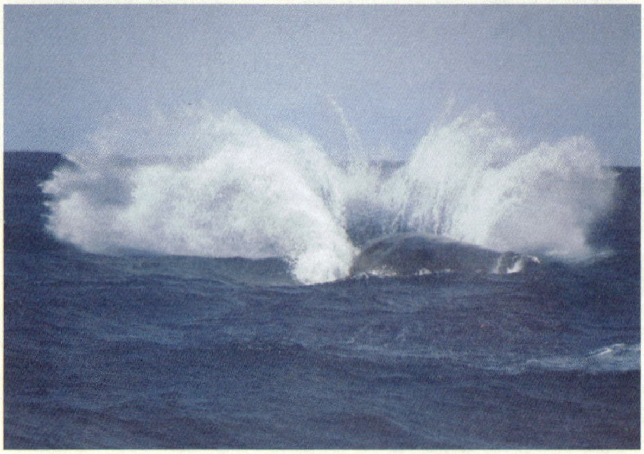

岛,除了在碧海蓝天、明媚阳光下享受海滩美景,还有多种旅游项目可供选择,如森林徒步探险、自行车环岛游、潜水等。

但是,圣玛丽岛最引人入胜的还是一年一度的鲸鱼节,这里是全马达加斯加也是整个印度洋观察鲸鱼的最好地点。每年7月到9月,大量座头鲸从南极洲而来,由南向北,洄游诺西岛、图利亚、佛多梵附近的海域,饱餐这里的磷虾,进行交配和分娩,热闹非凡。

圣玛丽岛与马达加斯加大岛之间的海域,为游人提供了一个绝佳的近距离观察鲸鱼的机会。座头鲸体型庞大,平均体长在15米左右,有的重达45吨。一般最早到达的是雌鲸和幼鲸,接着是未成年的雄鲸,大概15天后,成年雄鲸才姗姗而来。每年这个时候,游客不仅可以乘坐小型飞机俯瞰鲸鱼群,还可以潜水与鲸鱼近距离接触,是一次难得的亲近鲸鱼的好机会。

巨大的鲸鱼在水中前进,叫声此起彼伏——它们的鸣叫声是动物王国中最复杂的信号,雌性座头鲸通过英勇的鸣叫声选择配偶。这些哺乳动物最爱在水面上跳跃,如此巨大的鲸鱼甚至可以完全跳出水面,卷起巨大的水花,这种反地球引力的表演,让奥运会上的体操健儿也黯然失色。它们不动时,尾鳍露出水面,人们拍下尾鳍的照片可以辨认每一条鲸鱼的身份。看着这些庞然大物在水里嬉戏,翻转追逐,换气时喷出的水柱高达十几米,你不能不对造物主产生敬意。

圣玛丽岛组织游客观赏鲸鱼的活动从1994年开始,多个旅馆可以有偿出船带游客到海上观看鲸鱼,时间一般为半天或一天,包括供应一餐饭。这样的观鲸鱼活动与鲸鱼保护协会合作组织(CETAMADA)的科研活动相结合,白天带游客到海上讲解鲸鱼活动特点,晚上在旅馆组织一些如何保护鲸鱼的研讨会。

圣玛丽岛上有很多餐馆都以其老板的姓氏命名，苍翠繁茂的棕榈林中有一家别致的旅馆，旅馆的老板菲福·梅耶尔（Fifou Mayer）是马达加斯加海洋生物保护协会会员，他的客人可以随其研究船出海。坐在餐馆的阳台上吃一顿家常菜也是一种美妙的享受，通常会有驼峰牛牛排或鸡排，可蘸着奶油味的香草沙司吃。

圣玛丽岛上有机场，旅游旺季时，每天都有往返于首都塔那那利佛和各海岛之间的航班。也可以从塔马塔夫出发北上驱车约两个半小时抵达距离圣玛丽岛最近的渡口，再坐渡轮上岛。

A~

L'Ile

aux

Nattes

[拿 特 岛]

　　拿特岛（L'Ile aux Nattes）是位于圣玛丽岛最南端的一个小岛，被一个礁湖分割开来，乘上当地的独木船，只要几分钟就可以登上该岛。拿特岛是圣玛丽岛之游的亮点之一，游客无论如何也不能错过。拿特岛享有"天堂"之名，游客在这里能够享受椰树下细白的沙滩、人烟稀少的沙湾、海水青绿的礁湖，也可以在岛上由椰子树林、巴豆和扶桑栅栏围住的旅馆里过夜，静享世间的伊甸园。

Sava

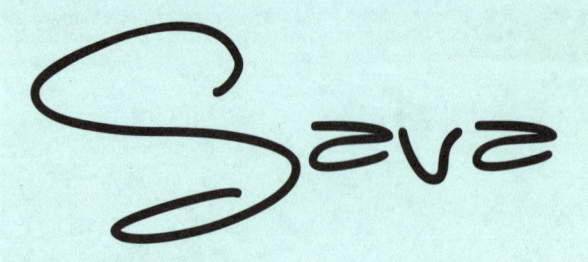

Chapter 9

香草王国——
萨瓦地区

萨瓦（Sava）地区位于马达加斯加东北角的海岸线上，从北往南依次是武海马尔（Vohemar）、桑巴瓦（Sambava）、安塔拉哈（Antalaha），唯有安达帕（Andapa）不靠海，位于内陆。其中桑巴瓦最发达，也是当地的主要港口。

萨瓦地区的海岸也是马达加斯加历史上最早有人类活动的地区，这一带还保留有不少10世纪左右阿拉伯人的古墓穴，具有一定考古价值。一直以来，因为不便的陆路交通，萨瓦地区与外界的贸易往来更多的是依靠水路。直到2008年，政府才大力维修连接地区之内几个城市之间的国道。

萨瓦地区有着马达加斯加最茂密、最完好的原始森林，出产最名贵的乌木与紫檀，也是全世界最重要的香草（Vanille）产地。这里也有连绵的国家公园，集中了这个岛上大部分独有的珍稀物种，东部的雨林整体都被列为世界自然遗产加以保护。

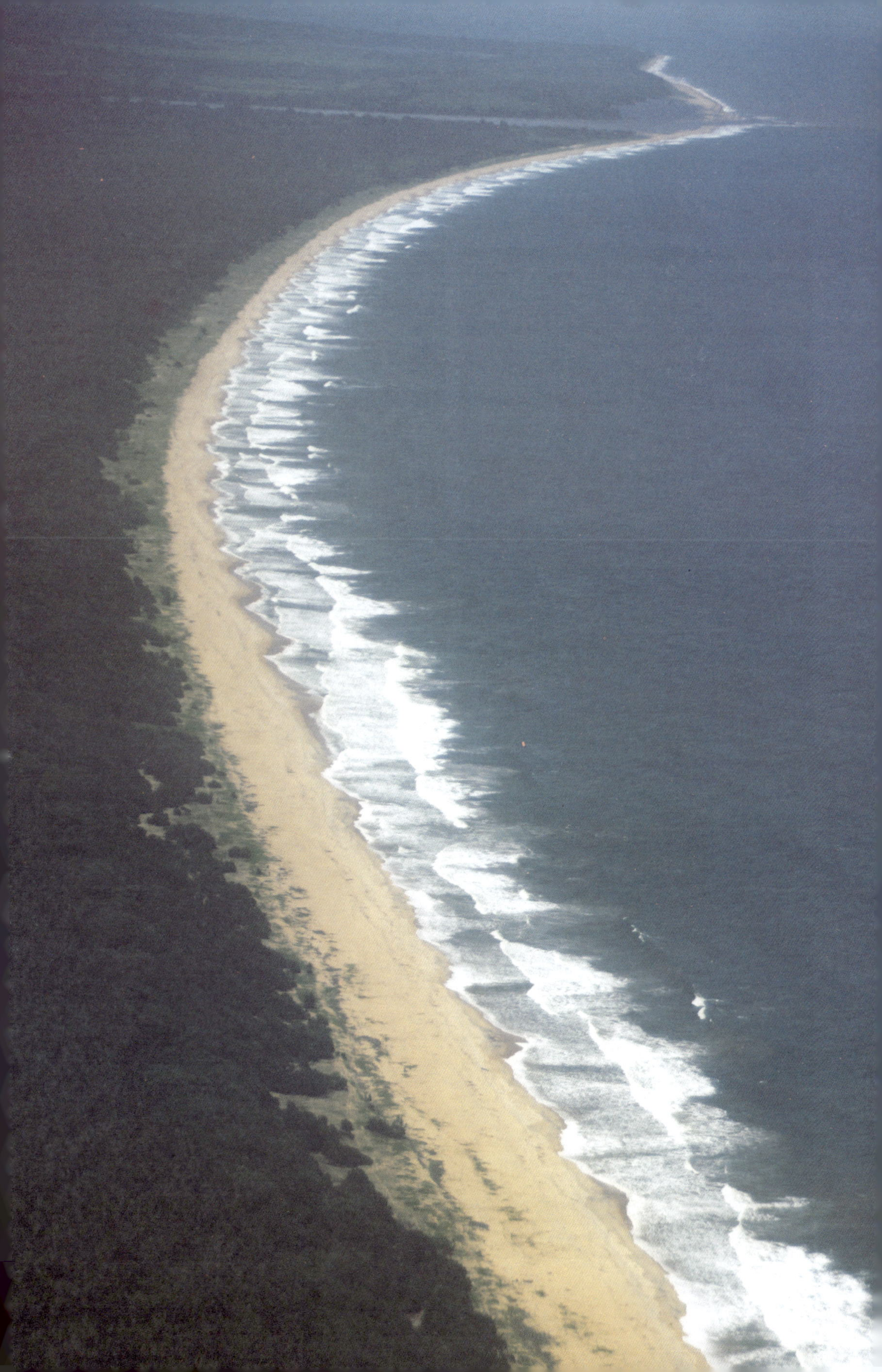

[Madagascar — PART FOUR]   242

Coca-Cola
Coca-Cola
Coca-Cola
Coca-Cola
Coca-Cola
Eau Vive
Eau Vive
Eau Vive
Eau Vive
Eau Vive

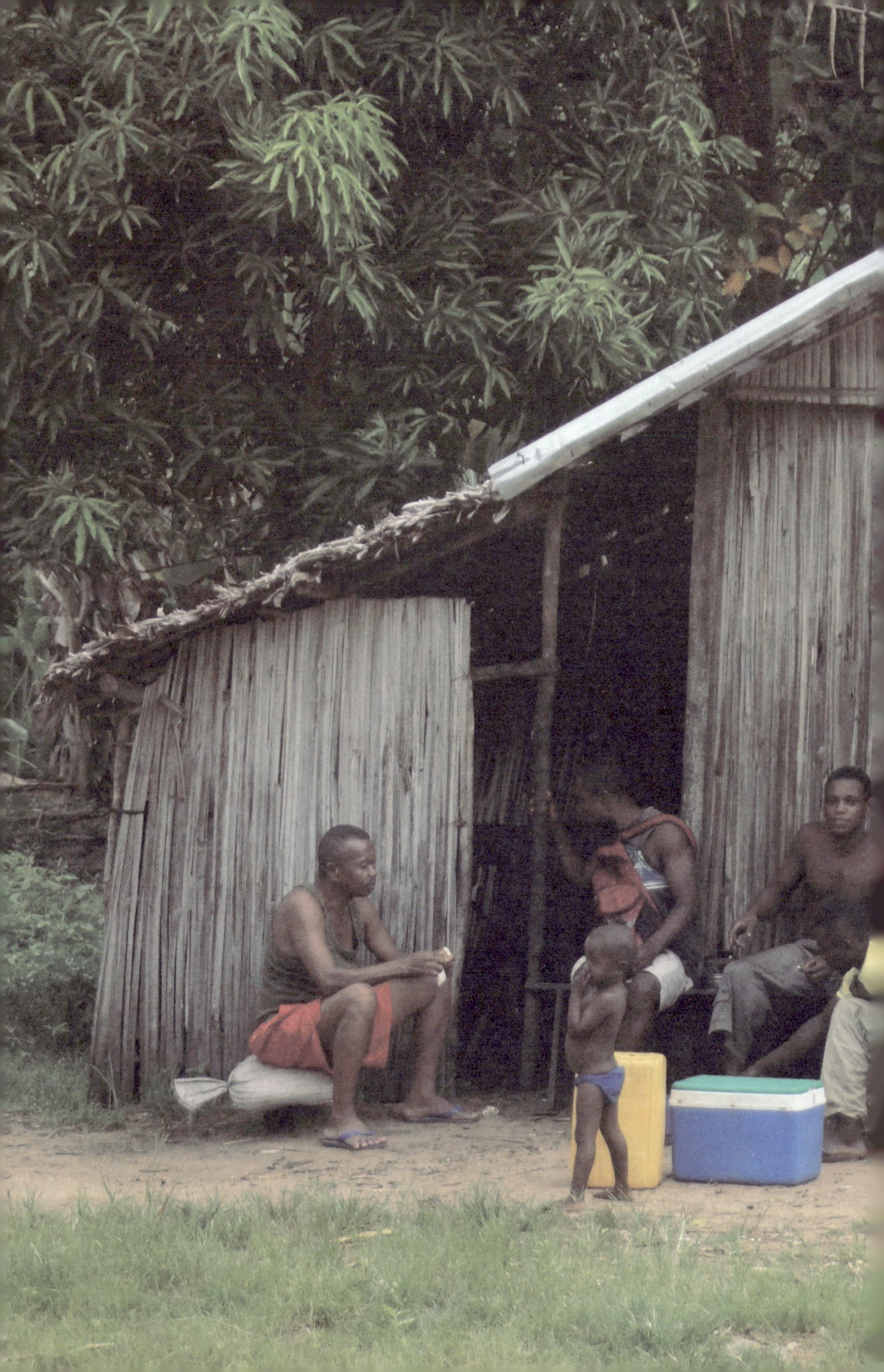

这个地区除了盛产香草，丁香、可可、咖啡也享有盛名，还是马达加斯加椰子的最主要产地。香草的原产地实际上不是马达加斯加，而是墨西哥。1870年，法国殖民者把香草从留尼旺引入当地种植，因为气候和土壤非常适合，所以香草种植业得到飞速发展，到1924年马达加斯加已经成为天然香草的第一生产和出口大国，这一称号一直保留到了现在。

A~

-

The Last
Rainforest:
Masoala
National Park

-

[最后的热带雨林：马苏阿拉国家公园]

　　马苏阿拉（Masoala）国家公园是马达加斯加列入世界自然遗产名录的六个国家公园之一，位于马达加斯加东北部的马苏阿拉半岛上，该半岛拥有马国最后一处尚未开发的热带雨林，在塔马塔夫与萨瓦地区之间，可乘船抵达，面积240000公顷。这是马达加斯加占地面积最大、生态多样性最丰富的国家公园，一共由4块地上国家公园和3块海底国家公园组成，繁茂的原始森林从海拔1300米的高山一直延伸到海边。

　　公园从人迹罕至的广袤雨林一直绵延到荒芜的金色海滩，在印度洋岛屿的森林资源惨遭破坏时，这里有幸免遭砍伐，呈现其原始面貌。此国家公园集中了马岛50%的植物和超过50%的哺乳动物。除了保存良好的原始森林，这片海域也以海洋生物的多样性而出名，这里的海底国家公园是海洋生物爱好者的向往之地。

　　马苏阿拉半岛上的很多野生动植物都很奇特，有奇怪的狐猿、超

最佳旅游季节：
雨季期间不宜游览，
旱季的5月~10月
为最佳旅游季节

级小的变色龙和马达加斯加蛇鹰。有着红色环状毛的狐猴成群出现，在大树间跳来跳去，其华丽的红毛使其看起来像鲜亮的火球。

森林中有大量的板状根（板状根是热带雨林的一种奇特景象，树木的根系裸露在外，形成板状）、高耸的紫檀木和马达加斯加岛龙血树（Dracaena），葡萄藤及其他藤本植物到处缠绕，奔流的溪水冲过岩石，从附生植物上流过，在阳光下熠熠生辉。

岛上的兰花有900多种，最著名的是香草，世界上很多香草都是在马苏阿拉半岛种植的。马达加斯加岛上没有授粉的蜜蜂，因此，每朵花都由人工授粉，这是一项很艰巨的工作。

热带雨林包围的一个海滩中藏匿着一个小海湾，一直延伸到远方，游客可以划橡皮船去探险。沿海的路径围绕着森林的边缘，海滩上的棕榈树倾斜得很厉害，像在做俯卧撑。偶然会有人牵着牛从海滩走过，或者一家人从山里回来，提着装有虾和木薯叶的篮子。

四轮沙滩车可以将游客带去荒无人烟的东海岸，穿过红树林，漫步沙滩后，可以乘坐传统的独木舟继续探险，沿着安塔拉维亚河（Antalavia River）而上，到达一个由瀑布落水汇成的圆形大水潭，会看到翠鸟和鹦鹉等鸟类在池中戏水，从水面俯冲而过。

国家公园的森林中隐藏着一家旅馆，老板皮埃尔是南非人，旅馆结合了纯朴与奢华，六间平房建在高高的木柱上，用棕榈树的叶子盖顶，红木平台上的旅行帐篷里仅用灯笼和油灯照明。

B~

The Most Rich
Natual Treaure:
Maloziq
National Park

[最丰富的自然宝库：马洛杰齐国家公园]

马洛杰齐（Marojejy）国家公园也是马达加斯加列入世界自然遗产名录的六个国家公园之一，位于马达加斯加东北部桑巴瓦往南60公里，面积55500公顷。公园包括中心部位的马洛杰齐高地及其周围的群，千百年来因为不便的交通一直得到很好的保护，是"马达加斯加最丰富的自然宝库"。

公园因其丰富的生物多样性，吸引了众多的生态学家和游客。生态学家经常在这里发现新的动植物品种，马岛33%的爬行动物和两栖动物都生活在这片区域。公园里的绒毛原狐猴被列为"世界上25种最濒危灵长类动物"之一。

这里还发现超过2000余种开花植物和4种类型的森林。公园的群山高低不同，游客可以根据自己的情况进行攀爬，公园也提供露营地和野营地。

最佳旅游季节：
雨季难以进入，4月~11月适宜旅游

[Dream island at the end of the world]   -   २ 4 9

Tamatave

Chapter 10

全国第二大城市——
塔马塔夫

塔马塔夫城（法语 Tamatave，马语称谓为图阿马西纳 Toamasina）位于马达加斯加的东部，距离首都大概 370 公里，处在一个濒临印度洋的小半岛上，是马达加斯加最大港口、全国第二大城市，也是马达加斯加东部的经济政治中心，人口超过 20 万。气候炎热，多雨湿润。

塔马塔夫城市名字的来源有一个颇为有趣的传说，相传，马达加斯加第一位建立中央集权统治的国王拉达马一世出巡视察其国土，第一次来到海边，尝了一口海水，哇地叫了一声"真咸！"（Toamasina！），尝完这口海水就给这个海边城市取了这个名字。

塔马塔夫和其他东海岸城市一样，最早也是海盗经常光顾的地方。从 16 世纪开始，东印度公司的商船定期靠岸进行贸易，城市始建于 18 世纪，真正有规模的发展是从 19 世纪开始的。英国人和法国人曾经先后统治该城。1927 年，遭飓风破坏后重建。

[Dream island at the end of the world] - 251

到 20 世纪初，塔马塔夫港成了马达加斯加最大贸易港。港口有北方和东方两条航道，平均深度约 20 米，可以停泊万吨级至 2 万吨级轮船。目前，全国 50% 以上的进出口贸易都在塔马塔夫港进行，主要输出咖啡、蔗糖、稻米、香精、丁香油、木材等。当地有较大炼油、水泥、纸浆厂以及肉类加工、船舶制造、制糖等工业。交通方便，有中国援建通向首都的重要干线——2 号国道，并建有机场。

塔马塔夫具有典型的港口城市风情，有广阔的海滩、引人入胜的海景。入夜的生活比白天更加热闹，这里云集着南来北往的商人，同时也是游客的中转地，当地有各种风味的餐馆和酒吧，是一年四季都洋溢着活力的海滨城市。

A~

Zahamena
National Park

[扎哈梅那国家公园]

扎哈梅那（Zahamena）国家公园也是马达加斯加列入世界自然遗产名录的六个国家公园之一，位于马达加斯加东部，距离首都约400公里，其中约一半是土路，面积42300公顷。这里具有代表性的动植物包括13种狐猴、48种爬行动物、62种两栖动物、109种鸟类和多达700多种植物，属于典型的热带雨林生态。

最佳旅游季节：
雨季难以通行，只有在旱季时候才能进入

B~

Pangalanes

[盘加兰运河]

盘加兰（Pangalanes）运河连接着塔马塔夫和马南扎里（Mananjary），将东海岸大小湖泊和水系连接起来，总长430公里，修建于法国殖民时期。现在运河虽然也曾断断续续得到维修，但是通航里程比以前缩短了。当地旅游局从20世纪90年代后期开始发展运河游，客人可以先驱车来到一个与海相接的内湖——马南巴托（Manambato），然后穿过马南巴托湖进入外围的盘加兰运河，一路北上，经过当地渔村，途经一两个国家公园和大大小小的湖泊，其中一段路程与印度洋平行在咫尺之遥，最后抵达塔马塔夫。这是一段饶有趣味的旅行。

C~

[当地人的浴场：富尔波因特海滩]

Local Sea Bath:
Foulpointe

富尔波因特（Foulpointe）海滩位于塔马塔夫往北约60公里，这里是塔马塔夫附近最漂亮宁静的海湾，也是当地人度假的首选之地。每逢假期，会有很多人携家带口从首都驱车来此度一个有海水浴的假期。

Fort Dauphin

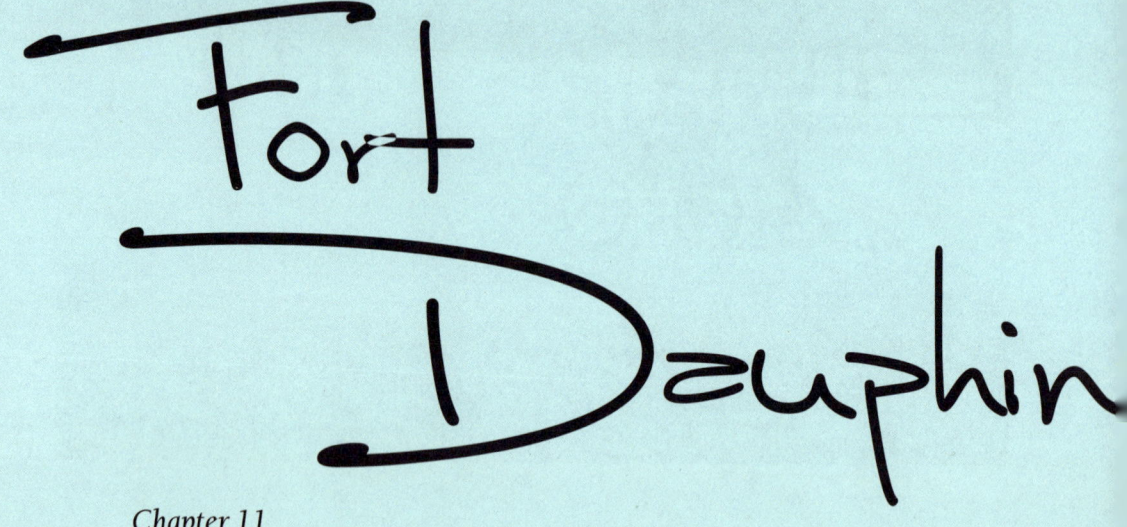

Chapter 11

龙虾之都——
佛多梵

佛多梵（法语称 Fort Dauphin，意为"海豚堡"，马语称陶拉纳鲁 Taolagnaro）位于马达加斯加最南端，距离首都超过 1600 公里。长期以来，不便的陆路交通造成了它的孤立，如今，每天都有航班往返首都塔那那利佛。

佛多梵因重要的战略地理位置，从 16 世纪开始就不断上演着海上霸主的争夺戏。1504 年，葡萄牙人在当地建立了整个马达加斯加最早的防御工事。1643 年，法国将领为祝贺法国王储路易十四洗礼建了佛多梵城堡。城堡当时建在圣·路易（Saint-Louis）山峰下的一个岬角处，城堡下的海

[Dream island at the end of the world]   257

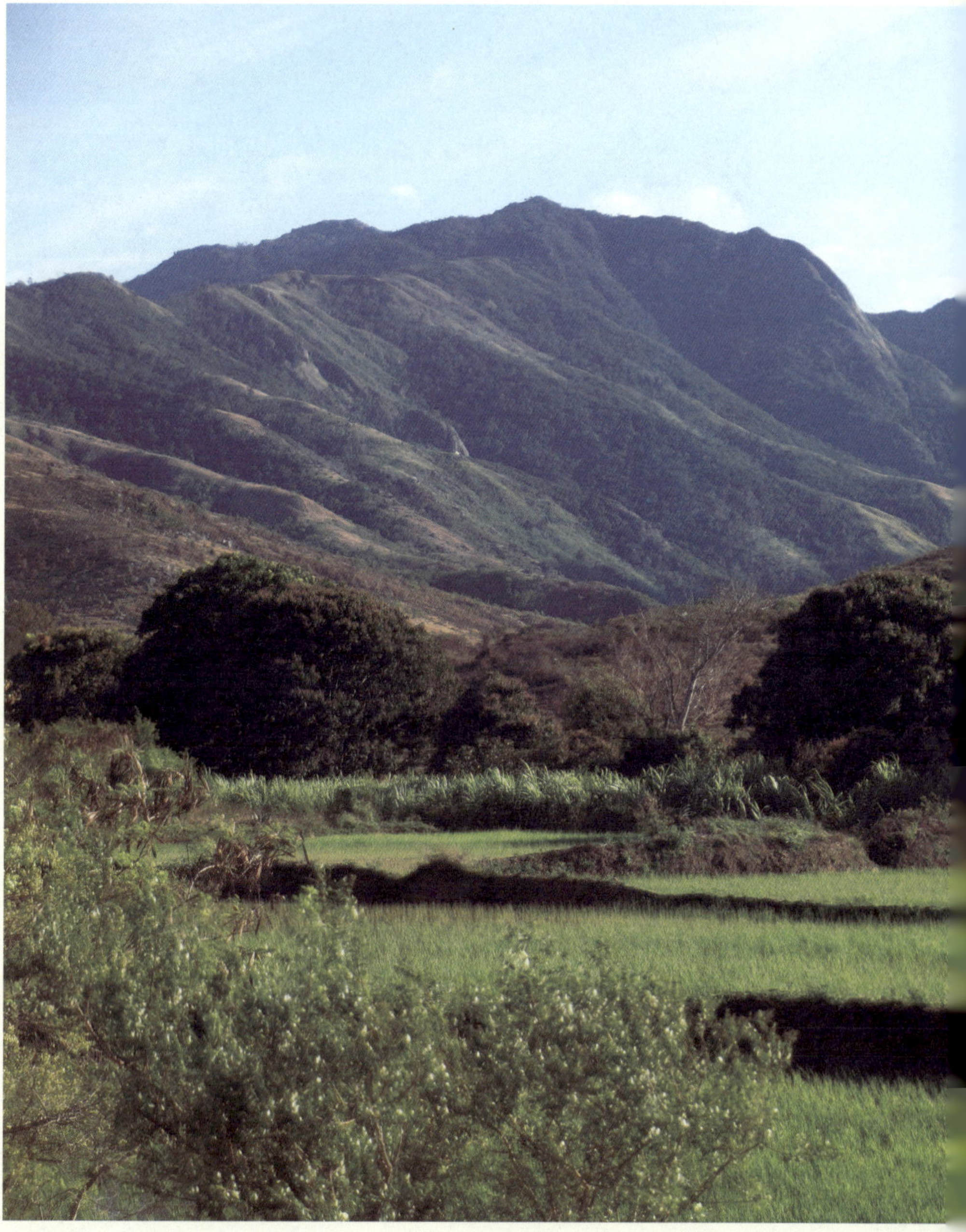

湾是马达加斯加两个最美的海湾。

佛多梵地区一直有"小马达加加"之称，因为这里集中了高山、丘陵、平原、滩涂（海滩、河滩和湖滩的总称）与海岸等多种地理环境和与此相应的气候。佛多梵也是马达加斯加著名的龙虾之都，每年一度的龙虾节已成为当地的传统和爱好龙虾者的盛会。游客在此可以同时感受生态探索发现和海滨休闲度假的双重体验，是马达加斯加最被游客关注的旅游地区之一。

A~

Libanona

[利巴娜那海滩]

利巴娜那（Libanona）海滩位于佛多梵城的南下角，这是一大片细沙海滩，躺在温暖的南印度洋环抱里，是整个马达加斯加南部最适合海水浴的地方。

B~

-

Saint-Louis

-

[圣路易峰]

圣路易峰（Saint-Louis）距离城市5公里左右，虽然只有529米高，但十分陡，上山需要3至5小时。登上山顶，近可360度俯瞰整个美丽的佛多梵周围景色，远可眺望延绵不尽的马达加斯加东南海岸。下山后，可以乘独木舟从湖里一路划向最近的海湾。

C~

Travel on Foot:
Evatraha
Village

[徒步：埃瓦特拉哈村]

埃瓦特拉哈（Evatraha）村位于佛多梵城市边缘，是一个徒步旅游的好地方。从佛多梵市乘车出发，走5公里到达拉尼拉诺湖边上船，然后从湖和运河之间走水路穿行1小时左右，观赏水中成片的象耳树之后，就来到了一个环礁湖，具有当地特色的小村庄埃瓦特拉哈村就坐落在湖畔。茂密的植物覆盖着山坡，从坡上向下，可以看见海岸边的村庄、泻湖、大海、山脉。更远处是陡峭的山崖和辽阔的洛卡罗（Lokaro）海湾。

D~

Jardin Botanique de Saiadi

[赛亚迪植物园]

赛亚迪植物园（Jardin Botanique de Saiadi）占地40公顷，坐落在离佛多梵5公里远的地方。这里维护得很好，保留着海岸边最后一片原始树林，植物生长茂盛，到处鲜花盛开。园里可以看见三面棕榈树、千年芋、象耳树、象脚树、千层白、竹林、猪笼草等植物，还可以看见自由自在的狐猴以及陆龟、鳄鱼等动物。

E~

Andohahela
National Park

[安多哈赫拉国家公园]

　　安多哈赫拉（Andohahela）国家公园是马达加斯加列入世界自然遗产名录的六个国家公园之一，位于马达加斯加东南部，距离佛多梵约60公里，面积76000公顷。该国家公园因地形多样化，包括高山、河流、盆地和稀树草原，同时又具有多种生态而出名，1999年在伦敦旅游博览会上获得银水獭奖。它的生态丰富多样受益于靠近阿诺西（Anosy）山脉，阿诺西南部的地质很特别，尤其是风化石及其因为腐蚀作用造成的犹如魔术般的形状和颜色，东部是热带和湿林，西部和南部则为干林，西南之间是中间区域，山涧有河流奔涌而过，这些地貌使得该地区有"浓缩的马达加斯加"之名。这里生活着13种狐猴，也是跳舞狐猴的老家。而这里90%的植物都具备药用功效，是巨大的天然药草农场。

最佳旅游季节：
全年都可游览

F~

The end of the world:
Cap Sainte-Marie
National Park

[世界的尽头：圣玛丽角国家公园]

圣玛丽角（Cap Sainte-Marie）国家公园位于马达加斯加最南端，在图利亚和佛多梵之间，面积17500公顷。这里有一望无垠的热带草原、高耸着仙人掌和刺丛的荒漠以及海边纯净无瑕的海滩。陡立的悬崖宣告这里是"世界的尽头"。莫桑比克海峡和印度洋在这里相汇，每年座头鲸都会洄游到这片海域，海底是潜水爱好者的乐园。幸运的游客还能在国家公园里找到保存完好的象鸟蛋，这种世界上曾经存在的最大鸟类已经在16世纪之前灭绝。

最佳旅游季节：
全年都可进入

G~

[贝仁蒂私人保护区]

-

Berenty

Private Reserve

-

    贝仁蒂（Berenty）私人保护区位于佛多梵城以西 85 公里，面积约 265 公顷，是佛多梵历史上最有影响力的法国霍尔梅大家族（La Famille Heaulme）于 1936 年创立的私人保护区。从佛多梵坐车出发，沿着 13 号国道，大约 3 小时后可到达，途中可以看见大片的剑麻种植园。

    在曼德拉雷河（Maddrare）沿岸可以看见猴面包树和大型亚龙木等热带植物。保护区内有相当多数量的狐猴，尤其是跳舞狐猴，它们是这里的主角。

    保护区内设有一个小型博物馆，可以从中了解马达加斯加南部干旱地区居民的风俗，还可以参观剑麻抽出纤维的加工过程。剑麻从根部长出叶子，最长达 1.75 米，最厚达 15 厘米，工人砍下树叶分离出纤维，洗净后晾晒在户外，纤维会在阳光照射下变白。工人对纤维进行分类和包装后，便可出口。

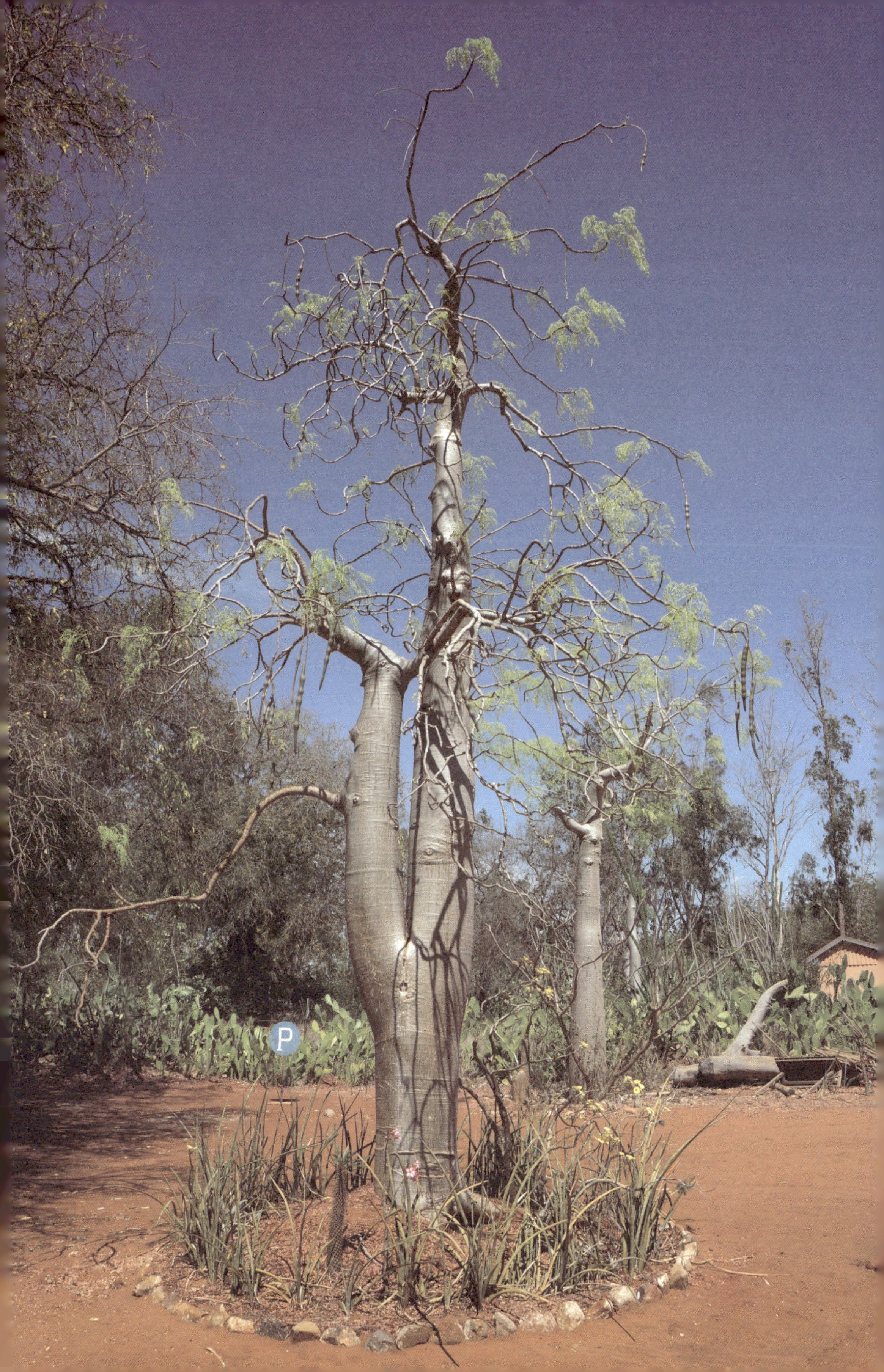
P

Toliara

Chapter 12

阳光海岸——
图利亚

图利亚（Toliara 或 Tulear），马达加斯加的港口城市，图利亚省首府，游览胜地。位于马岛西南部，濒临莫桑比克海峡，靠近乌尼拉希河口，在7号国道的终点，距离首都约1000公里。南回归线穿越这片地区，一年四季干旱炎热。图利亚建城相对较晚，到1897年才由法国殖民官确立其行政地位。

图利亚的风貌真正符合世人对非洲的想象：一望无垠的草原、稀疏的灌木丛、高大的猴面包树、巨大的仙人掌和更多说不上名字的奇怪的针刺类植物，当然还有皮肤黝黑、头发卷曲、一笑一口白牙的原住居民。

图利亚市区呈方形，高楼林立，城郊山坡上有7个湖泊，如翠茵明镜，在骄阳下熠熠闪光。海滨有贝壳市场，商贩在游客面前为贝壳着色，制成各种禽兽形状的贝壳工艺品，造型生动，色泽鲜艳，也有当地其他的手工艺品出售。

[Dream island at the end of the world]　　　−　　　269

这是一座郁郁葱葱的海滨城市，街道幽静而整齐，一座座别具特色的漂亮住宅错落有序地点缀在绿树、鲜花之间，给人一种清爽、幽雅之感。图利亚洁白耀眼的白沙海滩，形成了该市固有的独特风格，素有"阳光海岸"之美称。每当夜幕将临，夕阳的余晖洒满海滩，一幢幢美丽而别致的宅院掩映其中，给人一种朦朦胧胧的神奇之感。周围的海域有着仅次于澳大利亚的世界第二大珊瑚礁，是巨大的天然水族馆。海面上形成的珊瑚礁时隐时现，像一张阻挡鲨鱼的天然大网，为这里的天然浴场提供了安全的保障。

这里多样化的海底生物是科研者和潜水爱好者共同的乐园。20世纪70年代中期起，这里添置了海底狩猎设备，供游客到海底猎取海底动物。

长期以来，图利亚人依靠传统渔业为生，90年代开始，旅游业发展相对较快，到近几年，随着政府在能源矿产行业的大力招商，资源富饶的图利亚省开发迅速，当地的石油、钛铁、煤等领域都有大型公司正在进行勘探与开发。

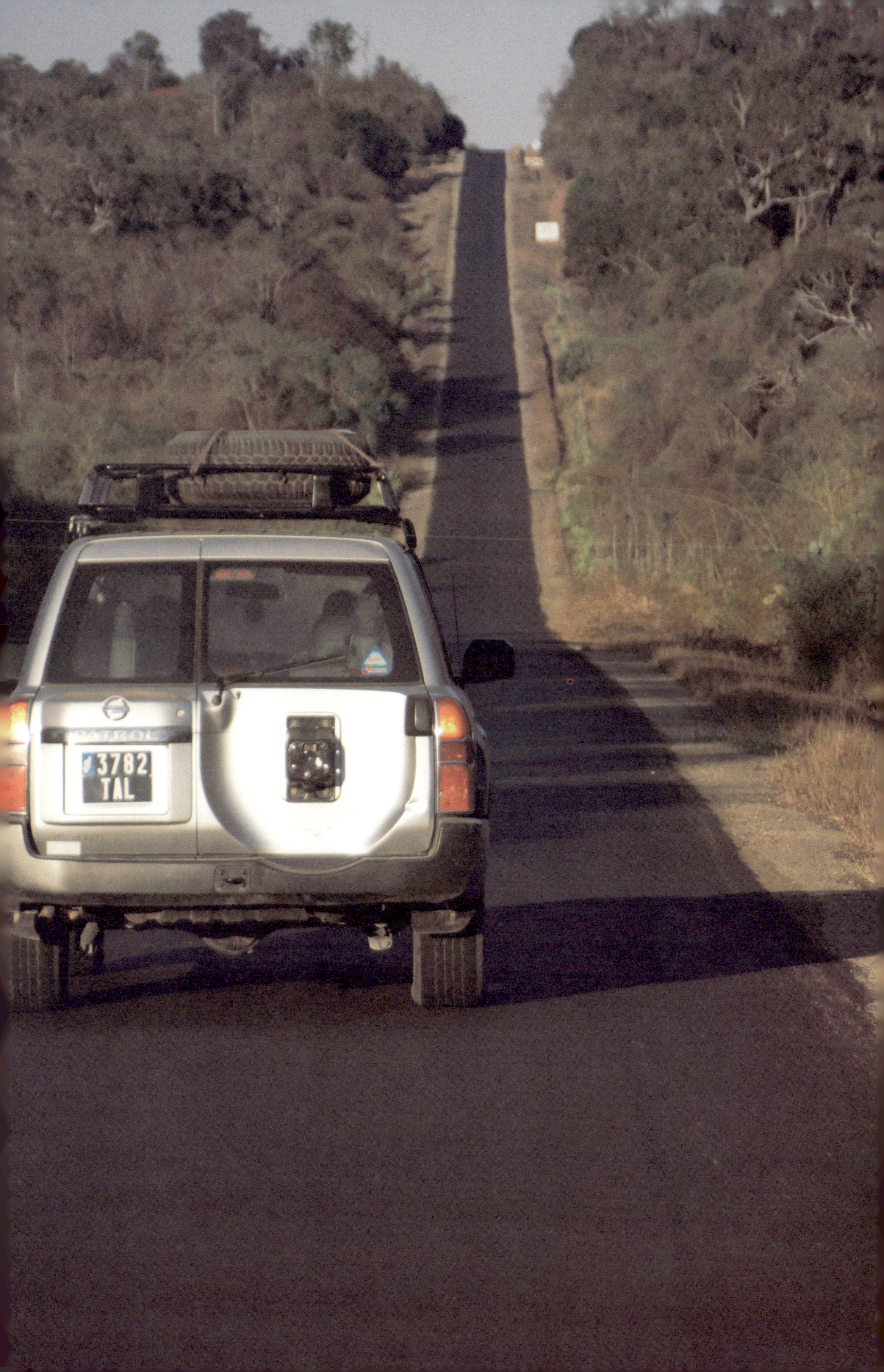
PATROL
3782
TAL

A~

- Isalo National Park -

[伊萨罗国家公园]

最佳旅游季节：
全年均可参观游览

伊萨罗（Isalo）国家地质公园位于马达加斯加中南部，菲亚纳兰楚阿省往南 100 公里，图利亚省以北 240 公里，面积 81540 公顷，海拔 514 ~ 1268 米。这是马达加斯加最受欢迎，也是参观人数最多的国家公园之一。公园特色是形成于侏罗纪时期的独特地貌，对研究地壳运动有着极为重要的意义，所以被称为地质公园。

与多数国家公园不同，这里景色荒凉，植被稀少，但拥有壮观的峡谷和形状各异的砂岩。公园的东南部有很深的峡谷，长几公里，宽几十米，经常出现 200 米左右的山峰，最有名的是猴子峡谷和老鼠峡谷，谷底的小溪长流不息。公园的西北部主要是高 200 ~ 300 米的山崖屏障，山崖之间有着众多深深的峡谷，游客会被一望无垠的热带草原中突兀的大片狰狞巨崖怪石强烈吸引。

国家公园内峡谷沟壑纵横，石林高耸，暗河流淌，深谷险峰，却又有保存完好的原始森林，并且生长栖息着众多独特珍奇的动植物，是感受和探索大自然神奇美妙的绝妙之所。目前这里生活着 14 种狐猴（其中 8 种是当地的）、77 种鸟类、400 多种植物（大部分是当地独有的）。在此可以见到节尾狐猴、威氏原狐猴等南部常见的种类。鸟类中比较有特色的有本氏鸫鹟和马岛戴胜等种类。两栖爬行动物有特色的是多种变色龙、鬣蜥以及漂亮的拔土蛙。

这里的黎明是一幅让人沉醉甚至沉迷的画卷。微微露出曙光的天空，被淡红、火红和海蓝等各种色彩涂抹得分外美丽。晨雾静静地弥漫，露水在草叶上滚动，雏菊热烈地开放，一切似乎还在沉睡，但生命的活力已经蓬勃欲发。

国家公园在 1 至 3 月常有阵雨；6 至 8 月白天凉爽，夜晚比较冷；11 至 3 月白天可能很热；9 至 10 月初温度比较适合，此时也是象脚树（Pachypodium）开花的季节。

B~　　　[伊法蒂海湾与渔村]

　　从图利亚出城往北沿海行驶30公里就来到伊法蒂海湾，这里有一片漂亮的珊瑚礁，7、8月的时候，还会有大量鲸鱼出没，是图利亚附近海滨旅游设施最为完善的地区，提供帆船、冲浪、潜水、海钓等丰富的海上活动，是马达加斯加最佳潜水地点之一。当地的渔村生活着捕鱼技术高超的维祖渔民，游客可以和渔民一起出海，看他们如何轻易捕到大龙虾，最后还能当场做一餐海鲜烧烤。

　　拉诺贝（Ranobe）泻湖是捕鱼和潜水的最佳地点，乘着当地的独木船很容易到达湖中的暗礁附近，暗礁的四周适宜潜水。伊法蒂海滩的迷人之处，在于这里没有一把把条纹伞，海滩上唯一可以遮阴的是那些棕榈树下垂的树叶。

　　往伊法蒂的腹地走，可以认识更多马岛南部的动植物。在雷尼亚拉（Reniala）私人保护区内可以发现令人惊奇的猴面包树和稀有的鸟类，是鸟类学家真正的天堂。最佳的观鸟季节是夏天。

C~

[齐马南佩楚察国家公园]

-

Tsimanampesotsa

National Park

-

    齐马南佩楚察（Tsimanampesotsa）国家公园位于马达加斯加南部，距离图利亚省275公里，面积43000公顷。这是马达加斯加所有国家公园里面最炎热干旱的一个，年降水量不足300毫米。恶劣的气候形成独特的生态，奇形怪状的针刺类植物是这半荒漠的主角，有趣的是，生活在这里的狐猴在巨大的仙人掌之间跳跃却从不会被刺扎到。近海区域的湿地环境，分布着大小不一，宛如碧玉的盐湖，是不少候鸟的栖息地，这里是马达加斯加最大的火烈鸟聚集地之一，常年都能看到。

最佳旅游季节：
基本上全年都可进入游览

D~

Zambitse
Vohibasia
National Park

[赞比泽沃黑巴齐亚国家公园]

赞比泽沃黑巴齐亚（Zambitse Vohibasia）国家公园位于马达加斯加西南部，在图利亚省东北约147公里，面积36000公顷，具有从西向南过渡的马达加斯加西部热带干旱丛林生态。这里生活着8种狐猴（包括两种当地独有狐猴）和马达加斯加47%的独有鸟类。

最佳旅游季节：
雨季难以进入，只有旱季适宜游览

[伊拉卡卡镇]

E~

Ilakaka National Park

伊拉卡卡镇（Ilakaka）位于图利亚北部，原来只是西部一个毫无名气的偏远小镇，1998年，这里发现了世界上最大的蓝宝石矿，储藏量足够开采两个世纪。由此，伊拉卡卡一跃成为岛上最著名的宝石矿区之一，成千上万的人为了一夜致富，蜂拥而来，疯狂地挖掘宝石，造成地面出现大量巨坑，成了地球的伤疤。

虽然如今人们挖宝石的热情有所减退，但是游客仍然可以看到露天宝石矿，大部分宝石商人都会直接到伊拉卡卡购买未加工或半加工的宝石，再送到其他地方进行切割和加工。如今的伊拉卡卡被看作马达加斯加乃至世界新崛起的著名红蓝宝石之都，吸引着来自泰国、斯里兰卡、法国、中国等各国的宝石商人。

马达加斯加是世界上宝石蕴藏最丰富的国家之一，几乎所有彩色宝石都能在这里找到，宝石品质上乘，在世界上享有盛誉，马达加斯加因此被称为"宝岛"。马达加斯加还是世界水晶蕴藏量第三大国。近几年来，马岛的水晶开采和出口发展特别迅速。

图书在版编目（CIP）数据

世界尽头的梦幻岛屿：马达加斯加 / 杨民著. --
重庆：重庆出版社，2016.2
ISBN 978-7-229-09953-4

Ⅰ.①世… Ⅱ.①杨… Ⅲ.①游记-作品集-中国-
当代 Ⅳ.① I267.4

中国版本图书馆 CIP 数据核字 (2015) 第 113180 号

世界尽头的梦幻岛屿：马达加斯加
SHIJIE JINTOU DE MENGHUANDAOYU:MADAJIASIJIA
杨民 著

策　　划：华章同人
出版统筹：王舜平
责任编辑：舒晓云
营销编辑：刘　菲
责任印制：杨　宁
封面设计：lemon
内文设计：@broussaille 私制

重庆出版集团
重庆出版社 出版

（重庆市南岸区南滨路 162 号 1 幢）
投稿邮箱：bjhztr@vip.163.com
北京联兴盛业印刷股份有限公司　印刷
重庆出版集团图书发行有限公司　发行
邮购电话：010-85869375/76/77 转 810
重庆出版社天猫旗舰店
cqcbs.tmall.com
全国新华书店经销

开本：787mm×1092mm　1/16　印张：17.5　字数：217 千
2016 年 2 月第 1 版　2016 年 2 月 1 日第 1 次印刷
定价：49.80 元

如有印装质量问题，请致电 023-61520678

版权所有，侵权必究